孤高の追放聖女は氷の騎士に断罪されたい

―魔物まみれの溺愛生活はじめました―

藍　川　竜　樹
T A T S U K I　A I K A W A

一迅社文庫アイリス

CONTENTS

ミア

子爵家令嬢。ルベリア王国のルーア教の聖女候補だったが、異端とされる魔物と通じた罪により聖域から追放されることになった。小柄で気弱な小動物系の少女。魔物のモンさんや小さな魔物たちが友だち。

リジェク

シルヴェス王国の魔導貴族のドラコルル伯爵家の長男。カルデナス辺境騎士団の団長で、マルス辺境伯代理。冷酷魔王顔のせいで、周囲に怖がられている。魔物を凍らせて砕く能力の持ち主。

森の魔物たち

メインはモモンガ型魔物。額に小さなピンク角があり、手のひらサイズ。

ヘラルド

リジェクの副官。敵の多い上司のせいで苦労性。騎士だがよく配置換えになる上司のせいで、各種事務処理をいつもしている。

ウームー

リジェクと契約をしている魔物。黒髪長髪の麗しい青年の姿をしていて、片眼鏡、執事服を着用。かつては異国の神だった。

モンセラット(モンさん)

巨大なクマの姿の魔物でミアの友だち。人語は話せないが、身振り手振りで意思の疎通をはかる。

ダミアン

ミアの追放先のルーア教の修道院にある礼拝所付司祭。修道士が不在なので実質彼一人しかいない。温厚そうな青年。

ルーリエ

ドラコルル伯爵家の次女。魔物を食べることで無力化し滅する能力の持ち主。

アロイス

シルヴェス王国の王太子。ルーリエの憧れであり〈崇拝〉の対象。ルーリエと婚約している。

パウロ

ルーア教の司祭で、ミアの師。隠居していたが、落ちこぼれ扱いされていたミアを弟子として引き取った人物。

ベリンダ

聖域から来た聖女で、ルベリア王国のカルバハル男爵令嬢。
ミアの同輩。

ラモン

ベリンダとともに聖域から来た司祭。
ほっそりとした優男で派手な美形。

用語

ルーア教

空高くにおわす唯一神ルーアを崇める。シルヴェス王国を含む大陸の西部の国々すべての国教。

ルベリア王国

大陸の西の端に位置する。国内にルーア教の総本山である聖域がある。

シルヴェス王国

聖王シュタールを開祖とする王国。大陸の内部に位置する。国全体が東西文化交流の窓口となっている。

聖女

神の声を聞く特別な存在。大勢いる聖女候補の中から選ばれる。

魔導貴族

魔にかかわる一族。その技能により爵位を授けられたため、成り上がり扱いをされている。

KOKOU NO TSUIHOU SEIJO HA KOORI NO KISHI NI DANZAI SARETAI

{KOKOU 2} CHARACTERS PROFILE

イラストレーション◆くまの柚子

孤高の追放聖女は氷の騎士に断罪されたい

―魔物まみれの溺愛生活はじめました―

KOKOU NO TSUIHOUSEIJO HA KOORI NO KISHI NI DANZAI SARETAI

序章　断罪の騎士と追放聖女の悩ましき現状

孤高の子爵家令嬢、ミアには悩みがあった。

(悩みというより、よくわからなくて怖い、のほうが正しいかもしれないけれど……)

どうしてこうなるのか理解不能で、頭の中がぐるぐるする。

咎人《とがびと》として、聖女候補位を剥奪《はくだつ》されたことではない。あれだけの騒ぎを起こしたのだ。遠い辺境にあるこの地へ追放されたのも無理もないとあきらめている。

そうではなく。

何故《なぜ》こんな目を向けられるのかわからず、悩むというより現在進行形でミアは困っていた。

そして今日《きょう》もまた、ミアは悩みの元凶である〈彼〉とともに街を歩いていた。

追放された罪人のはずなのに、ふわりと膨らんだ袖《そで》とベストの刺繍《ししゅう》が可愛《かわい》い村娘の晴れ着を着せられて、手には市場の屋台で買ってもらったばかりの甘い焼き栗《ぐり》と、ピンクや水色のアイシングが美味《おい》しそうなジンジャークッキーがたっぷり入った袋まで持たされて。

彼と仲良くお散歩しているように見える歩みに変化が訪れたのは、突然だった。

とん、と、軽く背を押されて踏鞴《たたら》をふんだなと思ったら、後ろで悲鳴が上がった。

『グゲアアアアアァ……！』

振り返るのもためらう、恐ろしい断末魔。ミアの足元に氷の破片が転がってくる。

赤黒い色をしたそれは、さっきまでミアがいた場所に襲いかかってきたモノ、彼が異能で凍らせて砕いた魔物の欠片《かけら》だった。囮を務めたミアは予定通り魔物に襲われ、一緒にいた彼が滅したらしい。

らしい、というのは彼の動きが速すぎて、ミアは目にすることができなかったからだ。

「……大丈夫か」

茫然《ぼうぜん》とするミアに、彼が低く声をかける。その響きに体がぞくりとふるえた。

ミアの前にそびえる氷壁のように立つ彼、リジェク・エル・ドラコルル。

こちらを見下ろす鋭くも妖《あや》しい銀の瞳、滴る血雫《ちしずく》のような深紅の髪。吹雪《ふぶき》を背負った氷の魔王かと見まがう硬質の美貌《びぼう》は、整いすぎて怖いくらい。無駄の一切ない鍛えられた長身と、絶対零度の迫力を持つ彼はこの王国の騎士であり、この地の領主様でもあって。

そして、

（私を、殺す権限を持つ人）

また、体がふるえた。怖い。腰に下げた小物袋を強く意識してしまう。そこにはぷるぷると小刻みにふるえる毬栗《いがぐり》が入っている。

正しくは毬栗ではない。毬栗の姿をした小さな魔物だ。

さっき市場の隅でふるえているのを見つけて、リジェクの異能に巻き込まれては大変だと、いけないと知りつつも匿《かくま》っていたのだ。

神の教えでは魔物は異端。見つけ次第、滅さなくてはならない。匿う者も同罪だ。だから。

半年前に受けた聖域での異端審問を思い出して、ミアはがたがたとふるえだす。

と、彼が眉《まゆ》をひそめた。無言のまま逞《たくま》しい腕を伸ばす。

「ひっ」

ミアは声にならない悲鳴を上げた。逃げようとしたが腕を掴《つか》まれた。抱き上げられる。ふわりと体が浮き上がって、彼の厚い胸板に囚《とら》われて。ごくり、とミアは息をのんだ。

間近に迫る魔王の顔。

ミアのすべてを見透かすような、冷たい眼差《まなざ》しがそこにある。

(怖い……)

今でこそ囮《おとり》役として一緒にいるが、本来の彼とミアの関係は、監視する者とされる者。

ミアは罪を犯しこの地に追放された罪人で、リジェクは聖域より送られてきた咎人を処断する権限を持つ聖騎士伯だ。だから彼がミアを見張るのは騎士としての職務内といえば職務内だが、この眼差しの鋭さ。

(ただの預かり者を見る目じゃ、ない……)

罪人《ざいにん》

出会ったその日から向けられていた、探るような眼差し。

ずっと怖くて、悩んで、怯《おび》えて、どうしたらいいかわからずにいた。が、ミアはようやく理解した。彼が何故いつもいつもこんな恐ろしい目でミアを追うのかを。

彼は、気づいているのだ。

ミアにはまだ明かしていない〈秘密〉があることを。異端者として追放という罪を受けながら、まだあの目的をあきらめていないことを。

どうしよう。歯の根も合わないほどガタガタと体がふるえだす。

親に捨てるように聖域へ出され、そこでも落ちこぼれだったミアに擁護してくれる人はいない。この広い世界に一人ぼっちだ。ふるえながら自分を抱く氷の魔王を見る。

ミアの命を握る人。いったいいつ不審をかったのか。

この人にミアの秘密を、ミアが持つ〈聖女の力〉の本当の力を暴かれたら。

今度こそ駄目だ。異端審問に二度目はない。追放なんて優しい罰ではすまない。もう一度聖域に戻って師の安否を確かめるのも無理だ。ミアとその友だちたちは囚われ、
この人の手で、断罪《ころ》される――――。

第一章　辺境にて　―始まりは氷の魔王の微笑から―

1

「アルバ子爵家令嬢、ミレイア・アナ・マリア・アルバ。本日をもってそなたの聖女候補位を剥奪《はくだつ》、聖域から追放のうえシルヴェス王国カルデア修道院預かりとする」

ミアがそう申し渡されたのは彼女が十六歳になったばかりの夏の初め。大陸中の国々が眩《まばゆ》い陽《ひ》の恵みに感謝し、にぎやかな夏至祭を催す五番目の月のことだった。

そして今は十番目の月。窓外の木々がちらほらと紅に染まりはじめた、秋の頃《ころ》――。

荒れた街道を、がらがらと轍《わだち》の音をたてて護送馬車が走る。

辺境の地には不似合いなきらびやかな聖旗を掲げ、聖騎士たちが囲む馬車は殺伐とした外観だった。色は黒。窓にはごつい鉄格子がはめられ、扉には厳重に外錠がかけられている。

そんな馬車の座席にちょこんと座っているのはおどおどした小動物じみた少女が一人だけ。

ミレイア・アナ・マリア・アルバ。

通称をミアという。

痩《や》せっぽちの顔に目立つ、くりくりした瞳《ひとみ》は森に咲く菫《すみれ》の色。毛先がひょこんとはねた亜麻色の髪は肩の上で切り揃《そろ》え、かぶったベールと踝《くるぶし》丈の貫頭衣《トゥニカ》の色は光を迎える前の夜明けの空の色、落ち着いた紺の色で統一された装束は神に仕える修練女の証《あかし》だ。

といってもミアは修練女ではない。神の声を聞く特別な存在、聖女の候補だ。

いや、だった、と過去形のほうが正しい。もう位は剥奪されたのだから。

「ああ、ようやくここまで来れたか」

「この森をこえれば砦《とりで》まで後少し。冬が来る前についてよかったな」

ミアの耳に並走する護送の聖騎士たちの会話が聞こえてくる。慣れない長旅がもうすぐ終わるのだ。彼らの声も弾んでいる。その気持ちはわかる、と、ミアは思った。

聖域があるルベリア王国は、亀の形をした大陸の頭の部分、西の端にある。そこから亀のお腹《なか》の中、大陸中央部にあるこの国に来るまでは、間に挟まる国々の国境は優に十を超える。

とはいえそれらはすべてルーア教を国教とする国ばかり。

ルーア教の総本山たる聖域に属する者として、ミアたち護送の一行は特別通行証を持っているし、優先的に替え馬も回してもらえる。なので通常は、速度の遅い馬車でも三か月もあれば余裕でつく行程だ。

なのに五の月の末に出発して今は十の月の初め。旅向きの季節にもかかわらず大幅な遅着だ。そのことを考えると、ミアは申し訳なさのあまり心苦しくなる。

こんな辺境の、異教徒との小競り合いも絶えない最果ての地まで罪人を運ぶなど、外れくじ任務以外の何物でもない。それでも頑張ってくれた面々を、予定に反して長期間、拘束することになってしまったのだ。護送の聖騎士の中には出立時に、嬉《うれ》しそうに、

「俺、任務から戻ったら結婚するんだ。やっと口説き落とした気の強い高嶺《たかね》の花でさ」

と、言う者もいた。きっと今頃、婚約者は戻らない彼をじりじりしながら待っているだろう。

最初の頃は宿場町に着くたびに、

「婚約者殿への土産《みやげ》はいいのか」

「まめに手紙も送っとかないと愛想をつかされるぞ」

と、彼をいじっていた同僚騎士たちも、今では彼の顔色のあまりの悪さにうかつに話しかけられず腫物扱いだ。ミアも彼を直視できない。座り心地の悪い馬車の座席で身を縮める。

「早く罪人を引き渡して聖域に帰りたいぜ。こっちの食べ物はどうも口に合わねえ。付け合わせの野菜もスープも酸っぱすぎる。だいたいなんでパンがゆでてあるんだ」

「でも砦につくのも嫌というか、怖いですよ。あそこじゃ泣く子も黙る強面《こわもて》のマルス辺境伯が待っておられるのでしょう？」

「カルデナス辺境騎士団の団長殿か。お会いしたことはないが、己にも他《ほか》にも厳しい騎士の中の騎士と聞くからなあ。遅着を咎《とが》められなければいいが……」

それを聞くと今度は怖くなって、ミアはかたかたとふるえだす。小心者なのだ。聖域でもよく同輩の聖女候補たちに、「おーほほほ、亜麻色の子鼠《こねずみ》のようね」「あれでよく私たちと同じ貴族の出だと言えるわ」と笑われていた。

が、怖くなるのは無理もないと思う。

ミアの追放先は騎士団の砦よりさらに奥地にあるというカルデア修道院だ。が、実質、流された罪人はすべてこの地に君臨するマルス辺境伯の管理下に置かれる。

引き渡された後のミアの処遇はまだ見ぬマルス辺境伯の胸一つ。『改心が足りぬ！』と、その場で斬《き》り捨てられても文句は言えない。

ミアの命を握る騎士団長。どんな人だろう。道中、盗み聞きはいけないと知りつつも、護送の聖騎士たちが話すのを聞いた。

マルス辺境伯家は代々、敬虔《けいけん》なルーア教徒で、王への忠誠心も篤《あつ》く、かつ、勇猛。故に代々騎士団長の座に就くだけでなく、この地に配された聖騎士たちの指揮をも任され、ルーア教世界の境を守っていたそうだ。が、ある時、異教徒との聖戦で大手柄をたてたらしい。

その功を認められ、当時の当主はルーア神の最高代理人、聖皇直々に聖域へと招かれ、シルヴェス王国の騎士でありながら聖騎士伯の位をも授かり、世襲することを許された。

破格の待遇だ。感動したマルス辺境伯家では、以来、〈聖皇聖下《せいか》の御恩を忘れるな〉と、聖域が送ってくる罪人を受け取り罪に処す、監視者の任にもついてきたのだとか。

そんな一族の出なら、当代のマルス辺境伯も熱心なルーア教徒だろう。彼の目にミアはどう映る？　犯した罪を自省せねばならない身で到着予定を二月も遅刻した、落ちこぼれは？

（……反省の色なしと、断罪されたらどうしよう）

行程が遅れたのは悪天候や事故のため。ミアに責任はない。

が、長年、人に責められ、責任を押し付けられる生活を送ったせいで、ミアは何かがあれば先《ま》ず自分を責める癖がついている。せめて反省の姿勢を示さねばと、その場に跪《ひざまず》き、両手を縛《いまし》められた不自由な体勢のまま、神へと祈りを捧げ始める。

それでいて、良心の痛みにさいなまれながらも、心にあきらめに似た〈慣れ〉があるのは、

「追放されるのは、これでもう三回目、だから、かな……」

小さく、声に出してつぶやく。いらない子度が過ぎて、もはや嘆きの涙さえ出てこない。

ミアが寂しいため息をついた時だった。腰のあたりで、きゅいっ、と、小さな声が上がった。

何かがもぞもぞと動いて存在を主張しだす。

「あ、駄目、まだ出てきちゃ」

ミアはあわてて手を伸ばすと、腰の帯《ベルト》に下げた小物入れから顔を出した生き物を隠した。

「もう少しだけ隠れてて。私は大丈夫だけど、周りにいるのは皆、聖域の人たちだから」

と、ミアが囁《ささや》く相手は、可愛《かわい》らしい手のひらサイズの生き物だった。

モモンガに似たふわふわした毛皮に丸い黒い目。

だが、その額にはふつうのモモンガにはない小さな角がある。

ミアの言葉を理解したのだろう。小さなモモンガに似た生き物は桃色の鼻をぴくぴく動かして、もう一度、きゅいっ、と鳴くと、小物入れの中でくるりと半回転して丸くなる。

(可愛い……)

ミアの顔がふにゃりとほころぶ。ふわふわの毛皮の塊が真ん丸になって気持ちよさげに、むにゅー、とか、うりゅー、とか言って短い髭《ひげ》をひくひくさせているのだ。可愛すぎる。

これは魔物だ。

そしてこれがミアが追放されることになった原因。

ミアが犯したのは、聖女候補の身でありながら異端の存在である魔物と通じた罪だから。

魔物とは、神の教えで異端とされる不思議な生き物のこと。

普段は野や山に隠れ暮らしていて、姿かたちは野の獣と同じく千差万別。性質も様々で、小鳥や栗鼠《りす》のように小さく無力で人と共存できるモノもいれば、飢えた狼《おおかみ》のようにいきなり襲ってくる恐ろしいモノもいる。

危険だし、教義にも悪と示されているので、見つけ次第、聖騎士に存在を告げて滅さなくてはならない。そんな、普通は森の奥深くに分け入らなくては遭遇できないような存在が、ここ、シルヴェス王国には数多くいるのだ。

ところ変われば葡萄《ぶどう》の味も変わるという諺《ことわざ》があるがこの国では魔物は珍しい存在ではない。そこらの犬猫と同じ扱いで、住民たちも特に害がなければ放っている。生息する魔物の数が多すぎて、教義通りには狩りきれないというのが実際なのだろうが、厳格な規定のある聖域では考えられない大雑把《おおざっぱ》さだ。ミアも見て驚いた。

だが、さすがにミアがこの国の民と同じ行動をとるわけにはいかない。

まだ成人に達していないので終生の誓いをたてておらず、聖籍を持ちながら世俗の地位をも保持する半端な身とはいえ、ミアは聖職者だ。そのうえ、魔物に心を許したことを咎められ、反省を促されている身だ。周囲の聖騎士たちもミアが本当に改心したかを見ている。

そんな立場で魔物と仲良くなどできるわけがない。魔物は神の敵、人の敵だ。きちんと反省したという証を見せるためにも、魔物を見つけたら知らせなくてはならない。だけど、

(無理……)

この子のつぶらな瞳を、見てしまうと。

聖騎士たちに引き渡すなど、とてもではないができない。滅せられてしまうのだ。それに、

(こんな無力な小さな魔物に何ができるというの？)

どうしてもそう考えてしまう。この子は人に害を与えたわけではないのだ。

罰を受けた自覚はある。自分の考え方が危険であることも、一時の自己満足で逃がした魔物が民にどんな災禍を与えるか、身に染みて理解している。が、それでも、昨夜、一夜の宿にと借りた修道院に迷い込んできたこの子を放っておけなかった。

ミアは基本、臆病《おくびょう》だ。気も弱い。大人《おとな》たちにたらい回しにされてばかりの人生だったせいもあって、周りにおとなしく従う癖がついている。

それでも譲るわけにはいかない最後の線がある。

だからミアはまた罪を犯した。見つけたこの子を小物入れに隠して持ち出して、人のいない森に放す隙《すき》を窺《うかが》っている。

だが何しろミア自身が罪人だ。監視の目が厳しくなかなか機会が訪れない。

このままではカルデナス辺境騎士団が駐屯《ちゅうとん》する砦についてしまう。そこから追放先のカルデア修道院に送られてしまえば、今以上にこの子を放す機会がなくなってしまう。

(その前に何とかしないと)

せめて誰《だれ》かに託せればいいが、幼い頃に親に捨てられるように聖域に預けられたミアに世俗での知り合いはいない。聖域で唯一、ミアの魔物への想《おも》いを容認してくれた師ももういない。

そもそも魔物に手を伸べること自体が罪だから、誰かに相談を持ちかけても、その人が熱心なルーア教徒ならミア自身が告発されてしまう。マルス辺境伯に断罪されてしまう。

（こんなことで私、パウロ師との誓いを守ることができるの……？）

あまりにも無力だ。聖域から遠く離れた外の世界、知る人のない世俗の地。ここはミアにとって未知の世界だ。己の意志すら貫けない。

今はもうその姿を見ることすらできない師の顔を思い出し、心細さのあまりミアが自分の手で肩を抱いた時だった。荒々しい蹄《ひづめ》の音が横手から上がった。

「どう、どうどうっ」

御者の悲鳴のような声が聞こえて、馬車ががくんと揺れて止まる。

思わずよろめき、壁に背をぶつけたミアの目に窓の外の光景が飛び込んでくる。それは森の中から次々と飛来する矢と、馬車が通れないようと道に倒され、燃えだした森の木々だった。

（え？）

息をのんだミアの耳に、聖騎士たちの切れ切れの叫びが聞こえてくる。

「ぞ、賊だっ。またか。何で俺《おれ》たちを。迎え撃てっ」

「くそっ、火を放つとはっ。煙が、馬を落ち着かせろっ」

あわてる聖騎士たちの後方、退路を断つように森から騎馬の男たちが飛び出してくる。乱れた髪に髭もじゃの顔、身につけた装備はばらばらで、武器も剣だけでなく手斧《ておの》や、鋲《びょう》を打ち込んだこん棒など、様々だ。

歯茎をむき出しにし、雄たけびを上げる彼らの顔立ちは怖れていた異教徒のものではない。

だが、皆、聖域では目にしたことのない野性味にあふれた表情をしている。問答無用で斧を振り下ろす動きを見ても、あきらかにまっとうな職に就く者たちではない。

何故《なぜ》かはわからない。

が、ミアたち聖域一行は、この地に住まう野盗の襲撃を受けたらしい。

◇◆◇　◇◆◇　◇◆◇

シルヴェス王国カルデナス辺境騎士領を預かる領主であり、カルデナス辺境騎士団長でもある魔導貴族リジェクが襲撃の報を聞いたのは領内を見回っていた時のことだった。

リジェクはもともとこの地の人間ではない。

遠い王都で近衛《このえ》騎士を務めていた。

この地を治めていたマルス辺境伯が急な病で没し、後継者もいなかったため「後任が決まるまで」の中継ぎで王都から派遣されたのだ。まだ赴任して一月。着任ほやほやの新米領主だ。

新米と言っても領主業は初心者ではなく、経験者だ。その時、治めた地はシルヴェス王国のもっと南。勝手知ったるリジェクの故郷だった。ここと同じく魔物の多い地ではあったが、王国の北東の端にあることは気候どころか、税として納められる収穫物の種類も違えば地質も違う。執務室で地図を見ても植生すら頭に浮かんでこない。なので新しい任地把握のため、この地出身の騎士たちをつれ、巡察がてら案内をさせていた途中だった。

襲われている旅の一行を見つけたと、逃げてきた隊商の一団から急を告げられたのだ。が、

「……街道をふさがれたとは、どういうことだ」

怯《おび》えた彼らの言葉が要領を得ない。崖《がけ》から岩でも落とされたか。が、言われた方角は地図上では手付かずの森が広がるばかり。山はなかったはずだ。

疑問に思い、隊商一行を振り返ったのがまずかった。ちらりと視線を流したのを睨《にら》みつけられたと勘違いしたらしい。皆、凍りつき、がたがたとふるえはじめた。

リジェクは、またか、と、深いため息をついた。

(……何故、こうなる。顔を見ただけなのに)

リジェクは強面だ。絶対零度の冷酷魔王顔とよく言われる。

自分では普通のつもりなのでよくわからないが、リジェクの実家、ドラコルル家の人間は少しきつめの美貌《びぼう》の系統だそうだ。彫りが深く、陽に晒《さら》しても決して焼けず青白くさえ見える肌色の妖《あや》しさもあって、酷薄顔に見えるらしく、目にする者は、皆、恐怖を覚えるという。

特にリジェクは体格もいい。うまく表情を作れない不器用さと必要なことしか話さない無口さも相まって、誤解されることが多い。

友好の笑みを浮かべても赤ん坊含め子どもにはもれなく泣かれるし、老人には迎えに来た死神に間違えられる。夜、月明かりの下で遭遇すると屈強な男たちにさえ腰を抜かされるありさ

まで、副官のヘラルドには無用の夜間外出禁止令を出されてしまった。

かろうじてご婦人方だけはこの顔に倒錯的な色気とやらを感じるそうで逃げられることはないが、それでも遠巻きにして見つめてくるだけ。不用意に近づけば「ほうっ」と謎《なぞ》の吐息を漏らして失神されてしまう。

無事なのはずっと共に暮らしている家族や、とにかく見せて見せてこの顔に慣れさせたヘラルドと愛馬くらいのもの。拾った犬猫ですらリジェクを見ると怯える。体調を崩す。

(何故だ。大事に可愛がっているのに!)

そのせいか、隊商の一団も、駆け込んできた時は「助かった」と、ほっとした顔をしていたのに今は真《ま》っ青《さお》だ。腰を抜かしている者までいる。これ以上の情報を引き出せそうにない。

しかたなく、携帯していた領内通行許可申請一覧を見て、襲われているのが聖域一行だとあたりをつけたが、慣れない土地のため言わずもがなな問いを放ってしまう。

「何故、聖域の馬車が襲われる？　運んでいるのは喜捨を受けた財物ではなく罪人だろう？」

それも一人だけのはずだ。きらびやかに隊列を組んだ司教の一行であれば財物や身代金目的に狙《ねら》われるかもしれないが、実際に領内を行くのは落ちこぼれの聖女候補だった少女だとかで、特に重要人物でもない。

「……引き継ぎにも特になかったが、何か聞いているか？」

確認をとったのは、ここが異教徒が暮らす大平原と国境を接する政治的に複雑な地だからだ。

例えば、密売者を見つけたからと捕らえても。実は彼らは公には国交を結んでいない異教徒の部族とシルヴェス王国との間の、いざという時のパイプ役を担っており、その見返りに密売を黙認されていた、という一領主では勝手に判断できない深い背景があったりする。

他にも風習の違いや宗教はじめ思想の違い。

うかつに動けないのだ。

生真面目《きまじめ》に突っ込めば、即、戦闘勃発《ぼっぱつ》、国家間開戦の事態になる微妙な領地侵犯問題など、四角四面な西方諸国の法を押し付けるわけにはいかないことが多い。

ややこしいのはそれだけではない。この地は異教徒との聖戦の最前線だ。

聖域が聖騎士の一団を常駐させていて、その統括も今はリジェクが任されている。王に忠誠を誓う王国騎士でありながら、聖域からの使者の相手や罪人の受け取りなど、王の頭を飛び越して直接、聖職者たちとやり取りせねばならないのが頭が痛い。

『責任感が強く、有能。しかも魔物に慣れておるそなたなら務められよう』

と、王直々に任じられたが、他にやりたがる者のいない厄介な物件を押し付けられた気がしてならない。王都から一緒に赴任してきた副官のヘラルドもおっとりと首をかしげている。

「騎士が守ってるから金でも運んでいると勘違いしたのでしょうか。仮にも本職なら積荷の下調べくらいしてるでしょうけど。野盗の背後に異教徒たちがいるとまずいですね」

相手が聖域の馬車なら、あり得ないとは言い切れない。が、

「……ここで言っても始まらない。至急、現地に向かう」

配下に命じつつ、リジェクは馬首を返した。聖域の旗を掲げた馬車が領内で襲われ、死人が出たとなれば、王まで巻き込んだ外交問題に発展する。大事にしないためにも先ずは現場に乗り付け、状況確認だ。

何より、一時的なものとはいえ、今のこの地の領主は自分だ。襲撃が事実なら、人道面からも捨て置けない。

……と、救援の方向で考えたのに。出立の命令を受けた配下の辺境出の騎士たちが、ひそひそと謎の囁きを交わしている。

「聞いたか、急げ、遅れたら団長に斬り殺されるぞ、あの顔は『さっさと動け、このうすのろども。俺の剣は一刻も早く敵の血を吸いたいんだ、皆殺しだ』って顔だ」

「うう、現地じゃ血の雨が降るんだろうなあ、野盗どもも気の毒に」

「いや、意外と戦闘にならないかもよ。団長の顔を見たら賊もすぐ逃げてくもん。そうなりゃややこしい外交問題にもならないし、ある意味、団長の魔王顔って環境に優しいかも」

筋骨隆々の騎士たちが、いやん、怖い、と肩をすくめるのを見て、リジェクは額を押さえた。

(……何故、そうなる！)

行動が遅かっただけで味方に抜刀するなどどこの暴君だ。賊も皆殺しにするつもりはない。

この男たちと付き合いだして、まだ一月。

なのにすでにこんな評価を与えられているのが釈然としない。が、それでも、

(気絶されるよりはましだ)

割り切ることにする。こんな一見、怖いもの知らずながたいのいい彼らでも最初の一週間は

リジェクを前にすると緊張と恐怖のあまり失神したり、体調を崩していたのだ。彼ら曰《いわ》く、凶暴な魔物や狂戦士と化した異教徒と体でぶつかり合うことには慣れていても、冷ややかにこちらを見下ろす都出の上役にはまた違った迫力があって、意識が飛ぶそうだが。

(頼むから戦闘中は気絶するなよ)

声には出さず胸の内でつぶやくと、リジェクは「砦にも連絡を入れて、救護班に待機させておけ」と念のため命じて馬に鞭《むち》を入れた。

聞こえた、「うお、団長自ら死人が出る宣言だぜ、怖え」の声はあえて無視することにする。

◇◆◇　◇◆◇　◇◆◇

「くそっ、ただの野盗のくせに、数が多い」

「二十、いや、三十はいるか。だいたいこっちはただの護送馬車だぞ？　最低限の人数しかついてないんだ、防ぎきれるか」

その頃、襲撃を受けた護送馬車の一行は。馬車から少し離れた場所で互いに背をつけ、円陣

を組んでいた。攻撃を防ぎながら悲鳴のような声を出す。

正規の訓練を積んだとはいえ聖域所属の聖騎士は辺境駐屯の騎士とは違い、実戦に出ることはない。魔物討伐なら行うが、それも狩の延長のような戦闘だ。後の職務は主にお飾り騎士。居丈高に異端者の捕縛に向かったり、高位聖職者のお供で儀仗兵《ぎじょうへい》として辺りを睥睨《へいげい》するくらい。人間相手の立ち回りには慣れていないのだ。あっという間に後手に回った。

退いて態勢を立て直そうにも左右は伏兵が潜む深い森、道の前方は火のついた倒木に邪魔をされ、後方には野盗たちがいる。

押されているのは馬車の中にいるミアにも察せられた。

緊迫した空気が伝わって、ミアが体を強張《こわば》らせた時、腰の小物入れが再びもぞもぞと動いた。革紐《かわひも》で留めた蓋《ふた》の隙間《すきま》から懸命に顔を出して、小さな魔物がきゅいっと鳴く。

その声が、大丈夫、僕がいるよ、と言っているようで。

「……ありがとう」

そうだった。真に不安なのはこの小さな魔物のほうだ。仲間からはぐれ心細い思いをして、そのうえ今は襲われて火までかけられた。なのに体の大きい自分が不安がっていてどうする。

それにこれは好機だ。今なら皆、戦闘に目がいって、誰もこちらに注意を向けていない。

小物入れから魔物を出す。無力な自分だけど、それでも。

ミアはがたがたとふるえながらも立ち上がった。剣戟《けんげき》の音がしない、なるべく人のいない、手薄そうな森に向いた窓を開ける。格子がはまっているが、小さな体のこの子なら隙間から外へ出られる。

「行って。危ないから人のいる場所にはもう迷い込まないでね」

森に向かって放してやる。こちらを振り返りつつモモンガ魔物は宙を滑空していった。

これであの子は一安心。

襲撃に夢中の野盗たちもあんな小さな魔物をわざわざ追いかけて狩ろうとはしない。最初に拾った場所から移動してしまったが、きっと森伝いに帰れるはずだ。

次はミアの番だ。

逃げて身の安全を確保するにせよ、怪我《けが》人の手当てをして聖騎士の加勢をするにせよ、とにかくここから脱出できなければ意味がない。というより火が近い。馬車に燃え移れば蒸し焼きだ。

御者はとっくに逃げたようだし、馬も馬車から放してやらなくては。

馬車の屋根から落ちた荷に火が燃え移るのを見て焦りながら、ミアは馬車の内部を見回した。扉にとりついて、こじ開けられるところはないか探していると、外から剣戟の音や苦鳴の声ではない、聖騎士たちの歓声が聞こえた。

「助かった、援軍だ」

「カルデナス騎士団の騎士たちか。おーい、ここだ、助勢を頼む！」

聖騎士の矜持《きょうじ》も捨て、護送の聖騎士たちが叫ぶ。砦の騎士が来てくれたらしい。

ほっとしてミアも身を起こす。が、続けて外の護送の聖騎士たちが動揺した声を上げた。

「う、誰だあれは。本当に救援の騎士か？」

「賊より怖いんだが。というか、魔王だ、魔王が来たよ……！」

……はい？

何、それは。ミアはおそるおそる窓に近づいた。外をのぞいてみる。

「ひっ」

見るなり、外をのぞいたことを後悔する。

そこには、確かに〈魔王〉がいた。

聖域育ちの箱入りとはいえ、ミアは自分が男性や荒事への耐性があると思っていた。宿房こそ女性のみだが、修練の場には指導役の男性神官もいたし、聖騎士たちもいた。聖域付属の療養所には血まみれで運び込まれてくる怪我人もいたし、魔物討伐に赴く聖騎士の部隊に従軍したことだってある。血や荒事には慣れていると思っていた。

だが辺境の前線で過ごす騎士たちは、迫力が違った。

揃《そろ》いの飾り紐付きの軍帽に左肩にかけた短いマント。武装は簡易の胸当てくらいのシンプルなものだが、それは彼らに鎧《よろい》がいらないからだ。見事な筋肉の鎧が深紅の軍服の上からも見て取れて、聖域から一緒だった聖騎士たちが華奢《きゃしゃ》に見えてくる。

しかも彼らはやたらと人間相手の戦いに慣れていた。統率の取れた動きからして、れっきとした王国騎士だと思うが、容赦なくばったばったと賊をなぎ倒している。

その中に。もっと目立つ騎士がいた。

彼だけは他とは毛色が違っている。ごつくない。細身とさえいえる。

世俗からは身を引いたミアでさえ、娘たちが見惚《みと》れるだろうなと思える端正な顔、均整の取れた鞭のようにしなやかな体。動きも洗練されている。軍馬を操る様が、まるで貴顕の集う宮廷で馬術を披露しているようだ。

そういう意味では怖くない。それどころか目にして心地よい芸術品と言っていいだろう。

だが、その鋭い剣裁き。いや、その迫力。……怖い。

敵の返り血を浴びて、魂を狩る、残虐な氷の魔王。大変なものを見てしまった。素人《しろうと》のミアでもはっきりと他とは違うとわかる。戦う彼の背後に吹きすさぶ吹雪《ふぶき》が見えた。

燃える炎の色の髪を翻《ひるがえ》し、謎の氷の冷気を発しながら賊を倒すシルヴェス王国の騎士。部下をたくさん連れた偉い人、と、なれば、

(もしかして、あの人が噂《うわさ》の泣く子も黙るマルス、伯……?)

想像より若い。一切の感情が読めない美しい顔はどこまでも冷酷で。

一度見てしまうともう駄目だ。体が金縛りにあったように動かない。恐怖のあまり目すら離せずにいると、彼がこちらを見た気がした。しかも、

にやり。

彼が唇をつり上げた。血まみれの剣を構えて、冷ややかな眼差《まなざ》しをこちらに向けながら。

――次はお前だ。

語られない脅しを聞いた気がした。

（ひ、ひいいいいいっ）

思わず床にへたり込む。

己の境遇にはあきらめもついているミアだが、それでもやりたいことがある。それを遂げるまでは死んでも死にきれない。

がくがくとふるえつつ抜けた腰でそれでも必死に後ずさって。ミアは両手を縛められた不自由な格好のまま、身を隠せるところを探した。その腰に、こん、と何かがあたった。

木箱だ。

追放先で衣など、持つことを許された私物を入れるために持参していたものだ。

蓋もついていない素朴な箱だ。身を守る何の足しにもならない。だが、他に何もない、窓の緞帳《どんちょう》すらついていない馬車の中では、その箱が頼もしく思えて。

ミアは中に入っていた予備の修練女服を取り出すと、箱の中にしゃがみ込んだ。

◇◆◇　◇◆◇　◇◆◇

馬車の窓から見られているとは知らず、リジェクは馬上で剣を振るっていた。

こちらに赴任して初めての実戦らしい実戦だ。

新しく部下となった騎士たちの動きを見ることもできたし、いかにも野盗といった輩《やから》から聖域一行を助けて、聖域側に恩をきせることもできた。

(上出来だな)

最初は厄介なと思った襲撃だが、早めに介入できてよかった。

血も涙もない冷酷な新団長と、領内にたっている噂もこれ以上の拡大はくいとめたい。なのでこの救援活動は、騎士団の存在意義を人に伝えるのも含めちょうどいい。

と、思考がつい政治面に向かってしまい、反省したリジェクは馬車のほうを見た。

(馬車の乗客は、怯えてはいまいか)

目をやると、ちょこんとのぞく亜麻色の髪が見えた気がした。

(大丈夫、すぐ助ける)

まさか自分の存在が一番彼女を怖がらせているとは思わず、力づけるよう微笑《ほほえ》んでみせると、リジェクは誓いの印に、己の剣を掲げてみせた。そして配下の騎士に命じる。

「護送隊を救出するのが最優先だ。退路は断たず、一か所、あけておいてやれ」

この場はとにかく盗賊たちを追い払うのが先決だ。へたに囲んで、死にものぐるいの反撃にあったり、護送馬車を人質に取られては困る。

（わざと逃がして後をつけさせ、拠点をつきとめたほうがいい）

背後関係を調べられるし、後で別部隊を送れば旅人の害となる賊も一網打尽にできるだろう。

なら、戦意をくじくためにも派手にやったほうがいい。

冷静に判断したリジェクは、ことさらに冷酷な顔を作ると、派手に切りつけ、相手の腕から血しぶきをあげさせた。

◇◆◇　◇◆◇　◇◆◇

……どれくらい、一人でふるえていただろう。気がつくと外が静かになっていた。

木箱に入ったミアは、必死に縁にしがみついていた。

最初は馬車から出ようとも思ったが、今では動くこともままならない。

怖いからではない。窓の隙間から入ってきた煙で、車内がいっぱいになったからだ。せめてもと身を低くして、木箱にしがみついているが息ができない。

苦しい。怖い。

今度こそ死ぬかもしれない。そう覚悟した時だった。

近づく軍靴の音がして、誰かが馬車の扉に触れた。放たれた炎の煤《すす》で曇った窓に黒い影が映る。影は窓の中を窺い、外からおろされた錠を見たのだろう。小さく、焦った舌打ちをした。

「おい、鍵《かぎ》を持っているのは誰だ。……いい、危急の際だ、壊すぞ」

頼もしい声と共に、影が剣を振り上げた。

ガキッと、鈍い音がして、扉が開かれる。

煙の臭いが一瞬、濃くなって、それから外の風が吹き込んでくる。ミアはせき込みながら新鮮な空気を吸った。煙でいぶされ痛む目を瞬《まばた》かせて、それでも必死に救い主を見る。

未《いま》だ燃え盛る倒木の炎と煙。それらを背に従え、立つ男。

（マ、マルス伯……？）

返り血のこびりついた残虐な顔、酷薄な銀の瞳がこちらを見下ろしていた。煙で充満した車内からでも、外の陽光の下にいる彼ははっきりと見えた。

恐ろしさのあまり、ミアはせき込むことすら忘れた。目が痛むことも、ぽろぽろ涙がこぼれていることとも忘れた。今の自分が薄汚れて助けの手を待つしかない捨てられた子犬に見えることにも気づかず、ただひたすら目を見開いて、彼を見上げる。逸《そ》らすことができない。

車内の煙が晴れてやっと中がはっきり見えたのだろう。冷たすぎて妖しい色香さえ放つ彼の瞳が、木箱に入ってふるえているミアを映す。

その目が、かっ、と見開かれた。

こちらを凝視する銀の瞳に、彼が持つ剣の鈍い光が反射して。

その瞬間、ミアは間違いなく、自分が彼にロックオンされたことを小動物の本能で悟った。

（……殺される！）

緊張と恐怖が、限界を超えた。

「ひっ」

小さく叫ぶと、ミアは大事な箱の縁にしがみついたまま、意識を手放した。

◇◆◇　◇◆◇　◇◆◇

（なっ）

リジェクは思わず目を見開いた。

戦闘が終局に向かったことを確認し、馬車に近づいた時のことだった。

転がった荷に炎が移り、煙が車内に吸い込まれているのに気づいてあわてて駆け寄った。

護送馬車だから当たり前だが、外からかけられた錠に眉《まゆ》をひそめ、鍵を求める手間も惜しく、剣の柄で壊すと扉を開けた。

そこにいたのは、一人の少女だった。

「……?!」

小柄な、可哀《かわい》そうなくらいに痩せた少女が、よほど襲撃が怖かったのだろう。箱の中にすっぽり入って、ふるふるとふるえながら涙に潤んだ目でこちらを見上げていた。

それを見るなり、ごとりと魂が動くのを感じた。

怖くて不安で怯えているのに、「生きたい」と必死で願う、強さを秘めた瞳が鮮烈で。

(なんだ、この少女は……!)

いじらしすぎる! 先ほどちらりと見た時にはすぐに隠れてしまったからよくわからなかったが、追放されてきた罪人がこれほどか細い少女だったとは。

庇護《ひご》欲をそそらずにはいない薄い肩。何故、箱に入っているのかはわからないが、きっとパニックを起こして隠れているつもりなのだろう。ずれたヴェールの下からのぞく亜麻色の髪がふわふわした毛皮のようで。リジェクは、彼女の頭上に、保護の手を必要とする子犬めいた、ぴるぴるとふるえる耳を確かに見た気がした。

少女は恐怖の限界だったのだろう。小さく、

「ひっ」

と声にならない悲鳴を上げると、そのまま失神した。その様がますます彼女を脆《もろ》く、可憐《かれん》に見せて。胸が哀れみでいっぱいになったリジェクは手を伸ばした。

労《いたわ》りの心を込めて大事に少女を箱ごと抱え上げる。

こんなか弱い少女を怯えさせた野盗に、そしてこんな彼女を護るのではなく、鍵のかかった馬車の中に放置した聖域の聖騎士たちへの義憤が湧き起こる。

リジェクはおそるおそる彼女のヴェールを直してやった。少しでも寝心地がよくなるように硬い木箱から出してやるべきかとも思ったが、無骨な自分では不用意に手を伸ばせば壊してしまいそうで、少女本体に触れるのは怖くてできなかった。

「あの、団長……？」

抱えた箱を凝視していると、ヘラルドがおそるおそる声をかけてきた。

「その方、もしかしなくても、馬車の中にいた、護送中の罪人ですよね？　なら、元聖女候補様ですよ。子犬か猫の子みたいに勝手に持ち帰ったりしちゃいけませんからね？　護送の聖騎士たちがいるんですから、ちゃんと元の場所に返してくださいよ？」

ヘラルドがすがるように言うが、何を言っているのだ。こんなか弱い存在を殺伐とした場に置いておけるか。精神衛生上よろしくない。それに、こんなに弱っているのだ。

（一刻も早く、落ち着いた場所に寝かせてやらないと……！）

リジェクの中では完全に、少女と庇護すべき捨て犬がかぶっていた。

箱を抱えたままいそいで愛馬の元へと戻る。現場の騎士たちがぽかんとした目で見ているが、構っている暇はない。もう戦闘も終わった。自分がいても護送の聖騎士たちが怯えるだけだ。

後の処理を部下たちに任せると、リジェクは馬にまたがり鞭を入れた。目的地はもちろん騎士団が駐屯するカルデナス砦だ。

リジェクは少女を木箱ごと自分のものとしてお持ち帰り、いや、保護することにしたのだ。

2

ふわり、ふわり、と体が揺れている。

ミアは心地よい振動を感じながら、ぼんやりと過去を思う。いや、これは夢だろうか。懐かしい過去のことを夢で思い返しているのか。

ミアはここより西方にある国、ルベリア王国の貴族令嬢として生まれた。

何不自由ない生まれだったと思う。家は裕福なほうだったそうだし、体面を重視するきらいはあったが、それなりに父母にも愛され、大切にされていたと思う。

思う、とはっきりしない言い方なのは、両親と暮らしたのが幼い頃のことすぎて記憶があやふやだからだ。ただ父母のこちらを見る目が変わった時のことだけはよく覚えている。

ミアが三歳くらいになった時のことだった。

片言ながら人と会話ができるようになり、自分の世界と外の世界との違いに気づきはじめた頃のこと。自分にとっては普通の、物心ついた時にはすでにどこからともなく聞こえていた声が、他の大人たちには聞こえていないことを舌足らずな会話を通して知ったのだ。

昔から聞こえていた、不思議な声。

それは遠いところで交わされる誰かの会話の断片のように、時や所に構わず、切れ切れにミアの耳に届いた。それらを聞いたミアは、子ども部屋に隔離された幼児では知り得ない様々なことを口にした。

中には大人たちが隠す秘密も含まれていて。

気味悪がった両親はミアを領地で暮らす家令夫婦に預け、遠ざけることにした。

今思えばあれがミアにとっての一度目の追放だろう。親たちはミアを見えない場所に追いやることですべて終わったと、不気味な娘の存在を忘れることにしたのだ。

が、ことは思惑通りに進まない。

深い森に囲まれた領地の館《やかた》でミアの力はさらに開花した。

王都にいる時よりもはるかに多くの声がミアには聞こえてきたのだ。その声に耳を傾けていると、広い領内で起きている事柄がすべてわかった。天候の変化を予知したり、馬で三日はかかる土地の異変を館に居ながらに知ったり。声はいろいろなことを教えてくれた。

最初は気味悪がっていた領民たちもミアの力が自分たちの暮らしに役立つと気づくと、これはもしや噂に聞く、聖女が持つ神の声を聞く力ではないかとミアを頼るようになった。

今にしてみればこの頃がミアにとって一番、幸せだったろう。

聞こえた事柄を話せば皆に感謝され、存在を受け入れてもらえたのだから。

だがそんな日々も長くは続かない。ミアの噂が都にまで伝わり、聖域から迎えが来たのだ。

父は聖域からの要請でしかたなくという形で娘を処分できることを喜び、さっさと身柄を引き渡した。それがミアにとって二度目の追放。そして三度目は……。

ミアはきゅっと手を握った。聖域での日々を思って。

ミアの不思議な声を聞く力は、何故か聖域ではよく働かなかったのだ。他にも大勢いた聖女候補の少女たちには聞こえているのに。

落ちこぼれと蔑《さげす》まれ、皆が嫌がる仕事を押し付けられるようになったのはその頃からだ。特に選民意識の強い貴族出の聖女候補ベリンダからは虐《いじ》めに近い扱いを受けた。

力の弱い他の聖女候補たちも彼女を恐れてそれに倣ったので、ミアは同年代の少女たちに囲まれ、共に暮らしながらも一人ぼっち、悪い意味で孤高の令嬢だった。

そしてミアが魔物たちと交流を持つようになったのもその頃。

聖域の森にも数は少ないが魔物たちがいて。いつしか厭《いと》われる者同士仲良くなったのだ。

ミアのことを疎まず、一緒にいてくれた小さな生き物たち。聖域の中で孤立していたミアには、魔物と呼ばれていようと、彼らが持つ温かな鼓動がたまらなく嬉しかった。

だから聖女候補として聖騎士たちの魔物討伐に従軍した時には、彼らのことを聖騎士たちの目から必死でかばった。見つからないように彼らを隠した。

言葉は通じなくても、魔物たちはミアの差し伸べる手を拒まなかった。助けたいという想いを受け入れてくれた。

その頃のミアは魔物を一体助けるたびに、心の重しを一つ下ろせていたように思う。

助けたようで、逆に助けられていた。彼らの迷い子のような瞳。所在なさげに縮こまる姿に、ミアは自分を重ねていたのだろう。だから彼らを助けるたびに、自分をも救えているような気がして、折れそうになる心をかろうじて折らずに済んだのだ。

だから。魔物と通じた罪で裁かれた後も、ミアは魔物たちとの交流をやめられなかった。

いや、そもそもミアが追放となる原因となったあの事件を、ミアはまだ納得していない。ミアが助けたあの子はあの時、通常の状態ではなくて。

だからミアは罪に服した今もまた罪を重ねた。あのモモンガ魔物を見つけた時、聖騎士たちに引き渡せなかったのは、それをすればきっと自分の中の何かが崩れる。人としての心が死ぬ。親に捨てられても守ってきた最後の一線が切れてしまう。そう自覚していたからだ。

確かに魔物は恐ろしい。が、魔物だからすべて滅せよというのは極論すぎるとミアは思う。野の獣にいろいろなものがいるように、魔物にだってミアの手の中でふるふるふるえて助けを求めるか弱い存在だっている。

聖典にあるから。恐ろしい個体がいるから。

ただそれだけで個々の事情も考慮せず、魔物をすべて滅せよなどという人間のほうがよほど怖い存在なのではないかとミアは思う。

が、そんなことを口にはできない。そぶりにすら出せない。

ここはルーア教徒の世界で、ミアもまたルーア教徒なのだ。

だから皆は知らない。ミアの聖女としての力が聖域ではうまく働かなかった本当の理由を。

ミアが真実、この世界の異端者であることを誰も知らない。

（この秘密だけは、絶対、悟られたら駄目……）

師にさえ言えなかった秘密。これがばれれば追放だけではすまない。聖域にいる師の元へ必ず帰る、という誓いを果たせないまま、ミアはマルス辺境伯の手で処刑されてしまうだろう。

閉じた眦《まなじり》から、はらりと一粒の涙がこぼれ落ちて。

そこでミアの意識が覚醒《かくせい》する――。


「……目が覚めたかい？　もうすぐつくよ」

優しい声に促されて、ミアははっとした。あわてて身を起こす。

そこは揺れる荷車の荷台だった。周囲はとっぷりと暮れた森、荷車の手綱を握った唯一の同行者は、さらさらした銀髪とハシバミ色の瞳が優しい、司祭服を纏《まと》った青年だった。

「ダミアン司祭様……」

ミアは思わず目を丸くした。青年の名をつぶやく。

ダミアン司祭とは初対面ではない。一度、聖域で会っている。聖域で開かれた、ミアの罪を問う異端審問の席上だった。ダミアン司祭はただ一人、ミアの助命をして、追放後の幽閉先としてミアの家族が引き取りを拒否した時も、私が引き受けようと言ってくれた恩人だ。

会った回数が少ないので、パウロ師のように彼のことをよく知るわけではない。が、それでも聖域でのミアを気にかけてくれた、数少ない人の一人だ。でも、

(どうして？　私、襲撃を受けて、それで、怖いマルス辺境伯に捕まったんじゃ……)

とまどった顔をしていると、ダミアン司祭がミアが気絶している間のことを教えてくれた。

「君は襲撃の後、砦に運ばれたんだよ。で、迎えに来て欲しいと私に連絡が入ってね」

いそいで出向くと、ミアは一人、柔らかな寝台に寝かされて、毛布がかけてあったそうだ。

意識が戻るまで待とうかと思ったが、案内係の騎士と軍医が必死の形相で、

「逃げたほうがいい、この一月で何度あの人に構われすぎて体調を崩した子猫を見たことか」

「その通りだよ。ここではあの人が拾ってきた小動物を密《ひそ》かに逃がしてやるのが配下の責務なんだから。恐ろしい。副官殿の黙認はもらってるから一刻も早くここを離れるんだっっ」

と、荷車にミアを押し込んできたので、司祭は押されるまま砦を後にしたのだとか。謎な言葉だが、ミアとしては解放されたことにほっとした。

「護送の聖騎士たちも聖域へもう出立したそうだよ。砦で休んでいくよう勧めたのに、傷と馬車の応急処置だけ済ませて。よほど早く帰りたかったのかな」

言われて、ミアは手を見る。移送中は縄をかけられる決まりなのに縛められていない。荷車の周りにも見張り役の聖騎士もいなければ、砦の兵士もいない。

「もう夜だし、修道院まで砦の騎士が護衛につくと言ってくれたんだけど、騎馬で囲まれて、歩みの遅い荷車を操るのは気を使うからね。引き取ってくれと言ったんだよ。縄を解くことも了承してもらった。……それとも、縄がなかったら逃げるかい？」

聞かれて、あわてて顔を横に振る。ミアが逃げれば身柄を引き受けたこの人が罰を受ける。そんな後ろ砂をかけるような真似《まね》をするわけがない。そう言うと、司祭がにっこりと笑った。

「なら、ここにいるのは咎人ではなく、償いを求める求道者だ。私は受け入れるよ」

なんて優しい人だろう。司祭の背に聖なる光が見えた気がした。ミアはこの人の手にゆだねられて本当によかったと神に感謝した。司祭がもう一度ミアに微笑みかけると顔を前に戻す。

「ほうら、見えてきた。あれがカルデア修道院だよ」

言われて、ミアは目を凝らす。ぽこぽこと小さな馬の歩む先にあるのは、星明かりに巨大な影として映る、大きな建物だ。が、おかしい。この地を統括する大修道院だと聞いたのに、目の前に迫る建物には灯《あかり》一つない。いくら就寝時刻の早い、清貧を徳とする修道院でも礼拝堂には常夜の火が灯《とも》っているはずなのに。

昼に煙に巻かれて目が変になっているのかとこすっていると、司祭が教えてくれた。

「ああ、修道院は廃院になったんだよ。戒律が厳しすぎたのか、門を叩《たた》く者が絶えて久しくてね。付属の礼拝堂だけは聖域から聖職者を派遣して維持しているが、そちらも留守番の下男を雇えるほど寄付が入るわけでもなくて。だから灯一つついていない」

私が赴任する前は老司祭が一人で守っていたんだよ。だから廃屋のような有様だろうと、彼が、追放先としてもうカルデア修道院が機能していないことを教えてくれる。ミアはかろうじて残っている礼拝堂と、その付属の司祭館でお世話になるらしい。

「寂れるのも無理はないんだ。ここは王国の端。村々は小さく貧しいうえ、広大な荒れ地や森の中に散在していて。礼拝堂を教区の民に解放しても皆、詣《もう》でるのも難しくてね。こちらが定期的に巡回して告解を受けたりするようにしているんだよ」

修道院の敷地は飛び地の聖域領だが、これだけ本国から離れていては聖域の目も援助の手も届かないそうだ。

朽ちた修道院の門をくぐり、司祭が暮らしている礼拝堂付き司祭館へと進む。

大きな杉の木の傍らに立つ礼拝堂は、修道院の規模に似合わずこぢんまりとしていた。付随する司祭館はさらに小さい。台所と応接間を兼ねた居間、司祭の私室の他は下男が暮らす小部屋しかない。ミアは下男部屋にお世話になることになった。夜目にもわかる、清貧と戒律を重んじるカルデア修道院にふさわしい、石壁の質素な造りだ。

それでも中に入ると料理用も兼ねた暖炉があって、司祭が火を熾《おこ》してくれる。

ぱちぱちと温かな音がして、明るい炎が踊りだすと、心がほっと緩んでいく。張り詰めていたものが解けたからか、さっきまで荷台で寝ていたというのにまた眠くなった。ふと見ると司祭も疲れた顔をしている。

「あ……。香草茶でもお淹《い》れしましょうか」

「おや、淹れてくれるのかい？　茶葉はそこにあるが、水は井戸から汲《く》んできてもらうしかないのだが。汲み置きを切らしていてね」

一瞬、迷った。もう外が暗いのに井戸の場所がわからなかったのもあるが、足に履いているのが頑丈な靴底のついた編み上げ靴ではなく、皮を袋状に縫って上を紐でとめただけのモカシンだったからだ。この建物の荒れ様からすると外もすごいだろう。だが、

「すみません、井戸はどちらでしょうか」

桶《おけ》を手に外へ出ようとすると、司祭がため息をついた。

「聖域でもそうだったのかな。聖女候補のお嬢さんたちの間では」

「え？」

「聖域で見た時にも思ったが。君は聖女候補というよりは修練女のような子だね。聖女候補は聖職者とはいえ人前に出ることが多い特殊な役柄だからか、特権意識の強い、世俗意識に染まった者が多いが。君は幼児期に聖域に入ったわりに純粋というか、悪い意味で聖域に染まっていない。だから……こういったことに巻き込まれるのかな。無自覚なまま」

後半は独り言のように小さく言って、司祭が意味深にミアを見る。

「座っていたまえ、君のほうこそ今日はいろいろあって疲れているだろう。座り心地の悪い、揺れる荷車で眠ってしまっていたほどに」

「ですが、司祭様お一人を働かせるわけには」

「安心したまえ。別に君に楽をさせようと言うのではない。外仕事は私がするから、君は夕食の支度を頼むよ。喉《のど》も渇いているが、正餐《せいさん》を食べ損ねていてね」

言われてみればミアも早朝に携帯用の堅パンを口にしただけだ。

「見ての通りここには私しかいない。お客様よろしく房に幽閉した君の世話をできるほどの余裕はないのでね。わざわざ外に出ずとも、ここでは何かをするだけで一苦労だと思うよ」

言われて、周囲を見る。必要最小限のところだけ使っているようだが埃《ほこり》だらけだ。

私が水を汲んでくるよと司祭が出て行って、ミアは台所をのぞいてみる。こちらもずいぶんな荒れ様だ。それでも、鍋《なべ》や匙《さじ》などの調理器具はあるようで。

（あれ？）

ミアは必要な物を取り出しながら戸棚の位置を確かめて首をかしげる。

（ここには司祭様しかおられないのよね？）

物の置かれた位置が、ダミアン司祭よりもっと背の低い、まるで前任者だったという老人が使用していたそのままのような気がしたのだ。

鍋を手に少し固まって。気のせいだとミアは顔を振る。もともと物の少ない清貧の司祭館だ。手の届きやすいところに配置したら、高い棚に置くものがなくなっただけだろう。

あの、美しく飾られた祭壇で民に聖句を聞かせるのが似合いそうな司祭が包丁を手にする姿は想像もつかないが、赴任して何年もの間さすがに霞《かすみ》を食べていたわけではないだろう。

一人暮らしならよく使いそうな片手鍋にまでうっすら埃がかかっているのも気のせいと片付けて、備蓄された食材を確かめる。

「よかった」

お国が違うので知らない物ばかりならどうしようと思ったが、基本は同じようだ。香草の類《たぐい》も覚えのあるものが多い。それはここが修道院付き司祭館で、聖域内では国境を越え栽培する種子などの情報が共有されているからなのだが、ミアはそこまで詳しいことは知らない。

少ないがミルクやパン種まであった。野菜や肉をおいた半地下の石蔵は氷室ではないが、秋のこの季節、ひんやりと涼しい。が、さすがにミルクは今日中に使い切ってしまわないと傷んでしまう。他には根菜の類がある。

パンは今から捏《こ》ねて発酵させるのであれば間に合わない。なら、腹持ちがいい料理がいい。よし。メニューは決まった。

司祭が戻ってきたので、さっそく汲みたての水を使わせていただいて、兎肉《うさぎにく》と根菜のシチューを作る。

「うん、美味《おい》しいよ」

神に感謝の祈りを捧げると、司祭様に味を見てもらう。合格点をもらえてほっとする。

空腹は最高の調味料というが、ダミアン司祭が問題なく食べはじめたのを確かめて、ミアも匙を入れる。とろりと煮込んだシチューを口に含むと、ほっと体から強張りがとれた。温かい。

煮込んだ肉と野菜の旨《うま》みが、疲れて空っぽの胃の腑《ふ》に落ちていく。じんわり体が温まる。

食後は司祭が夜の祈りがあるからと礼拝堂にこもってしまったので、ミアは台所の片付けをして、明日《あす》の分のパンを捏ねてから与えられた小部屋へ戻る。がらんとした部屋は殺風景だった。そのこと自体は慣れているが、埃っぽいのが気になる。

(明日は掃除しなきゃ)

司祭には修道院の敷地から出ない限りは好きに過ごせと言われている。本当にいいのかなと思う自由さだ。とりあえず就寝の準備だ。聖職にある者として先ず祈祷《きとう》を行う場所を作る。

軽く床をぬぐって、小さな膝《ひざ》置きを置く。

この地へ来て初めての祈りを済ませたミアは、ふと、窓の外へと目を向けた。

この小部屋は修道士ではなく、住み込みの使用人のためのものだからか、窓は大きく取られている。だから緞帳もかけられていない窓から外がよく見える。

広がる深い闇《やみ》に、とうとう来たのだなと実感する。

(ここが、シルヴェス王国……)

聖域から遠く離れた最果ての国、神の力が及ぶ北東端。大陸の西方諸国が信奉する神、ルーアを崇《あが》める地はここで終わり、この闇の先にあるのは異民族の世界。

（そして、聖典にある神に見捨てられた荒野へと続く場所）

到着までに四か月もかかった遠い辺境の地は、ミアの故郷である大陸西端の国、聖域があるルベリア王国と同じ大地の上にある。なのに空の青さも、立ち込める闇の色もどこか違う。

闇に沈んだ森から漂う大気はしっとりと水気を含んでいて、深く濃く、人の身では知り得ない太古の秘密を孕《はら》んでいる気がする。眩い陽光とからっとした大気の下、すべての明暗がはっきりとしていた故郷の王国とは全然違う。

そして、それがここが遠い異郷の地であることを改めてミアに伝えてきて。

怖くなったミアは窓から離れた。急いで寝台に潜り込み、置かれていたシーツにくるまる。

だが眠れない。ミアはもそもそと移動すると、木箱の中身を出し、中に入った。

この箱は幼い頃、両親からの誕生祝いの贈り物だった大きなクマの人形が入っていたものだ。人形は領地の館へ追いやられる時に取り上げられてしまったが、木箱だけは残された。以来、ミアはこの箱を聖域にも持ち込んで、櫃《ひつ》がわりに大事に使っている。

すっぽり小柄なミアが入ってしまえる箱。触れているともう覚えていない幸せな頃の残り香がして、安心できるのだ。縁に身をもたれさせていると、ようやく落ち着いてくる。

司祭様はもう眠ったのか、耳を澄ましたが音はしない。

もう一度、窓のほうを見る。今度は雲が晴れたのか、月が出ていた。

聖域でも、旅の空でも眺めたのと同じ月。それを見ていると少しだけ安心できた。

目をつむる。今日は疲れた。昼に気絶して、その後にもたっぷり眠ったはずなのに睡魔が襲ってくる。ふと、昼に会った騎士団長のことを思い出した。とても怖かった。

だがダミアン司祭から聞いた。彼は新任の騎士団長で、この地には慣れていないのに、襲撃の知らせを聞いてすぐ駆け付けてくれたのだとか。

(なのに怖がって、悪いことしたな……)

彼が助けてくれたから、自分は無事にここにいられる。凄《すご》い目を向けられたけど。

少し考える。就寝前の祈祷はもう済ませたけれど、ミアは改めて、箱の中で座り直した。

姿勢を正して、遠い、騎士団の砦にいるであろう団長殿や助けてくれた砦の騎士たちに感謝を捧げ、神の恩恵がありますようにと祈る。そして再びうずくまると眠りの波に身を任せる。

祈り、心の重荷を下ろすことが心の安定に繋《つな》がったのだろうか。

やがて、木箱の中からは健やかな寝息が聞こえはじめた。

◇◆◇　◇◆◇　◇◆◇

「拠点にいた賊を捕らえきれなかった、だと?」

その頃、遠い騎士団の砦では。ミアが祈りを向けた相手、リジェクが執務を終え、私室へとひきとったところだった。就寝準備を整えていると、副官のヘラルドが訪ねてくる。

リジェクは手にした香を机に置き、早馬がもたらしたという知らせを聞いた。

「隠れ家を突き止めるまではうまくいったのですが、増援を連れて行くともぬけの殻で。監視の死角から逃げたのか、残した見張りも気づかなかったようです」

昼に聖域からの一行を襲った賊のことだ。わざと逃がした後、土地勘のある者の方がいいだろうと、もともとこの砦に詰める聖騎士の一人に指揮を任せたが。

「……何故、見張りが気づかれた？　へまでもしたか」

「いいえ。報告を聞くと定石は守ってます。相手が上手だったようで」

辺境の野盗も侮れませんねとヘラルドが肩をすくめる。リジェクは顔をしかめた。

傷の手当てをしている間に、護送の聖騎士たちに聞き取りをした。襲われた理由に心当たりはないが、ここへ来るまでにも何度かあんな襲撃があったという。

「運んでいるのが罪人とわかって、すぐ引いていきましたがね」

と、彼らは言っていたが、聖騎士が周囲を囲んだ護送馬車を襲うことからしておかしい。彼らは野盗だ。護衛付きの馬車を狙う危険はわかっている。それでも実行するのは危険を冒す利点があるからだ。だが、実際に襲ったのは金目の物も積んでいないただの護送馬車だった。

「何が狙いか、気になるな」

彼らの背景は調べた。どことも繋がりのない、金のためなら何でもする男たちだった。今回のことがなくとも、冬になるまでに片付ける予定でいた一団だ。つまり逆に言えば誰かに金でも渡されれば、聖騎士が守る護送馬車でも襲う輩で。

リジェクは渋い顔で、保管用の、罪人を無事受け取った旨を記した写しを手にした。写しでないほうは帰国する聖騎士たちに渡した。無事、聖域に届くだろうかと思う。もし、謎の襲撃の狙いが聖域一行なら、彼らは帰路にまた襲われることになるが……。

『……では、我が君。私は下がらせていただきます』

当分、仕事の話は終わらないと悟ったからだろう。控えていた使い魔のウームーが机に置かれた香を手に一礼した。すうっ、と、ここではない空間の向こうへ消えていく。

黒髪長髪にモノクルをかけた青年の姿でいることを好むウームーは、人型をとることができ、人よりも高い知能を持つ高位の魔物だ。空間を操ることができる。

なので自然に部屋の風景に溶け込んでいて、今までその存在に気づいていなかったのだろう。

ヘラルドが恐縮して言った。

「申し訳ありません、就寝前の供物の儀をお邪魔したようで」

「いい。あいつも自室でゆっくり香を楽しむほうがいいだろう。都に作っていた〈祭壇〉と似た場所を東の塔の一角に作ったらしい。皆に言って人を近づけないようにしてくれ」

「東の塔……、ああ、あのひと気のない。あんな寂れたところに引きこもるとは、ウームーはまだこちらに慣れませんか」

ああ、と返して、リジェクは自分の使い魔が消えた方向を見た。

一時的なものだからということで、この地への派遣を了承したが、ウームーには悪いことをしたと思っている。

常に執事めいた正装を好む彼は、洒落《しゃれ》た暮らしが好きだ。住み慣れた都にあるドラコルル一族の邸《やしき》を離れ、辺境の地に来たことを快く思っていない。

そのうえ、この砦には聖域に籍を置く聖騎士たちがいる。

もともと魔物の多い土地なので、皆、魔物自体には慣れている。都で暮らしていた時ほど奇異の目を向けられることはないが、それでも人型を取れる上位魔物は珍しい。どうしても人に見られるし、いたるところに聖印が飾られた砦内は彼にとって居心地が悪いだろう。

「やっかいだが、我慢してもらうしかないな。一年もあれば後任も決まると思うが。さすがに魔物を使う俺に、このままこの地を任すなど、陛下も無謀な真似はなさるまい」

リジェクは王より王国騎士に叙任された元近衛騎士だが、もともとの出身は魔導貴族だ。

魔導貴族とは、シルヴェス王国固有の称号で、魔導に関わる技能で国に仕えることで貴族位を得た家を指す。シルヴェス王国は東西異国の文化が交じり合う地に位置し、魔導や魔物には寛容な国だ。自国の益になるならばと、代々の王自らがルーア教の教義に反する魔物や魔導の研究を保護、奨励している。故にできた魔導貴族位だが、中でもリジェクの実家、ドラコルル伯爵家は高位の魔物を使い魔として使役できるうえ、退魔能力も持つことでも知られている。

長女ラドミラはウィンク一つで魔物を魅了、その体を溶かしてしまう。

次女のルーリエは魔物を食べることで滅することができる。

末弟レネはその高いボーイソプラノで子守唄を歌い、竜すら眠らせる。

そして長男リジェクは冷え冷えとした一瞥《いちべつ》で魔物を凍らせ、砕き散らすことができるのだ。

そんなリジェクが使役する魔物、ウームーは、太古の昔は異国の神であったそうだ。この地に流れついた時、ウームーは神としての力の源である己を崇める民を失い、消滅しかかっていた。それを救い、匿ったのがドラコルル家の祖先だ。

以来、ウームーは己を崇める代わりに、ドラコルル一族を守護するという契約を結んでくれた。そして今は当代の主《あるじ》をリジェクと決めて仕えてくれている。

ルーア教を国教とする国で暮らしているのだから、当然、リジェクもルーア教徒だ。が、聖堂で神の祝福を受けつつも、邸では魔導貴族として異端の儀式を行っている。それが他の貴族家との軋轢《あつれき》を生むこともあるが、魔導の力で国に貢献しているのだから割り切るしかない。王が〈魔物に慣れている〉と、この地の領主にリジェクを推したのもこれが理由だ。

（もっとも。陛下はマルス辺境伯家には聖域より授かった、聖騎士伯位もが付属していることは、あえて忘れたふりをなさっているようだが）

ため息が出る。砦にとどまる聖域よりの客人のことを連想した。ヘラルドに訊《たず》ねる。

「ところで。あの聖域から来た元聖女候補殿は？　まだ気づかないのか？」

「司祭が迎えに来たので渡しました」

さらっと返された。

「聖域から来た純粋培養の元聖女候補と聞きましたから、どんな高慢ちき……、いえ、気位の高い方かと。気がついた時、怒りだして面倒だなあって、迎えの司祭に引き渡しました」

……自分はそんな指示を出していない。気づいたらすぐ知らせろと命じたはずだ。

拾った小動物へのヘラルドの対応はいつものことだが寂しくて、無言のまま眉根《まゆね》をよせる。

それだけで永久凍土顔になるリジェクの抗議を熟練の技で流して、ヘラルドがリジェクが事後処理に忙殺されていた間のことを話す。

「迎えの馬車はずいぶん小さな荷車で。さすがに聖女候補様には不似合いかと思って砦の馬車を出すって言ったんですが、司祭様が『この子なら、可愛い車だと喜んで乗ってくれるよ』とおっしゃいましてね。あんな護送馬車の後ではちっぽけな荷車でもましに思えるってことでしょうけど、司祭様曰く、なかなか謙虚な娘さんらしくて。あー、これなら目が覚めるまで砦にいてもらってもよかったかなとも思ったのですけど、迎えが来ちゃいましたしね」

言われて、リジェクはヘラルドが聞き取り調査もせずに彼女を行かせたことを知った。

（……この男にしては失態だな）

たぶん、外観通り中身も優しいヘラルドのことだ。襲撃を受け、怯えた少女に聞き取りなどせずとも、成人の聖騎士たちから聞けばいいじゃないかと考えたのかと思ったが。

「一晩たてば落ち着くでしょうし。聞き取りも可能かと思いますよ。どうせ聖域に無事、罪人が幽閉先に落ち着いたことを報告するため、修道院を見に行かないといけないんですし、その時にまとめて行えば」

その言葉で悟った。何故、ヘラルドが手順もそこそこに彼女を迎えの手に渡したか。

（ウームーを見せないためか）

気まぐれな魔物、ウームーは普段はリジェクの影に潜み、主を守っている。が、さすがに〈家〉である砦に戻ると特に指令を下さない限り自由に砦の中をうろついている。過去のいきさつからして己から聖域一行に近づくとは思えないが、遭遇する可能性はある。聖女候補が相手では人の姿に擬態していても見破られるかもしれない。ヘラルドはそれを心配したのだろう。

「ルーア教か……」

空高くにおわす唯一神ルーア、かの神を崇めるのが聖域に本拠を置くルーア教だ。

もとは大陸の西にある小さな国で興った教えだが、いつの間にかここシルヴェス王国を含む大陸の西部、いわゆる西方諸国と呼ばれる国々すべての国教となった。唯一神を崇める以上、かの教えは他の奇跡を厭う。古き昔、神と呼ばれていた他の存在をすべて異端、魔物と呼び、排斥した。ウームーもその内の一体、いや、一柱だ。

「この砦に詰めている聖騎士たちはここの出身で、魔物にも慣れて寛容な考え方ができますが。あの元聖女候補様は聖域育ちの純粋な箱入りと聞きますし」

聖域では魔物は討伐されきって存在しないと聞く。そんな所で育った彼女が万が一、ウームーの存在を知ったら。

「魔導貴族はもちろん、使い魔の存在を知るかも怪しい。異端と騒ぐかもしれない、か」

前カルデナス辺境騎士団の団長、マルス辺境伯は敬虔なルーア教徒だった。だが複雑な経緯を持つこの地で育っただけあって、柔軟な考えもできる人物だった。自領に魔物が出ても害のあるモノ以外は黙認し、ことさら聖域にも報告はしなかった。

この地にあったというカルデア修道院も。世俗の王にさえ権威をふるう聖域の在り方に眉をひそめ、距離を取っていた。故に、この地の実情は公式には聖域には伝わっていない、とマルス伯の秘書官を務めていた老人に引き継ぎの際に聞かされた。つまり放った密偵の口からこの地の内情を知る聖域上層部ならともかく、一般聖職者である彼女なら、知らない可能性が高い。

魔導貴族や国中に生息する魔物については王も答弁に苦慮する案件だ。聖域側としても強硬に出て教化した国を失うのは惜しいと魔導の存在には触れずにいるが、もし聖域が一歩踏み込んで問いかけて来た場合はどうなるか。この国では王も認めた合法の存在とはいえ、ルーア教総本山の司教たちが、使い魔、ましてや魔導貴族の存在を公に認めるとは思えない。

リジェクは決断を下した。

「先送りでしかないが、元聖女候補殿にも極力、伏せる方向で行こう」

自ら火薬に火をつけることもないと指針を告げると、ヘラルドが勤勉な副官らしく「では、皆にもそのように伝えます」と答えた。それを聞きつつ、リジェクはため息をもらす。教義と実際。建前と現実。武人肌のリジェクは本来こういった腹芸が好きではない。

「辺境に来れば宮廷でのような駆け引きは必要ないと思っていたのにな」

「甘いですよ。素朴な領民だけでなくここには海千山千の交易商人たちだっています」

辺境にあって耕作地も少ないこの地の税収のほとんどは、公式上は国交のない異教徒たちの地へと赴く交易商人の通行税でまかなっている。これも聖域には大っぴらにできないことだ。

「まったく。聖職者の相手はやっかいだ」

「ですがありがたい相手でもありますよ。砦に駐屯している聖騎士たちの世話賃だと、かなりの額を毎年、聖域から供与されてますしね」

砦の帳簿関係を任せているヘラルドの顔が渋い。リジェクは、わかっているとうなずいた。

「……元聖女候補様のほうも。明日にでも様子を見に行こう」

今日はもう遅い。それにあんなことがあった後だ。疲れて眠っているだろう。

たぶん、この顔を見せれば怯えられるだろうが、半刻ばかり立ち寄ってすぐに帰るなら泣かれるところまではいかないだろう。

そう、これからは距離を保って対する旨を言うと、ほっとしたようにヘラルドが微笑んだ。

「あの元聖女候補様、保護者のいるところで節度を守って会うだけなら、私も交流を持つのは賛成です。聖職者にしては驕《おご》ったところはない少女のようですし」

仮にも神の慈悲を説く聖女候補だった人なら、団長の顔にだってすぐ慣れるでしょう、一般人と交流する手がかりになってくれるかもしれませんね、と、何の根拠もない希望を言う。

リジェクはもうあきらめているが、この優しい副官は「いつか閣下にもあなたの顔を怖がらず、隣の空白を埋めてくれる人が現れますよ」とよく口にする。信じているのだ。この地へ着てからも他者とリジェクの間に立ち、誤解を解こうと奮闘してくれる。

（いつか現れる隣を埋めてくれる人とは、ヘラルドのことだろう）

この男だけでもわかってもらえるならそれでいい。リジェクは常々そう思っている。明日のカルデア修道院への来訪予定も、半ばヘラルドの顔を立ててのものだ。

この時のリジェクは、捨てられた子犬を連想して魔が差したとはいえ、彼女が非道な護送騎士から司祭の手へ渡されたことに満足すべきだと自分に言い聞かせるだけの理性があった。

自分の手で守ってやりたいが、近寄れば怖がられる。

ヘラルドがいつもこっそり相手を逃がすのは、リジェクが可愛がると相手がすぐ恐怖のあまり体調を崩すからだ。寂しいし、残念だが、距離を置いたほうが彼女のためだ。

そのことは理解していたし、ヘラルドが言うような期待は欠片《かけら》も抱いていなかったから。

◇◆◇　◇◆◇　◇◆◇

爽《さわ》やかな朝の大気が流れ込んでくる。

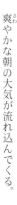

重い木の扉を開け、ミアは思い切り深呼吸をした。緑深い森の中にあるのは聖域と同じだが、北方のこちらは植生が違うせいか、香る森の香も違う気がする。

折しも季節は秋。実りの季節。森にはひょこひょこ生えたキノコや山葡萄、野薔薇《のばら》の実、秋の恵みがたくさんある。その香りも混じっているのだろう。

夜明けとともにミアが目覚めると、すでにダミアン司祭の姿はなかった。まだ暗い内に水だけ飲んで出かけたのか、台所には火を熾した形跡もなく、石板に『教区の巡回に行く、遅くなるかもしれないので先に休んでいるように』とだけ書かれていた。厩《うまや》は空で、荷車もない。

昨夜聞いたが、この広いカルデナス領内に常駐している司祭はダミアン司祭だけだそうだ。赤ん坊の洗礼に結婚の立ち合い、臨終の秘跡まで一人で行っていて、礼拝堂にとどまる暇もないと聞かされたが、誇張でも何でもなかったようだ。真剣に人手が足りていない。

「もっと早く起きてパンを焼けばよかった……」

これは確かに罪人をお客様然と部屋に軟禁している場合ではない。忙しい司祭にせめてお腹を満たしてから出立してもらいたかった。

ミアは朝食は間に合わなかったが、司祭館に戻ったダミアン司祭が少しでもくつろげるよう、荒れた礼拝堂と司祭館を何とかしようと決意した。

本来の追放先である修道院のほうもどうにかしたいと思ったが、そちらはすでに屋根も落ち、外壁と梁《はり》が残るだけ。翼棟部分はかろうじて部屋の体をなしているが、一部、石壁が崩れたり床が抜けていたりで、人が住めるどころか足を踏み入れることさえ危ない。柔らかなモカシンしか靴をもたないミアの手には負えない。司祭の言う通り司祭館で過ごすしかない。

（……だけど、聖域では私が修道院にいると思ってるのよね）

司祭館も修道院の敷地内だが、これは刑の不履行になるのだろうか。

悩みつつ、さすがに許可もなく司祭の私室には入れないので、共有の台所と居間、私室として与えられた台所脇《わき》の下男部屋を掃除することにする。

それにしても。この状態で罪人を引き受けると言ったダミアン司祭もすごいが、いくら距離があるからと、修道院が廃院になったことを把握していない聖域もすごい気がする。組織が大きくなりすぎて、こんな遠い辺境のことなど意識にも上らないのかもしれない。

シーツや布団、椅子《いす》など動かせるものはいったん部屋から出して、掃除に取りかかる。

どうしても水が欲しくて、足元に気をつけつつ外にも出た。井戸の水は澄んでいて、見るだけで気持ちがいい。

ついでなのでシーツの類を洗ってから、屋内の埃や蜘蛛《くも》の巣掃《ばら》いをはじめる。

上から順に。脚立に上って箒《ほうき》を梁や天井にあてて丁寧にぬぐっていく。それから棚の中を磨き、最後に掃き掃除。すぐに埃がもうもうと立ち込める。

ミアはあわてて頭巾をしばって即席の顔覆いを作った。それから窓を拭《ふ》き、柱を磨き、最後に床をこする。何年も掃除していなかったのか床はじゃりじゃりだ。土粒が板の隙間に食い込んでいて、あっという間に桶の水が黒くなる。何度も水を変えてやっとぴかぴかになった。

これでようやく司祭館の清掃が終了。

まだ礼拝堂がある。

だがもうくたくただ。後は明日にすることにして、ミアは休憩をとることにした。昨夜の残りの香草茶葉を瓶から出して、湯を沸かそうとして気づく。

「あ、薪《まき》はどうしよう」

貯蔵室の野菜と同じで、数日分は困らないだけのものがつんであったが、昨日《きのう》からけっこう使っている。司祭に聞こうにも不在だ。水の汲み置きすら切らすような忙しい彼だから、きっと薪の補充も手が回っていないのだろう。

司祭からは敷地内なら自由にしていいと言われている。

ミアはそっと司祭館を囲む森へと足を踏み入れた。

(少しだけ、司祭館が見える距離を行くだけ)

自分に言い訳をしながら、枯れ枝を拾う。森も手付かずなのだろう。すぐ薪置き場はいっぱいになった。そうなると次に気になるのは、自分の着衣だ。

(洗濯、したいな)

掃除をしたせいで埃だらけだ。せっかく綺麗《きれい》になったのに、こんな格好で椅子に座ったりしたら室内を汚してしまう。できれば体もぬぐって髪も洗いたい。

でも着替えがない。昨日着ていた修練女服は襲撃の際に煤まみれになったので、すでに洗って外に干してある。

ミアは途方に暮れた。自分の衣装を見下ろす。サイズの合っていない毛織のトゥニカは、腰の革紐で無理やり体に合わせている。聖域を出る時には他にも何枚か、着古したものとはいえ着替えがあった。が、度重なる襲撃と盗難ですべて失った。今着ている服と干している服は途中、一夜の宿を頼んだ修道院の修道女が見かねてくれたものだ。他に予備はない。

空を見上げる。起きたのが早朝だったので、まだお日様は中天にさしかかったばかり。

今日は晴れている。さっき薪を拾っている時には森の奥に泉があるのも見えた。

司祭館ではさすがに誰が来るかしれず妙な格好でいられないが、泉で服をさっと洗って、乾くまで毛布にくるまっていれば。誰も来ない森の奥なら少しくらい大丈夫ではないだろうか。

幸いと言うべきか、今のミアは罪人。聖域にいた頃のような毎日の奉仕は課せられていない。

ダミアン司祭が戻るまでに、すべてを済ませて司祭館に戻ることができる。

それでも思案していると、ぽとりと何かが目の前に落ちてきた。

あわてて手を伸ばして受け止めると、香ばしい椎の実だ。

「え？　……あ、嘘《うそ》、モンさん⁉」

ミアは顔を上げると、目を丸くした。

そこにいるのは、クマ、だった。

体長は二メルトル以上はあるだろうか。二足歩行をした、顔には斜めの傷跡があって厳《いか》ついクマが、両の掌《てのひら》にいっぱいの椎の実を持って立っている。

クマ型魔物のモンさん。数少ないミアの友だちだ。

聖域の山で暮らしていた魔物なのにどうしてここにと驚いたが、そういえば聖域を出る前の夜、見張りの目を盗んでモンさんが牢《ろう》の外窓まで来てくれて、大丈夫、また会える、と胸を叩いて約束してくれたのだった。でも本当にこんな遠くまでついて来てくれるなんて。

「え、いいの？　本当に？　嬉しい、会いたかった、モンさん！」

ミアは駆け寄ると両腕を広げて彼に抱きついた。ふかふかの毛皮に顔どころか全身を埋める。

モンさんとの出会いは聖域の森深くだった。

聖域は霊峰を含む山一帯を占める。山頂にはすべてをまとめる聖域の本殿が置かれ、麓《ふもと》に向かって傾斜する山のあちこちに様々な用途の殿舎がある。ミアもその中の一つ、聖女候補の館で暮らしていた。聖女候補の毎日には、修業として山中での薬草の採取や瞑想《めいそう》の時間なども組み込まれていて、ミアもよく付近の森や山に足を踏み入れた。

そんなある日、分け入った森の奥で助けを呼ぶ声が聞こえたのだ。

行ってみると、崖崩れに巻き込まれて、半死半生の姿になったモンさんがいた。

今では貴重な〈神の声を聞く力〉を持つ娘。それが聖女候補と言われる少女たち。

だが皆は知らない。ミアの力が聖域ではうまく働かなかったのは、異端である魔物の声をも拾ってしまうからだと。いや、違う。もっと悪い。

ミアの耳は神の声よりも異端の声にこそ敏感に反応してしまう。

だから、ミアは落ちこぼれなのだ。

聖域に招かれてしばらくした頃、声に誘われ、森の奥へと足を踏み入れると、そこにいたのは魔物だったということがよく続いた。

そして極めつけが声に導かれて成った、モンさんとの遭遇だ。

嫌でもミアは悟った。

自分が聞いているのは異端のモノ、森や野に住む魔物の声だったのだと。

聖域に引き取られてから声が聞こえにくくなっていたのは、聖域周辺には魔物があまりいないからだったのだ。

それが衝撃で。それに目の前に倒れているモンさんの悲惨な姿に頭の中が真っ白になった。

恐ろしかった。手負いの彼はこちらに牙《きば》をむいてうなっていたから。

だが彼の近くには同じく岩に押しつぶされた小鹿《こじか》が二頭いて。ああ、このクマは彼らを助けようとして、崖崩れに巻き込まれたのだと知った。優しい魔物なのだ。

だから恐ろしさをこらえて話しかけた。

「傷の手当てをしていい？　あなたを助けたいの」

モンさんは話すことこそできないが、人間の言葉は理解できているようだった。うなるのをやめて身を任せてくれた。上位の魔物は知能が高いと聞いたから、きっとそれなのだろう。

それからずっとモンさんはミアの友だちだ。

いや、保護者かもしれない。親の愛を知らないミアを温かく包み込んでくれたから。

だからこそ、ミアは教義に背くとわかっていても、あの事件を起こしてしまってからも、魔物たちとの交流をやめられないのだ。

だがさすがにこんな遠くへ追放されてはもう会えないと思っていたのに、目立つ大きな体で追ってきてくれた。その心がありがたくて仕方がない。

『グ、グルル、グル？』

モンさんが外へ出たがってたんじゃないのか、と森のほうに手を伸ばす。

「……一緒に行ってくれる？　モンさん」

『グル！』

モンさんが、いいよ、と、どんと胸を叩いてくれる。優しい唸りにミアはふふっと笑う。

一人で知らない森に踏み込んで服を洗うのはさすがにためらいがあった。だけどモンさんと一緒なら。それに魔物であるモンさんは、いつ人が来るかもわからない司祭館の近くにいるのは危険だ。一緒に時を過ごしたいなら森へ入ったほうがいい。

ミアは聖域から遠路はるばる持ち込んだ木箱に丁寧に畳んだ毛布と石鹸《せっけん》、それに縄を詰め込んだ。それをよいしょと抱えて、石墨で伝言を残して台所を出る。

神に仕える聖職者が見苦しくないよう身を浄《きよ》めるのは神への敬意であり、義務だ。決して心地よい環境に身を置きたいという虚栄ではない。そう考えることにしたのだ。

◇◆◇　◇◆◇　◇◆◇

「誰もいないな」

朽ち果てた修道院まで来たリジェクはその荒れ具合に眉をひそめた。もともと塀の内部に自給自足のための畑や牧場、薪を取るための森まである広大な修道院だが、その高い石壁もところどころ崩れ、外の森と地続きになっている。

「……本当にここに住んでいるのか？」

「と、思いますよ。洗濯物が干してありますし、司祭館のほうは一応、掃除もしてありますし」

「聖域はこの状態を把握しているのか」

それともこれも罰のつもりなのか。護送の聖騎士に聞いた話では、彼女は聖女候補ではあったが、役立たず扱いをされていたそうだが、それにしても……。

ヘラルドがリジェクの心を代弁するように言う。

「そもそもあんな小さな子がいったい何の罪で追放なんかされたんです？」

「教義に反した、ということだが」

聖域の恥となる重大な罪で外部には明かせないとかで、当時まだ健在だったマルス辺境伯にあてた手紙には、詳しいことは書かれていなかった。

「言われたことだけをしていればいいという聖域の傲慢《ごうまん》ですか。それにしてもこれはさすがに訳ありですよ。あの年齢でこんな遠くに追放されるのも妙と言えば妙なんですから」

リジェクは再び眉をひそめた。こつこつと指で組んだ腕を叩く。

こうなると賊のことも気になってくる。今のところ、聖域への帰路についた護送の一団が襲われた報告はない。彼らが無事、旅を続けているなら、往路で襲われた原因は、

(この地に一人残された、彼女ということになるか……)

深く関わるまいと決めていた。が、

「事情を聞いたほうがいいな。必要なら援助の手も。聖域からの追放者の身の安全を確保し、きちんと管理するのも我々の仕事だ」

こんなひと気のない廃修道院では何かあっても発覚すら遅れる。リジェクは小柄な少女の姿がないか周囲を見回した。木に縄を渡してシーツらしきものが干してあるのに触れてみる。

「まだ乾ききっていない。無人になってからそう時間はたっていないな」

もしかしたら他にも洗濯物を干しに修道院の前庭にでも行っているのかもしれない。

「お前たちは付近を探してくれ。俺は森を見てくる」

彼女との遭遇率の高いほうを部下に任せて、リジェクは一人森に向かった。そんな気遣いをみせる上司をため息とともに見送って、ヘラルドは屋内に入った。何か手がかりはないかと見回るうちに、伝言の書かれた石板を見つける。思わず、あ、と声が出てしまった。

そこには、小さな几帳面《きちょうめん》な字で、洗濯をしに森に行くと書かれていたのだ。

「……もしかして、彼、当たり、ひいちゃった？」

運がいいのか悪いのか。

ヘラルドはいきなり遭遇して怯えるであろう少女と、怯えられるだろう上官のことを考え、どちらがより不運なのだろうと頭を抱えた。

◇◆◇　◇◆◇　◇◆◇

小鳥のさえずりが気持ちいい。ミアは木漏れ日が降り注ぐ森を楽しみながら歩いていた。

廃院となったとはいえ、修道院の塀内にある森だからか誰もいない。少し歩くと身を浄めるのによさげな泉のある場所に出た。

水は澄んで冷たい。こぽこぽ湧き出る清水がきらきらと秋の陽に輝いている。

（綺麗……）

綺麗なのは泉だけではない。周囲の森もだ。

魔物の気配は聖域より濃い。だが聖域で聞かされたような異端の巣窟《そうくつ》といった感じはしない。ミアが魔物好きだというのもあるが、この土地自体が優しいのだ。異教的表現だが、すべてを包み込む地母神に抱かれているような。こうしていると自分が追放されたのが嘘のようだ。

(あ。でもここは修道院付属の森だから、聖域の一部よね?)

修道院が建てられる時に聖別されている。

だがここの木々は魔物たちが暮らすことを許容している気がする。その穏やかさに、聖域の森で出会った師、聖者パウロを思い出した。ミアが落ちこぼれと知ってもただ一人、ミアを受け入れてくれた師パウロ。聖女候補の筆頭だったベリンダにひどく虐められ、自分はそんなにできない子かと自信をなくした時も師は皺《しわ》だらけの手でミアの頭をなでてくれた。

彼との出会いも聖域の森だった。仲間外れにされて森で一人泣いていた時に出会ったお爺《じい》さん。仲良くなった後で、元は聖域の偉い人で今は森に庵《いおり》を結び一人暮らしているのだと知った。ミアの導き手となる師父のなり手がいないと知ると、隠居した身なのに名乗り出てくれた。

あの頃は楽しかった。師は森に入り浸っていたミアに、「森にばかり行くことを咎めはせん」と言った。ただ、「森にのみ繋がりを求めるのは気がかりじゃのう」と、心配してくれた。

そして森の生き物だけでなく人にも共に隣にいてくれる誰かを作って欲しいと言った。「私には師がいます」と答えたミアに、

「儂《わし》もそうしてやりたいが、もう歳《とし》だ。いつかはそなたより先に逝《い》くからのう」と、だから探

しなさい、と師は言った。一緒にその木箱に入ってくれるような相手を見つけるのだ、と。

あの頃にはもう師はミアが森で誰と会っているかを知っていたのだろう。そして……。

「……お師様」

つい弱音がこぼれる。

「会いたい、な……」

会えないのはミアの自業自得。自分のせいなのに。

また落ち込みそうになって、うつむいてしまったミアに気づいたのか、モンさんがひょいとミアを抱き上げた。それからグルグルとうなりながらあやすようにゆっくりと左右に振る。

最初は驚いたミアだが、揺り籠《かご》に揺られているような心地に、くすくすと笑い出す。

そうだ。物事は善いほうを見なくては。幸せとは与えられるものではなく、自ら得て、他に分け与えるものだ。師パウロはそう教えてくれた。現に追放はされたが、モンさんが危険を冒してついてきてくれた。これが幸せでなくてなんだというのか。

だから。きっとこれからもいいことがあるはずだ。

と、思ったら。気配を感じた。小さな魔物たちがあちこちからのぞいている。

栗鼠や兎の姿の魔物、それに毬栗《いがぐり》や大きなキノコの形をした森の魔物たち。体の大きな新参のモンさんと、彼と戯れる人間の組み合わせが珍しいのか、皆、興味津々、こちらを見ている。

一応、葉陰に身を隠しているつもりだろうが、小さな耳の先や尻尾《しっぽ》が見えている。

（可愛すぎる……）

魔物が多い地とは聞いていたが、こんなにたくさんいるなんて。

「おいで」

手を伸ばすと、好奇心に負けたらしい彼らがひょこひょこやってきた。

モンさんも彼らに悪意がないとわかるのだろう。ミアを地面に下ろして、行列を作ってやってくる毬栗たちを通してくれる。モンさんはミアが友だちを求めていると知っているのだ。

しばらく森の魔物たちと遊んで、それから自分が何をしにここに来たのかを思い出した。

「少しお洗濯するから、待っててね」

持参した木箱から、毛布や石鹸を出す。先に縄を木の枝にかけて干場を作ると、目隠し代わりの毛布をかける。誰もいない森でも服を脱ぐとなると恥ずかしい。集まった魔物たちには終わるまで離れていてくれるように頼む。服を洗ってしまえば乾くまでミアはここから動けなくなる。その時、皆がいてくれると嬉しい。

モンさんが『グルルッ』と、見張りは任せとけ、誰か来たらぶん投げてやるから、と請け合ってくれたが、それは丁重に辞退した。

「だって私は見つかっても勝手に司祭館から出たことを咎められるくらいだけど。モンさんはそうはいかないでしょう？」

こんな廃墟《はいきょ》じみた所で着替えにも事欠くミアを狙う盗賊などいるわけない。それよりも、

「お願いだから誰かが来ても隠れていて。もし見つかって、討伐、なんてことになったら、私、モンさんについてきてもらったこと、悔やんでも悔やみきれなくなる」

ミアの心からの願いだ。

(誰かにかばわれるのは、私のせいで傷つく人を見るのは、もうたくさん……)

脳裏に、優しく微笑みつつ、最後にこちらを振り返った師パウロの顔が浮かんだ。その後、飛び散った深紅の血の色も。

泣きそうな顔で頼むと、モンさんも了承してくれた。

それでも心配したモンさんが、太い腕で即刻、周囲に何個か落とし穴を掘ってくれる。身振りで何かあればここへ闖入者《ちんにゅうしゃ》を落とせ、と言って、心配そうに去っていく。

ミアはきゅっと唇を噛《か》みしめると頭を振った。気分を切り替える。

修練女服を洗って、干して。髪もすすいで。

最後に体を濡《ぬ》らした布で拭いていた時だった。カサリ、と、落ち葉を踏む足音が聞こえてきた。モンさんではない。もっと軽い、そしてミアよりも重い足音だ。等間隔に聞こえる音は、相手が森の魔物たちではなく、二本の足で歩く人間だということを示していて。

はっと顔を上げる。

洗髪のため身をかがめていて、近づく気配と音に今まで気づけなかった。

泉の向こうの茂みに身をひそめたモンさんが、一生懸命、大きく腕を動かして、人が来る、と教えてくれていた。その合図も見逃していた。

いつもの待避所である木箱のほうを見る。が、その前に体を隠す物だ。あわてて目隠しも兼ねて木につるしていた毛布をとる。が、その拍子に枝が大きくたわんで、干していたヴェールが跳ね飛んだ。干していたところより上の枝にひっかかってしまう。

「あ」

貴重なヴェールだ。行方《ゆくえ》を追おうと上を見たまま前へ出たミアは木の根につまずいてしまう。

「きゃっ」

思わず、悲鳴が出た。

◇◆◇　◇◆◇　◇◆◇

リジェクは眉をひそめた。今、悲鳴が聞こえた気がした。

(まさか)

賊でも出たか。

木箱に入ってふるえていた彼女を思い出す。脱獄したという考えはない。急いで赴いた先に見たのは、何故か毛布にくるまり、地面にうずくまっている少女の姿だった。

怪我でもしたのか？　あわてて駆け寄ろうとして、踏み出した地面に違和感があった。

落とし穴だ、そう気づいた時には遅い。もう体は前のめりになっていた。主の危機に、リジェクの影に潜んでいた使い魔が出現しようとする気配がする。

「出るな、ウームー……！」

彼女に魔物を見せないよう、ウームーを抑えた分、余計な時間がかかった。とっさに体を横にひねったがよけきれず、リジェクは穴へと落ちた。いったい誰が掘ったのか、人の恣意《しい》や気配は感じなかったのに、垂直に掘られた穴は到底自然物とは思えなかった。

これは昇るのに苦労しそうだ、と思った時だった。腕に、小さな負荷がかかった。見ると、小さな手が、リジェクを引き上げようというかのように袖《そで》を掴《つか》んでいた。顔を上げると必死な顔をした彼女がいて。

馬鹿《ばか》な。小柄な彼女に鍛えた大の男を引き上げる力などあるわけがない。

そもそも一緒に落ちれば華奢な彼女のほうが怪我をする。

リジェクはとっさに彼女を胸に抱き込んだ。驚き、暴れる少女を自分の腕で包み込んだのを確かめた後、これでもかと深く掘られた穴の底にぶつかり、リジェクは意識を失った。

◇◆◇　◇◆◇　◇◆◇

近づいてくる相手は賊ではない。深紅の服色からして、騎士だ。それも昨日、助けてくれたカルデナス騎士団の。

そうわかったとたん、ミアは落とし穴のことを思い出していた。

あの穴は魔物であるモンさんが掘ってくれた。そこへ人が落ちて怪我をすれば、また魔物のせいだ、討伐を、となるかもしれない。

(それだけは駄目っ)

後は体が勝手に動いていた。今の自分の格好や、相手との体格差などは頭から消し飛び、ミアは必死に腕を伸ばした。

一緒に穴に落ちてしまってから、無謀だったとミアはようやく思い至った。

底にぶつかった瞬間、衝撃を覚悟したが、思ったより軽かった。そしてミアの体の下には、硬い、温かな体があって。これはもしや……。

(……新任の団長様⁉)

衝撃がなかったのは彼がミアをかばってくれたかららしい。ミアは彼に抱きしめられる形になっていた。まずい。ミアはあわてて彼の胸から顔を離した。礼を言いつつ離れようとする。

と、腕をがしっと掴まれた。

「ひっ」

うつろな目がこちらを見ていた。もしや罪人の身で逃亡を図ったとでも思われたのか。ミアが身をすくめ、打たれるかと目をつむった時だった。ぽん、と頭に手が置かれた。

大きな手。彼の手だ。それが左右に動いて、ゆっくりとミアの頭をなではじめる。

「……？」

怪訝《けげん》に思って目を開けると、彼は打ち所が悪かったのか、意識がもうろうとしているようだった。目の焦点が合っていない。そのままぱたりと手が落ちて、ミアを片腕で抱いたまま気絶してしまう。……何だったのだろう。

（修練女服を着てなかったから。もしかして、誰かと間違えてたとか……？）

この人は騎士団長であるだけでなく領主様だ。無辜《むこ》の領民とか他の誰かと勘違いしたのかもしれない。でないとこんな怖そうな人が罪人をかばったりしないだろう。

（賊や悪人には容赦しないけど、領民には責任感を持ってる人なのかな）

頭をなでられた理由もわかってすっきりしたが、これからどうしよう。下着の上に毛布を羽織っただけの半裸状態で、厳格な騎士団長と穴の底だ。

俗世を離れ、ある程度、世の中を達観しているミアだが、それでも頭の中が真っ白になっていると、上からはらはらと落ち葉が落ちてきた。

モンさんだ。声を出すわけにはいかないので、一生懸命、葉っぱを一枚ずつ落としてミアの気を引こうとしている。

「あ、ありがとう……」

怖い騎士団長殿は気絶している。モンさんに出てきてもらっても問題ない。

お願いして、モンさんに穴から出してもらう。モンさんも何を考えてここまで深い穴を掘ったのか。改めて見ると大人の身長よりも深い穴だった。モンさんがいなかったらミアでは抜け出すことはできなかっただろう。

危ないのでモンさんには穴を元通り埋め直してもらって。

冷たいが、まだ濡れている修練女服を着込んで、ミアは、さて、と気絶中の団長殿を見た。

失礼かと思ったが風邪をひくよりはましかと、ミアが羽織っていた毛布をおそるおそる彼にかける。目をつむっていても怖い。いつ気絶から覚めるかと思うとあまり近づきたくないが、さすがにこのまま地面に転がしておくわけにもいかない。司祭館まで運べればいいが。

「戻って何かとってくるにしても、荷車は司祭様が乗っていかれたし」

ミアは掃除こそしたが、まだ司祭館の装備のすべてを把握していない。彼を運ぶのに使えそうなものはあったかと頭をひねるが、そもそも彼は体格がいい。年齢より小柄なミアでは、多少の道具があったところで地面のでこぼこした森の中では彼を運べない。

「この人が気がつかないかは私が見張ってるから、司祭館まで運んでもらってもいい？」

仕方なくお願いすると、まかしとけ、とモンさんが胸を叩いてくれた。

司祭館まで近づくと、騎士たちが何人かうろうろしていた。団長殿を探しているのだろうか。

これでは司祭館には近づけない。

「モンさん、ありがとう。ここまででいいから」

礼を言って、モンさんと心配そうについてきた森の魔物たちには森に帰ってもらう。

さあ、ここからどうしよう。地面に横たわる彼を見る。できれば自力で気づいて、自分の足で司祭館まで歩いてもらえると助かるのだが。

おそるおそる濡らした、というか濡れて乾ききっていない手巾《しゅきん》で彼の顔をぬぐって。ぴくりと彼が動くたびに、ぴゃっ、と物陰に隠れて。

「う、ん……」

彼がようやく気づいてくれた。思ったより長い彼の睫毛《まつげ》が揺れて、その下に隠されていた銀の瞳が姿を現して。

ミアは怖くなって、あわてて彼の傍《そば》を離れると、近くにおいた木箱の中に隠れた。

◇◆◇　◇◆◇　◇◆◇

(……何故、また木箱に入っている)

失神から覚めたリジェクは、困惑の目で、目の前にいる少女を見た。穴に落ちたような記憶があるが、何故、自分はこんなところに寝転がっている。それに、

(何故、びしょ濡れなんだ……?)

箱の中にいる少女の髪からは雫《しずく》が滴り、石鹸によく混ぜるラベンダーの香りがしてくる。

（そういえば、さっき会った時、毛布にくるまっていたような）

不器用な無表情顔だが、リジェクは決して鈍いというわけではない。びしょ濡れの服、石鹸の香り、毛布にくるまっていた彼女。それらの断片から何があったかを察して、外からはまったく変化の読み取れない顔ながら、激しく狼狽《ろうばい》した。

（つまり、私は女性の着替え、洗濯、及び沐浴《もくよく》の邪魔をしたのか……！）

なんということだ。頭を抱える。

しかも彼女は木箱に入ってガタガタふるえている。自分が乱入したせいで服を乾かす時間がなく、濡れた服を着たからだろう。このままでは風邪をひいてしまう。

リジェクはあわてて自分の上着を脱いで少女にかけようとした。が、はたと手が止まる。

近づいて、いいのか？　強面の自分が……？

自慢ではないが、ごつい辺境の男たちが大勢いるこの地に来ても、交易商人のところへ顔を出せば、「大魔王降臨！」と蜘蛛の子を散らすように逃げられ。酒場で諍《いさか》いが起こったと呼ばれて顔を見せれば乱闘がぴたりと止まり、店主に感謝される有様なのだ。こんな少女に近づけば、即刻、泣かれる自信がある。

だが、びしょ濡れの彼女をほうってはおけなくて。

そっと手を伸ばすとびくっと彼女がふるえたので、あわてて手をひっこめる。

（やはり怖いか……）

困った。どう扱えばいい。早く着替えさせ、温かな物を飲ませたいだけなのだが。

強敵と相対した時以上の緊張感と焦りでもって、相手との間合いを計る。

少し手を伸ばしてはやめ、近づこうとしては後退し、じりじりしながら二人で向き合っていると、枯葉を踏む足音がした。

ヘラルドだ。迎えに来てくれたらしい。

「あ、見つけた。もう、どこまで行ってたんですか、伝言がありましたよ。元聖女候補様は森へ洗濯に行ったみたいで……、と、あれ、合流できたんですね。こんにちは、ミアちゃん。気を失ってない時に会うのは初めてだね……っと、うわ、どうしたの、そんな濡れた服着て」

初対面のはずのヘラルドが、実に自然な雰囲気で少女に話しかけている。自己紹介をされて、彼女が警戒をとくのも見えた。ほっとして、リジェクは後は任せることにした。ただ……。

(……初対面で、もう愛称呼びか)

ミアちゃん、と。

自分にはとうてい不可能に思えるミッションをやすやすとこなす副官の会話能力に、リジェクは羨望《せんぼう》のため息をついた。

司祭館に戻ったミアは、乾いた服の予備がないので、しかたなく司祭様のシャツを借りて、その上に恐れ多くも騎士団長様の上着を羽織るという奇妙奇天烈《きてれつ》な格好で、箱に入りたいのを我慢していた。

というか動けない。こちらを真っすぐに見る団長殿の目が怖い。

襲撃の時にも思ったが、何故こんな目で見てくるのだろう。何か疑われているのだろうか。

(……穴に落ちたのに気がつくと外にいて、穴が埋め戻されてたらやっぱり不自然よね)

魔物が介在していると思われていたらどうしようと、あの一瞬、落とし穴の周囲に誰かいたかとミアは懸命に記憶をたどる。穴だけなら偶然そこにあった、と言い逃れできるかもしれない。が、さすがに森の魔物たちを見られては弁明できない。

彼らは、ミアの聞き取り調査にきたそうだ。

「あの襲撃の時、何か見聞きしていないか。どんな些細《ささい》なことでもいい」

リジェクに低い声で問われて、ミアは条件反射で固まった。だらだらと冷や汗が流れる。

同席していた副官のヘラルドが、頭を押さえた。縮こまったミアの前にしゃがんで、目線の高さを合わせて聞いてくる。

「あのね、怒ってるわけじゃないんだ。馬車を襲った賊、あの時は捕縛の用意をしてなくて、後だけつけて、昨夜、急襲したんだけどね。ごめんね。逃げられて。ただ、金目の物なんかない護送馬車を襲うなんて不自然だから、何でもいいから教えて欲しいんだ。その、もしかしたら君の安全対策も考えないといけないかもしれないから」

いい？　と聞かれて、ようやく金縛りが解けた。調査が魔物ではなく野盗のことなら安心だ。聞き取りに応じる姿勢を示すと、怖いがぎこちなく動いて台所へ向かう。

彼らは遠路をやってきた客人で、自分は彼らを受け入れた修道院の聖職者だ。訪れた旅人をもてなすのは聖職者の義務。せめて飲み物くらいは出さなくては。

困ったことに揃いの茶器もなければ茶葉もない。香草茶に使える香草ならあるが、これを客人に出していいのだろうか。前に一度、従軍中に出したら「こんなものを飲ませるか」と貴族出の聖騎士を怒らせたことがある。かといって温めただけの白湯を出すのも失礼だ。

考えた末、ミアはいつ司祭が戻ってきてもいいようにと、多めに作ったカボチャと胡桃《くるみ》のスープを出すことにした。ちょうど時刻は午後も遅いお茶の時間。休憩して何かを口にしたくなる時間帯だ。体を動かすことの多い騎士たちならきっと小腹が空いているだろう。

綺麗なランタン色のカボチャを蒸して丁寧に濾《こ》して、炒《いた》めた玉ねぎとミルクを加えて伸ばし、最後に炒《い》った胡桃を散らした、ほこほこ温か胡桃の香ばしさと触感が癖になる秋の一品だ。

配膳が済むと、リジェクが眉をひそめて言った。

「皿が足りないようだが？」

え？　人数分、出したつもりだけど。ミアはあわてて席に着いた騎士たちと皿の数を数える。団長殿とヘラルド、後、護衛の騎士が三人。計五名。合っている。

リジェクがじろりと、ミアとその前にある空席とを見た。それでようやくミアは、彼が「私たちの前にしか皿がないが、君は食べないのか」と聞いているのだと理解した。

「私は普段、朝夕の二食しかいただきませんので」

小さく答えると、皆の視線がミアに集まった。

聖職者なら普通の食生活を答えたのに、注目されたことに驚いてあわててうつむく。特に団長殿の目線が鋭さを増したのが、居心地が悪い。

厳しい、こちらを観察するかのような目。

もしやもう聞き取り調査が始まったのか。野盗のことを聞きたいと言われたが、やはり魔物関連で疑われている？　カボチャのスープが異端の不審をかったとか？

ミアはカタカタとふるえだす。黙っていると、団長殿が再度聞いてきた。

「……さっきも。泉に洗濯に行ったということだが」

やはり落とし穴のことで疑われた？　ミアは顔色を変えた。

「何故だ」

何故、と言われても。団長殿の声は心持ちさっきよりも低くなっている。

眼光も鋭くなっていて、もはやミアは声も出ない。カタカタを通り越してガタガタとふるえる。見かねたのか、副官のヘラルドが間に入ってくれた。

「ごめんね、さっき、皿数のことで彼が問いかけた時、ミアちゃん、ちゃんと理解してくれたから大丈夫かなと思ったけど、やっぱり通じてないね。団長はね、君を心配しているだけなんだ。『私は着任して日が浅い。ここの荒れ具合を把握していなかった。すまない』って本当は続けたいんだよ。それと『君は元聖女候補だろう。洗濯や掃除などの労働は課せられていないと思うが何故、到着初日の翌朝から服を洗濯して着替えがない事態になっている？』って」

……はい？　言われてミアは目を瞬かせた。無表情な団長殿を見る。じろりと見返されて、あわてて目を逸らせる。

（本当に、ヘラルドさんが言ったみたいなこと、聞かれてるだけ……？）

この眼光の鋭さ。疑問だ。

でも、何となく、答えを促されているのかなとも思えて。

「あ……、聖女候補と言っても大勢いますから」

答えつつ、ああ、それでさっきから騎士たちが変な顔をしているのかと、ミアは理解した。

世間一般に浸透した、聖女のイメージがあるのだろう。夢を壊して悪いが、聖女も聖女候補も人間だ。清らかに祈りを捧げるだけでは生きていけない。生活するうえで生じる身の回りの雑用。繕い物や掃除や。修練女が世話係としてついていても手が回らない時もある。そういう時は序列が下の者が動く必要がある。なのでミアは家事もできる。

「では、その服は」

また団長殿に声をかけられて、油断していたミアはびくりと飛び上がる。

「ごめん、大丈夫だから。団長はね、『それではその服は？　本当に君の物なのか？』って聞いてるんだ。あ、今着てる借りもののことじゃないよ、君が昨日着てて、今、干してる服のこと。僕も昨日、思ったけど聖女候補の衣装じゃないよね。下っ端の修練女の服で、それに、その、サイズも合ってないよね？」

またまた間に入ってくれたヘラルドが聞きにくそうに言って、ミアは腰の革紐でサイズを調整していたのがばれていたことを知った。恥ずかしくて、うつむきながら事情を話す。

「その、聖域を出た時は、お古でしたけど何着かもっと体に合った服を持っていたんです。でも、旅の間に何度か泥棒に入られて。その時に服も盗まれてしまって」

「服を、盗まれた、だと……？」

「ミアちゃん、の⁇」

動揺したのか、同席していた他の騎士たちまでが〈ミアちゃん〉呼びをして立ち上がり、冷静沈着っぽい団長殿までもが、がくりと肘《ひじ》かけ椅子から肘を滑らせた。

それほど聖職者が盗難にあうことが衝撃だったか。ミアもそう思う。

しかも旅の間、何度もだったのだから。自分たち一行の運の悪さは折り紙付きだと思う。団長殿にじろりと目で続きを促されたのでぽつぽつ話すと、さらに皆が驚いた。

「そんなっ、ミアちゃん、服を盗られたの一度だけじゃないの？」

「はい。そもそも、その、最初の襲撃というか、盗難未遂が起こったのは、聖域を出る前夜のことで。木箱に入れていた荷物が床にばらまかれていて……」

その時は一緒に入れていた聖典が綴《と》じ目をバラバラにされて部屋の隅に転がっていただけで、物はなくなっていなかった。なので大罪を犯したミアへの嫌がらせかと誰にも言わず片付けたが、四か月に及ぶ旅の間にエスカレートした。

「寝間着代わりに着ていた下着は無事だったのですが、夜、眠っている間に、洗濯して干していた着替えや枕元に置いていた靴まで盗られてしまったこともあって」

ばきっ。今度はリジェクが肘かけ椅子の肘かけ部分をへし折っていたが、告白するミアはそれどころではない。恥ずかしい。着の身着のままどころか素っ裸同然にされてしまったのだ。

「それで宿をお借りした修道院長様が同情くださって、このモカシンと服を分けてくださったんです。私だけでなく騎士の皆さんもよく盗難にあわれて、最後には入浴中にさっきまで着ていた下着まで奪われてしまう有様で」

護送の聖騎士たちはミアと同じ聖域育ちが多かった。ミアと同じく箱入りだ。なのでお互い他国の事情がわからず、異国の風習でもあるのかと話し合っていた。

「何でも世俗には新興宗教というものがあって、教祖と崇める者の髪や服を信者が競って贖《あがな》うらしいと。なのでこれらの盗難も聖域からの一行が珍しくて、記念かお守り代わりに何か欲しがってるのではないか推測していたのですけど」

「……箱入りなのに妙なことには詳しいね」

他にも街道沿いの食堂で休憩している間に馬車の馬が暴走した。宿が火災に見舞われた。崖崩れで街道が通行止めになった、などなど、その度に足止めを食い、盗難にあった。

おかげで行程が遅れた。もうこれは何かの呪《のろ》いではないかと、普段、呪いなど迷信だ、土着の異端信仰だと言い切る護送の聖騎士たちが、こっそり旅の守護印をきっていたほどだ。

結局、ミアは身一つでの追放とはいえ持参を許され、聖域から木箱に入れて運んでいた身の回りの品をすべて失った。

残ったのは空の木箱だけ。それは同行の聖騎士たちも同じだ。

「物の価値はわかりませんが、中には使いかけの歯磨き粉を入れた小袋を奪われた方もいて。どうしてこんなものまで盗《と》っていくと首をかしげておられました。私もそう思います」

ミアはしみじみと言った。

「世俗の世界は恐ろしいところとは聞いていましたが、本当でした」

◇◆◇　◇◆◇　◇◆◇

（……いや。さすがにそれはない）

リジェクは頭を抱えたくなった。どこの世界に旅の間にそう何度も襲われ、下着どころか歯磨き粉まで奪われる一団がいるというのか。明らかに何か裏があるだろう。

何だ、この少女は。浮世離れしすぎている。

「すげえ、これが純粋培養の聖域育ちか。箱入り感、半端ないな……」

「実際、箱に入ってるし……」

同行した騎士たちが引いているが、気持ちはわかる。しかもヘラルドはヘラルドで深刻な聞き取り結果に眉をひそめるかと思いきや、妙なことを聞いている。

「……ミアちゃん、だったらどうして僕たちに着替えが欲しいって言わないの」

「え」

「僕たちカルデナス騎士団は聖域から送られてきた人たちの監視をしてるけど、暮らしが安定しているかを見守るのも仕事の内なんだよ？　必要な物があれば僕たちに言わないと」

それは確かにさっきからリジェクも言いたかったことだ。

自分が口を開くと彼女を余計に混乱させているようなので言葉を絞ることにしたが。代わりに言ってくれて助かった。だが今はもっと重要な話があると思う。

「靴だってそれじゃ外歩くと靴底が薄すぎて危ないでしょ。あー、清貧を尊ぶとか宗教上の理由でそうしてるのかと思ってたよ。生活必需品ってのは生きるのに必要最小限な食べ物、って意味じゃないからね？」

いや、だからそういう問題じゃない。それも問題だが、今は賊の話だ。数度に及ぶ盗難の話が本当なら、彼女が危険だ。また賊が襲ってくればこんな廃屋、ひとたまりもない。

いろいろずれすぎていて、リジェクはため息をついた。話の道筋をもとに戻す。

「……それだけの頻度で、しかも数か国にわたって盗難が続くなど何かあるとしか思えない」

なるべく友好的に見える顔を心がけて、結論付ける。

「狙いは君たちが持ち込んだ持ち物の何かではないか。君は聖域にいたのだし重要な機密などを誤って持ち出してしまった、重要事項に携わる人物と接触して何かを預かってしまった、など、何か心当たりはないか」

◇◆◇　◇◆◇　◇◆◇

リジェクに聞かれて、ミアは目を瞬かせた。いいえ、とあわてて顔を横に振る。

「私は落ちこぼれで、聖女にもなれなかった下っ端です。大聖殿も儀式がある時にしか入れませんし、聖堂の奥や上位の方々がおられる区域には立ち入ったこともありません」

そんな重大事に関わるわけがない。強いて言うなら。

「その、私を弟子として引き取ってくださった方が、聖者パウロ様とおっしゃる方で。もう引退されていますが、元は聖皇にすら意見できる方であったと聞いています」

ミアは懐かしい師の顔を思い出す。重要事に関わりそうな人は他に心当たりがない。

だが師父の元から持ち出したものはない。そもそも聖域から持ってきた物はすべて奪われた。

それでも襲撃はやまない。

（一つだけ、残ってるけど）

彼らが奪えなかったもの、それはミアの頭の中にある。ミアだけの真実。必死に訴えたけれど、ただの虚言だと、聖域の皆には一笑されたこと。

（だから、違う。後は私が魔物の声が聞こえるという異端の力のことくらいだけど……）

そのことと盗難は関係ないと思う。そもそも魔物の声が聞こえることは師にすら告白していない。誰も知らないのだから、誰も狙いようがない。

迷いつつミアは言った。

「それにお師様も引退されて何年もたっていますし、私の追放が決まった時にはすでに身動きの取れない状態でしたから。何かを私の荷に忍ばせるのは無理です」

「身動きの取れない状態？」

「……はい」

師は冷たい石の箱で眠ったままだ。言いにくい。

ミアの犯した罪だ。表向きは魔物と通じたから追放となったとされているが、本当は違う。

だが騎士団の皆は本当に知らないようだ。聖域からは伝えられていないのだろうか。

うつむくと、ミアはきゅっと唇を噛みしめた。

◇◆◇　◇◆◇　◇◆◇

リジェクは困惑しながら、目の前にいる少女を見た。

彼女は何かを言い立てるでもなく、そっとうつむくだけだった。その様が彼女が何かを隠している、それだけでなく、言いたいことを言えずにいる、ということを濃く伝えてきて。

（いったい、何があった……）

リジェクは思った。最初は自分の顔が怖いから怯えているのかと思った。が、違う。

彼女から感じる強い怯え。それは自分が与えたものではない。見ればわかる。彼女の身に深く根付いたそれは昨日今日でついたものではない。人に崇められ、尊ばれる聖女の候補であった彼女が何故こんな負の感情を濃く身に纏っている？

知りたい。そんな欲求が起こった。が、見ていると彼女がますます縮こまってしまって。

（聞けない。そんな顔をされては……）

うつむいたまま体を硬くする彼女はあまりに儚《はかな》げで。リジェクは言葉をかけられなくなった。

ここは刑罰の地、彼女は罪人としてこの地にきた。

普通なら、自分に不利な罪状が先行して伝わる場所に来れば、少しでも待遇や心証をよくしようと、伝えられた罪に対して本当はこうなのだなど言い訳なり、自己主張なりするものだ。

だが彼女はそういったことを一切しない。自分を弁護しようというそぶりも、自分をよく見せようというそぶりもない。

（ああ、そうか）

リジェクは気づいた。この少女はきっと自分のことを話すのに慣れていない。それどころか誤解を解くことも、人に自分の話を聞いてもらうことにも慣れていないのだろう。

それが彼女の今まで置かれていた立場を如実に伝えてきて。彼女を置いてすぐに帰った護送一行の態度といい、こんな廃屋に追放した聖域の態度といい、聖域での彼女の扱いがわかってしまって。リジェクは少しも怒らない彼女の代わりに、憤りを感じた。

彼女は罪人とはいえ元聖女候補なのに。おかしいだろう。この待遇は。

人懐こいヘラルドが他にもせっせと情報を引き出しているが、そのすべてに薄幸感と諦観《ていかん》が漂って、同行の騎士の中には目頭を押さえる者もいる。かくいうリジェクも心が動いた。

砦に戻ったら、彼女が本当はどういう罪を犯したか、知っていそうな者に問い合わせようと思った。とてもではないがこんな辺境に追放される少女には見えない。声の大きな者たちを前にして、自己弁護をまともにできなかった故の冤罪《えんざい》かと思う。しかも、

（さっき彼女と森で会った時。魔物の気配がした……）

使い魔を持つ魔導貴族だけにリジェクは魔物の気配に敏感だ。その勘が告げている。あの場にはついさっきまで魔物がいたと。それもこの国によくいる小さな害のない森の魔物ではない。今まで接したことのない、濃い上位魔物の気配がした。

(害意は感じられなかったが、ここは危険だ)

襲撃の背景も、取り逃がした賊の行方もわかっていない。しかも同居の司祭は帰宅が遅くなるという。聞けば聞くほどこんな場所にこの少女を一人で置いておけない。

この少女が不憫《ふびん》で、不憫で。

任務に支障をきたしてはまずいので、怯えさせないよう、使い魔のことを知られないよう、距離を置いて接するつもりでここに来た。なのに。

リジェクは言っていた。自分にできるせいいっぱいの笑みを見せて。

「……我々と一緒に来てもらおう。司祭殿が戻られるまで、君には砦に滞在してもらう」

せめて司祭が戻るまで、安全な砦に招いて守ってやりたい。ただ、一途《いちず》にそう思ったから。

◇◆◇　◇◆◇　◇◆◇

(はい……?)

砦に来い、と言われて、ミアは固まった。

それはつまり罪人の分際でこの自由度の高い司祭館でぬるい追放生活を送るなど許さない。団長自ら砦に監禁、手元に置いて監視、尋問をしてやる、ということ?

(やっぱり、疑われてる!?)

ミアは蒼白《そうはく》になった。落とし穴のことで不審をかったのだ。どうしよう。モンさんや森の皆のことがばれたら。自分のせいで大切な友だちが狩られてしまう。

「あ……」

何か言わないと。何とか疑いを逸らせて森から、彼らからこの人たちの注意を逸らさないと。

そう思うのに、情けないミアはがくがくふるえるばかりで声すら出てこない。

そんなミアをどう思ったのか。リジェクが立ち上がった。真っすぐ近づいてくる。そして、

「ひっ」

ミアが身をすくめるのと彼が腕を伸ばしたのは同時だった。

がしっと、まるで鷲《わし》が獲物を掴むかのように、ミアの頭に彼の大きな手を置かれた。

「……」

そのまま無言の圧力をかけられる。しかも気のせいではなく、頭を掴む彼の手がゆっくりと動いている気がする。

右に、左に、絶妙な力加減で動く大きな手。

こんな恐ろしい目で見つめられているのでなければ、慰めるようになでられていると思ったかもしれない。が、これは違う。

恐怖に耐えかね、そっと見上げたミアの目に、傲然《ごうぜん》とこちらを見下ろす彼が映る。冷たい目。

これは明らかに、逃がさない、という意思表示だ。

（……また、獲物確認《ロックオン》された?!）

きっと「断れば、頭を捻《ひね》りつぶす」と脅しているのだ。

もはやミアは悲鳴も出ない。いかにも獲物を捕獲した猛禽類《もうきんるい》といった、団長殿の姿。満足げに目を細めた上司の迫力に、他の騎士たちも完全に凍り付いて身動きすらとれないでいる。

（いやああああああ）

ミアはがくがくふるえながら、顔を上下に振る。おとなしく連行されます、だから助けて、と意思表示をする。

こんな目に見つめられて、頭を鷲掴みにされて、にたりと笑われて、他にどんな答えができる？　そして唯一自由になる胸の中で、助けて、と、保護者の名を呼ぶ。

（早く戻ってきてください、司祭様っ）

必死なミアは知らない。司祭が戻る、そんな未来はないことを。

ダミアン司祭は、その頃にはもう教区の巡回などを行っていなかった。彼が乗っていた荷車は、無残な姿になって森の中に転がっていたのだ。

崖から、転落したらしい――。

第二章　追放聖女と二度目の事件

1

「魔物に襲われた、か」

リジェクは荷車の横腹に残る爪痕《つめあと》を見て、つぶやいた。

崖下《がけした》に荷車が転がっている。馬の死骸《しがい》もある。何かあったのでは、と、キノコ採りに森に入った村人からの知らせを受け、もしやと思い駆け付けたが。

街道沿いの森の中。少し道から離れた場所にある崖下に、荷車は無残な姿を晒《さら》していた。

「ダミアン司祭様の荷車で間違いねえですだ。ここ、ほら、馬の轡《くつわ》についた鋲《びょう》。聖域からの支給品で。今、領内でこれを使えるのはあの方しかおられねえですから。……なんてこった」

案内の猟師が嘆く。血に汚れた鋲に刻印されているのは翼を広げた神鳥の姿、聖域の印だ。

それに荷車の残骸《ざんがい》に残されていた布、壊れた木枠で引きちぎられたとしか思えない小さな切れ端は、ダミアン司祭が身に着けていた司祭服と同じ色をしていた。

「馬は骨を折って動けなくなったところを獣に襲われたか」

傷跡が違う。食い荒らされ、原形をとどめていない。だが、

(司祭の遺体はない)

最悪の事態は免れた、と考えていいのか。いや、と、リジェクは腕を組む。ダミアン司祭の消息は不明のままだ。安堵《あんど》できる状態ではない。いったいここで何があったのか。

(……純粋な事故か、それとも)

例の野盗が姿を消した後だけに気になる。

ダミアン司祭はリジェクが赴任してくる二か月前、ちょうど彼女《ミア》の異端審問が終わるのと同じタイミングでこちらへ来たという。

世間での評判は、聖域での栄達の道を捨ててこんな辺境に来てくれた聖人のような人、老人子どもの話でもよく聞き、領内くまなく小さな荷車で巡ってくれる優しい司祭様、と良好だ。

リジェク自身も何度か会ったが、にこやかだが隙《すき》のない有能な司祭という印象で、一人で事故の起きるような崖上を通る無謀な人物には見えなかった。そんなダミアン司祭が何故《なぜ》。

(そもそも何故、魔物が襲った？)

司祭の荷車は魔物が精気《メラム》を求める、もしくは、取り憑《つ》く器として好む秋の収穫物を積んでい

たわけではない。それどころか魔物が嫌う聖具を祭祀《さいし》のために運んでいたはずだ。

今の季節は秋。野には自然の恵みが満ちあふれ、精気を求める魔物が飢える季節ではないし、ここは街道からも外れていない。近くに深い森もなく、この地の魔物は住み分けがきちんとできていて、辺りに危険な大型魔物は出ないと案内の地元猟師も保証している。

ふと、匂《にお》いがした。

血と腐肉が混ざり合った独特な臭《にお》いの中に、甘い、異国の風を思わす香が混じっている。

リジェクはその場に身をかがめた。

『我が君、これは……』

影の中で、ウームーも注意を促すのを感じる。香油でもこぼれたのか。香りの染み込んだ小さな木くずを数個、拾うと、懐から出した密閉できるガラス容器に入れる。

「香、ですか」

目ざとくリジェクの動きに気づいたヘラルドが聞いてくる。

「聖職者なら持っていても不思議はありませんね。こんな辺境の貧しい村々を巡回する時に使うかは知りませんけど、祭式に香と香油はつきものです」

統一規格などなく、その国々で手に入りやすいものを使っているが、ルーア教は正式な祭儀の際には神に捧げる香を焚《た》き、香油を塗布する。

自分で調合する凝り性の司祭もいれば、それ専門の修道士をお抱えにしている教区司教もい

ると聞く。ご婦人方の使う香水と同じでいろいろありすぎて、必ずしもこれがダミアン司祭の使っていた香かはわからない。が、

「あの廃墟《はいきょ》の礼拝堂と、司祭の私室を調べてくれ。同じ物があるかどうか。それと……、一片は王都に送る。ドラコルル家へ」

「……え、ではもしや、魔物の？」

「ああ。誘因香かもしれない。ウームーも反応している」

一部の魔物には、昔、神と崇《あが》められていた過去があるからか、香を好むモノがいる。

現に、ドラコルル家と契約を結んだ使い魔たちが一族を守護する代わりにと、遠い祖先に求めた見返りは、

一つ、香や季節の供え物を絶やさない。

一つ、彼らが中に入り休めるように、聖別した像を祀《まつ》る。


の、二つだ。なのでリジェクも毎夜、ウームーに彼の好む香を調合し、炷いてやるのだが、そういった上位の魔物以外でも嗅覚《きゅうかく》を持ち、香に惹《ひ》かれてよってくるモノはいる。

今、採取したものは初めて嗅《か》いだ素材らしくウームーも正体がわからないようだが、一部の魔物にだけ反応するよう調合された香も存在する。

「王国の長い魔導研究の歴史でも、魔物を使役するための香の研究は行われている。実用に堪える品は少数だが、魔物を興奮させ、攻撃的にする香や、誘い出す香ならある。これがその一種なら、こんな場所で魔物に襲われた理由に説明がつく」

人の手による襲撃ではなくわざわざ魔物を使ったのは事故に見せかけるためか。なら残念だったなと言わざるを得ない。シルヴェス王国は魔導研究に関しては先進国だ。そして魔導や薬学に関するものならという縛りはあるが、ドラコルル家は魔導貴族という家職柄、代々、香の研究を重ねている。試料も多数、保管しているので香の分析ならできる。

「……誘因香ならややこしいことになりそうですね。市場に出回る品ではないですし」

「そうならないことを祈ろう。とりあえずこの香は分析待ちだ」

他《ほか》に領主として騎士団の長としてすべきことは何か。司祭の足取りを追うための人員は出した。ここには調査の一隊を残し、周辺の村々に聞き込みの騎士を散らすとして。

「ダミアン司祭は、教区巡回の途中だったな……」

この地は辺境。司祭の所在が不明となれば、他に聖籍にあるのは聖騎士だけだ。

領内には司祭の祝福を待つ者が大勢いる。婚姻など慶事は延期してもらえても、赤子の洗礼や死者への祈りは限度がある。各集落では司祭の到着を今か今かと待っているだろう。

「砦《とりで》にいる聖騎士に祭祀司祭の資格を持つ者が何人かいたな。代わりを務めてもらおう。後、王都と、最寄りの司教区の聖堂にも知らせを送れ。司祭の件で判断を仰ぐ」

司祭はカルデナス領内で起居していたとはいえ、所属はカルデナス領ではなく聖域になる。彼の所在不明をどう判断するか、後任をよこすのか、決定権は聖域にある。問題は。

「ミア嬢、だな」

司祭が戻るまでということで、砦にとどめ置いた聖域からの追放者。か細い、怯《おび》えた栗鼠《りす》のような姿が脳裏に浮かんで、リジェクは柄にもなくひるんだ。

この事態を知れば彼女はどんな顔をするだろう。彼女はダミアン司祭を保護者として慕っていた。安全な砦内に保護したというのに不安げな顔をして、まだ戻ってこないと、寂しそうに司祭の去った方角を見ていた。

「……このことは彼女には言うな」

せめて司祭の安否がわかるまでは伏せておきたい。いたずらに心配はさせたくない。

(それにしても。今後はどうすべきか)

いくらなんでも引受人である司祭が不在な状態で彼女を一人、司祭館に置いておくわけにはいかない。そんな理由で砦に保護した。騎士として、職務内の処置だ。

だが、預かり期間が長期に及ぶとなると、そんな避難措置は理由にならない。

彼女はあくまで罪人だ。とてもそうは見えないが、勝手に砦に滞在させれば聖域からの心証が悪くなる。強引に返還を要求され、さらに待遇の悪い場所へ送られるかもしれない。

それに今は客人待遇で砦の迎賓館に置いているが、建前として、なるべく部屋にいてくれと言ってある。いざとなればきちんと一室に監禁していたと主張するためだが、滞在が長引くとさすがにまずい。適度な気晴らしや運動は人間の成長には必須だ。

となると砦の中をあの少女に自由に動き回らせることになる。それは果たして彼女の精神安定上よいことか。ウームーもいるし、そもそもあそこは無骨な前線の砦なのだ。清らかな聖域で育った彼女を長期間むさい男所帯に置いて大丈夫か。男菌が感染《うつ》ったらどうする。

かといって、賊のことを考えると司祭館に戻すのは論外で。

「……もう少し、事件の背景がわかるまでは、うちで預かろう」

激しい葛藤《かっとう》の末、リジェクは決断を下した。ヘラルドのしらっとした目が痛い。

「言っておくが、決して個人的な庇護《ひご》欲を優先させたわけではない。大事な預かり者を危険な目に合わせるわけにはいかないから、しかたなく砦にとどめ置くだけだ」

そう。これは違う。いつもの捨て犬を拾う癖ではない。立派な職務だ。

「新しい場所に落ち着いてくれるか初日は様子を見に行くが、後はそっとしておく。顔も出さない。見せない。不必要に怖がらせないように慎重に対する」

神に誓う。今度こそ構いすぎない。だから。もう少し手元に置かせてくれてもいいだろう？

誰《だれ》にともなく胸の内で言い訳をしながら。

リジェクは大真面目《まじめ》な顔で、預かり中の罪人の滞在延長を宣言した。

2

孤高の追放令嬢、ミアは困っていた。

(困る、というより、何故こうなったか混乱している、が正しいかもしれないけれど……)

目の前の事態にどう対処すればいいかわからず、現在進行形でミアは押し寄せる恐怖の中にいた。司祭館へ戻れずにいることに混乱しているわけではない。あの監視のゆるゆるな司祭館で罪人を野放しにできない騎士団の理屈はわかる。そうではなく。

(……どうして、砦で一番偉くて忙しくて怖い騎士団長様が、私の荷物持ちなの？)

ミアの前に気迫に満ちて立っているのは、氷の魔王然とした騎士団長殿だった。

新しい部屋まで案内してくれるというのだが、堂々たる体躯《たいく》に女性用の私物が入った木箱を抱えた姿の違和感が凄《すさ》まじい。おそるおそる自分で持つと申し出したが彼は無言で顔を横に振る。その威圧感。はっきり言って怖い。猟犬に首根っこを押さえつけられた兎《うさぎ》の気分だ。

この砦に来た最初は、ダミアン司祭が迎えに来てくれるまで一泊か二泊の予定だからと、都からの査察の役人も泊まるという、公邸のような建物に案内されていた。今朝《けさ》になって荷物をまとめるように言われたので、もしや司祭館へ帰れるのかと思っていたら。司祭の戻りが遅くなりそうだからと、長期滞在可能な騎士宿舎へ移るように言われたのだ。

団長殿はじめ、騎士団幹部が砦に泊まる時に使うという非常時用の館《やかた》だ。

（いやあああああ）

それを聞いたミアは内心、叫びそうになった。だって、

（団長様と一つ屋根の下で暮らすなんて、無理）

リジェクと副官のヘラルドは赴任したてで私邸の用意ができておらず、ずっと砦に泊まり込んでいるらしいのだ。どうしてそんなところに自分が。砦にとどめられるなら地下牢《ちかろう》でいいのに。心臓に悪すぎる。

「あの、すみません……」

恐怖心が勝って、ミアは決死の覚悟で団長殿に話しかけた。

「その、私、これ以上のこちらへの滞在は。礼拝堂の管理もありますから。司祭様がお留守ならその間は私が守らないと。いくら誰も来ないからと常夜の蝋燭《ろうそく》を絶やすわけには……」

言いかけて、ミアは自分が監視のためここに連れてこられたのを思い出した。駄目だ。帰してもらえるわけがない。しかたなく、ミアは言った。

「……お手数を、おかけします」

司祭館に戻れないとモンさんにも会えないし、この団長殿のさらに近くで暮らすなど恐ろしすぎるが。騎士団の人たちにも職務というものがある。

「礼拝堂のことは心配ない。巡回を増やす」

リジェクが淡々とした口調ながら約束してくれたのが救いだ。

そうしてミアが案内されたのは、騎士宿舎の三階にあるこぢんまりとした個室だった。

「これは……！」

扉の中を見るなり、ミアは目を丸くした。前線の砦内のことだし、どんな殺風景な所かと思えば、通された部屋は可愛《かわい》く飾り付けされていた。

元は無骨な石組みがむき出しだっただろう壁にはパッチワークのタペストリーやラベンダーの花束がかけられているし、丸い窓枠もピンクに塗られて『塗りたて注意』と札がついている。床にはふかふかのキルト、寝台にはもちろんレースの天蓋《てんがい》。傍《そば》には垂れ耳が可愛い兎や栗鼠の人形が並び、何故かパステルカラーの積み木や木馬まで置いてある。

「えっと……」

素晴らしく少女趣味な部屋だ。お花畑にいるような。

あまりに予想外すぎて、さっきまで歩いていた無骨な砦の通路との落差がすごすぎて、思わずミアの顔が引きつった。

◇◆◇　◇◆◇　◇◆◇

（……気に入らないのか？）

少女の反応を見て、リジェクは焦った。急なことで内装をオーダーメイドする時間がなく、城下の店をめぐって少女の好みそうなものを根こそぎ買って並べたが、彼女が思うような反応をしてくれない。戸口の前で固まって、中に入ろうとしない。

(何故だ、何がいけなかった?)

この年頃《としごろ》の少女の例であれば妹がいる。妹の趣味を考えるとこの路線で合っているはずだが。なのに目の前の少女の顔は完全に引きつっていて。

(くっ、どうすればいい?!)

とにかく、失敗だ。彼女の居心地が悪いようであればこのままにしておけない。修正だ。

リジェクはせいいっぱい、音量を下げ、少女を怯えさせないよう言葉を絞って問いかけた。

「……変えるか?」

◇◆◇　◇◆◇　◇◆◇

いきなりリジェクに言われた。「……かえるか」と。

(え?　何て言われたの?)

部屋の様子に気を奪われてよく聞いていなかった。「帰るか?」と聞こえた気もするが、そんな簡単に司祭館に帰してもらえるわけがない。気のせいだろう。

問いの意味がわからずにいると、彼が目線を部屋へと向けた。それから、またミアを見る。

「……」

よくわからずミアは首をかしげる。どうしようと思っていると、また、リジェクが小さく顔を動かした。焦ったように動きが少しだけさっきより速い。

「……」

が、やはり無言だ。どうも彼は顔と目線で何かを示しているようだが。

「……えっと」

もどかしい。きっと何か伝えたいことがあるのだ。彼の表情はまったく変わっていないが。

（ここに、ヘラルドさんがいてくれれば……）

彼ならこの団長殿の無言も読み取って通訳してくれるだろう。が、ミアでは無理だ。

「……」

「……」

ミアも困って黙り込むと、無言が重なった。静けさが痛い。空気が質量をもって迫ってくる。団長殿は少しでも声を発すれば世界が崩壊するといった緊迫感で微動だにしないし、気まずさが半端ではない。どうしよう、どうしよう、とミアは冷や汗を流しながら必死で考えて、前に司祭館で一度だけ、団長殿の語られない問いに気づいた時のことを思い出した。

『皿数のことで彼が問いかけた時、ミアちゃん、ちゃんと理解してくれたから』とヘラルドも言っていた。あの時のミアはきちんと団長殿の語られない部分も察することができたのだ。

なら、今回もできないか？

聖域時代、療養院の手伝いをした時、薬師も兼ねた神官たちは、うまく話せない病人が欲しがるものをきちんと察していた。皆、じっと表情を見て、読み解いていた。あれと同じだ。

（ヘラルドさんはちゃんと理解できているんだもの）

なら、自分にだってできるはずだ。ミアは根性を入れた。腹に力を籠《こ》め、怖いのを我慢して、団長殿の微妙な変化に目を凝らす。彼の顔の動き。新しい部屋を示しているような。もしかして部屋の内装についてだろうか。おそるおそる言う。

「……あの、内装のこと、ですか？」

正解だったらしい。団長殿の怖い顔が少しだけ硬さがほぐれた気がする。

よかった！　なら〈かえるか〉は〈変えるか〉だ。ほっとして、ミアはあわてて伝えた。

「あの、十分です、変える必要なんてありません」

「……」

「あ、本当です、この部屋でいいです」

「……」

ミアは困った。リジェクが少し眉根《まゆね》を寄せたような顔になったような気がしたからだ。ミアの木箱を抱えたまま、団長殿は変わらず沈黙している。

（どうして？　質問はちゃんと合ってたよね？）

だからこの内装でいいと答えたが、違っていたのか？　それともこれはミアの改心度を試す試験だったのか。罪人には贅沢《ぜいたく》すぎる部屋ですと断って、地下牢のほうがいいです、と言わないといけなかったとか？

リジェクは無言だ。探るようにこちらを見てくる。困った。答えどころか彼の問いかけすらわからない。ミアは途方に暮れてうつむいた。

「……」

「……」

空《むな》しい無言の重なりが、物音ひとつしない気まずい騎士宿舎の中で積もっていった。

◇◆◇　◇◆◇　◇◆◇

「あー、やっちゃった……」

リジェクが心配でこっそりついてきたヘラルドは、柱の陰から様子を窺《うかが》い、頭を抱えた。

（心配はしてたんだよ。忙しいくせに内装の指示はすべて自分でやるって言った時に）

いくらなんでもあの年頃の少女には可愛すぎる部屋だった。しかも彼女がこれでもいいと言っているのに、無言で圧をかけるかのように彼女を見下ろしている。

「不必要に怖がらせないように慎重に対する」

明言した結果、彼は本当に慎重に対している。言葉数すら絞って意思の疎通もできていない。本人は気を使っているつもりだろうが、完全に逆効果だ。彼女は咎《とが》められたと思っているのかびくびくしている。

(なんでこうなるかな。普段はもっとできる人なのに)

騎士として言葉少なくとも効果的に相手を威圧、王を前にしても一歩も引かず職務を果たす。それがリジェクだ。だからこそまだ二十歳という年齢でこの地の領主にと指名を受けた。なのに。今はこの少女を怖がらせまいと気負うあまり、かえって言動がぎくしゃくしている。

(言葉も絞るというより本気で出てこないみたいだし……)

こうなっては仕方がない。ヘラルドは不器用な二人の前に出て、通訳をすることにした。

が、その時、ミアが動いた。

彼の前ではずっと伏せ気味にして、相手を直視できていなかった顔を上げる。

ヘラルドはあわてて隠れ直した。期待を込めて、リジェクの前ではことさら小柄に見える少女の背を見守る。何しろ彼女はほぼ初対面のリジェクの言葉少ない問いを察した実績があるのだ。他の者は皆そこまで行かず撃沈するのに。

ずっと空白の彼の周囲。そのことにあきらめている彼。もう一度、誰かが彼のやる気を引き出してくれたら。彼の腹心として歯がゆくて、ずっと、そう願っていた。

だが、この子なら。

妙な世俗の垢《あか》のついていない聖女候補様なら。もしかして、もしかしてくれるかもしれない。

◇◆◇　◇◆◇　◇◆◇

ミアは葛藤していた。というより恐怖のあまりだんだんとパニック状態になっていた。

(怖い怖い怖い怖い怖い……！)

晒される重い沈黙と鋭い視線に、だんだん思考能力が麻痺《まひ》していく。

ミアは臆病《おくびょう》だ。聖域という檻《おり》の中で強者《つわもの》にもまれながら生きてきたので、あまり我というものもない。

だが逆に言うと、同輩たちにいつ害を与えられるかと怯える暮らしが普通だったので、打たれ慣れている。常人ならすぐ失神するリジェクの威圧顔にもだんだん慣れてきた。

そしてミアは我がない分、心がやわらかい。向けられる感情を素直に受け入れるし、常に周りを気にする暮らしだったから、その場の空気にも敏感だ。

そんなミアの小動物の勘が告げている。こちらを見つめる団長殿の顔はとても怖いけれど、

(害意は、ない……？)

聖域で、いつもミアに物や悪意ある言葉を投げつけていた同輩のベリンダとは違い、彼からは悪意は感じない。それによく考えてみるとミアは彼から何かをされたことはない。それどこ

ろか野盗の襲撃から助けてもらったし、穴に落ちた時もかばってくれた。

ミアはおずおずと団長殿を見上げる。相変わらずの恐ろしいまでの視線だ。だが百歩、いや、千歩譲れば、こちらの答えを待っているだけの無害な人に見えなくもない。

ミアは勇気を振り絞った。言ってみる。

「……あの、この部屋の内装を変えなくていいですというのは本心です。遠慮しているわけでもありません」

長期滞在になったといっても、司祭様が戻られるまでお世話になるだけだ。ここまで整えてもらった内装をまた変えてもらう手間はかけさせられない。それに。

図々しいかとは思ったが、思い切って本心を言ってみる。

「その、私は幼い頃から清貧の場で育ったので、実はこんな可愛らしい部屋には憧《あこが》れていたんです。だから、素直に嬉《うれ》しい、です。……ありがとうございます」

「……」

すべて言い切ってもじもじしながら返事を待っていると、やはり返ってきたのは無言だった。が、納得はしてもらえたらしい。リジェクがこくりとうなずくと、抱えっぱなしだったミアの荷物を部屋に置いた。そして体の向きを変える。

「行くぞ」

言って、部屋を出て行く。タイミング的に、きっと騎士館の中を案内してくれるのだろう。

語られない部分を察したミアはあわてて後を追った。そして、え、と驚く。

（……団長様なんて偉い人だから、さっさと先に行ったと思っていたのに）

廊下に出ると、彼はちゃんと待ってくれていた。

ミアが出てきたのを確認して、彼が背を向け、再び歩き始める。が、その歩みは確かにミアの歩調を意識していて。後ろを気にしながら歩いているのがわかって。

（……もしかして）

一度気づくと微妙な肩の揺れ、彼の腕の動き。次々と語られない言葉が伝わってくる。

（見た目ほど怖くない？　すごく気遣ってもらえてる？）

広い、無言の背を見ながら考える。彼の満足げな先導ぶりはそうとしか思えない。

無事、彼の無言を読み解けたことが嬉しくて。彼を満足させることができたのが誇らしくて。

自然とミアの顔に微笑《ほほえ》みが浮かんだ。さっきまで感じていた恐怖が嘘《うそ》のように晴れていく。

ほっと肩の力を抜くと、ミアはいそいで彼の後を追った。

その後方の柱の陰では、ヘラルドが、「よっしゃあ！」と両手を握り締めていた。


次に彼が案内してくれたのは、礼拝所だった。驚いた。砦の住民専用の祈りの場らしい。

こぢんまりとしているが石造りの礼拝所は椅子《いす》の数も十分にあって、居心地がよさそうだ。

言葉少ない団長殿の説明を懸命に聞いて脳内で補う。それによると専属の司祭はいないそうで、司祭の資格を持つ聖騎士たちが持ち回りで祭儀を行っているそうだ。

この辺りは雪が降ると戸口が開かなくなるほど積もって、各集落どころか家自体が孤立してしまうらしい。低地に冬邸を造って共同生活をしなくてはならない集落まであるのだとか。そんな辺境なので、なかなか司祭の来てがないそうだ。

(そういえばダミアン司祭様も、自分が来るまでは老司祭が一人いただけだっておっしゃってた)

辺境の事情をまた一つミアは知った。

次はお昼ごはんも兼ねて、宿舎付の大食堂に案内される。騎士位を持つ者だけが食事できるところだ。

騎士たちの食事時間は決まっていて、今日《きょう》はもう終わった後だそうだ。が、引っ越し騒ぎで遅くなったミアのために特別に、厨房《ちゅうぼう》長が時間外に昼ごはんを作ってくれたらしい。

聖職者の一日は夜明けとともに始まるが、寝るのも早い。なので食事は一日二回だ。が、ここに来てからのミアは周囲に合わせて三食、用意された食事をとるようになっている。

最初は慣れず、お腹《なか》がいっぱいになって困ったが、せっかく用意してもらったものを残すのは失礼だしもったいないので頑張って食べているうちに、食事というもの自体が好きになっていたのだが。ミアは案内された食堂のメインテーブルに並んだ料理を見て目を丸くした。

そこには、ずらりと美味《おい》しそうな御馳走《ごちそう》が並んでいた。

ほこほこ湯気を上げるスープや焼き立てのパン。瑞々《みずみず》しいサラダはもちろん、まだお昼なのに肉料理や魚料理もある。それどころかケーキの類《たぐい》の甘味も充実している。

「……あの、これ、皆さんの分ですか？」

「いや」

「でも、この量……」

「取り皿はそこだ」

「え」

「今日はここを使っていいが。普段は自室か我々と食べるように」

リジェクが淡々と言って、ミアは途方に暮れた。これは難易度が高い。

取り皿とは？　食べる場所も自室はわかるが、我々とというのはどういうことだろう。今日はここを使っていい、ということはこの食堂のことではないようだが。

(怖い外見だけど、頑張って訊《き》けば律儀に答えてくれる人というのはわかってきたけど)

が、いかんせん、言葉数が少なすぎる。ミアも会話が上手なほうではないので、細かな部分の意思の疎通が難しい。

見かねたのか、厨房からひげもじゃの厨房長が顔を出して通訳してくれた。

「ああ、あんたが預かり人のミアちゃんか。悪いが明日《あす》からはあんたにはここで食事を受け取って、自分の部屋か団長たちが使う幹部用の食堂で食べて欲しいんだ。食事時は混むからな。あんたみたいに細っこい子はごつい連中に埋もれて押しつぶされそうだから」

ま、今日のところはそこの皿に食べる分だけとって、好きなところに座りな、と言われた。

「あんた、すごく痩《や》せてるだろ。団長殿が心配して俺《おれ》に女の子の食べられそうなものをって注文をつけたんだ。で、つい張りきっちまってな。何しろここは男所帯で質より量、野菜より肉で肉飯ばっか作ってたんだ。やっと繊細な料理を作れるってつい作りすぎてこの量さ」

余ったら籠《かご》に入れて各所に差し入れに持ってくから、好きな物だけとればいいと言われた。

「俺もやりすぎちまったけどよ。あんた、もう部屋は見たんだろ、どうだった？」

「え」

「団長、凝ると限度がないとこあるからなあ。付き合いきれないと思ったら言った方がいいぞ。居心地悪くて眠れなかったら食欲が落ちる。俺の料理が食べられなくなるからな」

ということは、まさかあの内装はヘラルドではなく、団長殿が手配したのか？

そっと彼を見ると、ふん、と鼻を鳴らしてそっぽを向いている。しかめられた顔が怖くて、とてもではないがあの内装を指示した人には見えない。厨房長が、鍋《なべ》を手にがははと笑う。

「団長は王都に年の離れた妹や弟さんがいるからな。同じように子ども向けの内装にしたんだろ」

「え、団長さん、ご妹弟《きょうだい》、というか、ご家族がいらっしゃるんですか?!」

思わず言って、ミアはあわてて口を押さえる。魔王めいた人間味のない風貌《ふうぼう》を持ってはいても、彼だって血肉の通った人間だ。氷山から生まれたわけではなく親や兄弟がいて不思議はない。なのに今までそのことに思い至らなかった。

「ヘラルドから聞いてたが、団長があんたのこと気にするのも、無自覚に妹ちゃんと重ねてるからかもなあ。しばらく会えてないから欠乏症になってるだろうし」

またお茶の時間にでも一緒してやってくれ。気がまぎれるだろうからと言われた。

本当、だろうか。

リジェクがごほんと咳払《せきばら》いをした。なんとなく、その顔が気恥ずかしがっているように見えなくもない。年長者にからかわれて少し困っている若者のような。

しかもその時、巡回ついでに司祭館へ行くという騎士たちが、出立の報告にやってきた。それぞれが家具や薪《まき》、布など、謎《なぞ》の荷物を持っている。リジェクが素っ気なく言った。

「必要物資だ。先に届けておく」

「え？」

「後、工兵も派遣する。安心しろ」

突然言われて目を瞬《まばた》かせるミアに、騎士たちが小さな声で教えてくれた。

「その、これ、うちの団長から司祭館の皆さんへの差し入れです。この前のスープの御礼と、洗濯の邪魔をしたことのお詫《わ》びだって」

「ごめん、ミアちゃんの意向も聞かないで勝手なことをして。だけどうちの騎士団は聖域から預かった聖職者の暮らしを安堵する義務があるから」

「君だって、ふるえる子羊を見たら、暖かな寝床を与えたくなるでしょう?」

だから。これは人として自然なことなんだよ、と騎士たちが言う。

「ここの騎士は工兵を兼ねることもあるから。腕は確かだよ。あの司祭館、扉に鍵《かぎ》がなかっただろ。つけようと思って。開けっ放しは不用心だしね」

「ま、付属の礼拝堂の扉や壁が壊れてるからあそだけ戸締まりしたって一緒だろうけど。やっぱり補修したほうがいいから、ぱぱっとやっちゃうね。また司祭館に戻れるようになった時、不自由のないようにしておくから。他に足りない物があれば言ってね」

騎士たちがにっこり笑う。彼らの手には補給物資の他に、工具入れがあった。

騎士団の面々に粗末すぎる司祭館の中を見られていたのだと気づいたミアの頬《ほお》に、かあ、と血がのぼる。

質素な暮らしは今さらだし、施しという名の喜捨を受けるのもこれが初めてではない。だが聖域時代はそういうありがたい人たちには祝福を与えるなど、返礼をすることができた。今のミアはもう聖女候補ではない。対価を払うことができない。

そう思うといたたまれなくて。そんなミアにまたリジェクが言った。

「気が咎めるなら、祈ればいい」

「え」

「夕刻の祈りの時に」

今度はミアも通訳なしでも彼が何を言いたいのかがわかった。ここにいる皆の無事も一緒に祈ってくれないか、と、彼は言っているのだ。でも……。

「……あの、私の祈りでもいいのですか？」

だって今のミアはもう聖女候補ではない。修道女や修練女でさえない、追放中の罪人だ。申し訳なくて、手を胸の前で組んだミアに、彼が少し困ったように首をかしげた。

「……聖女候補の祝福でなくともよかろう。ただのミアという少女の祈りでも」

神は聞き届けてくださるだろう。

語られたリジェクの言葉はいつもより少し長かった。きっと誤解なく伝えたくて頑張ってくれたのだろう。ミアも話すのは得意ではないので、それがどれだけ大変なことかはわかる。

じわり、とミアの胸に温かなものが芽生える。

小さな芽、わずかな風でも折れてしまいそうなか弱い芽が、おそるおそる新しい世界に顔を出す。本当にここに芽生えていいのと問いかけるように顔をもたげる。そこへ周囲の騎士たちも、優しい慈雨を降らせるように、次々と声をかけてきてくれた。

「ミアちゃんが祈ってくれるなら大歓迎だよ」

「何しろいつ怪我《けが》をするかわからない職業だから」

「自分のために祈ってくれる人がいる、それだけで励みになるから」

その場にいた厨房長はじめ厨房の皆も優しく微笑んでミアを励ましてくれて。

「だから、これは等価交換だ」

皆の言葉をまとめるようにリジェクが言った。

いつものミアならこんなふうに親切にされたら逆に落ち着かない。親にすら捨てられたのだ。人に大事にされることに慣れていないミアは、人に手を差し伸べられることが怖い。どう反応していいかわからず、身がすくんでしまう。

たぶん今まで何度も与えられたものをまた取り上げられてきたからだと思う。逆にとまどう。うかつに優しさを受け取ってしまえば、後でまた取り上げられるのでは、かえって哀《かな》しくなる、しっぺ返しが来るのではと怯えてしまう。だけど、こんな風に言ってもらえたら。

「ありがとう、ございます……」

ミアの心の負い目が軽くなる。嬉しくて涙が出そうになった。そして誓う。自分の生ある限り、ここにいる親切な人たちのために祈りを捧げると。

改めて周りを見る。長卓が並べられた広い部屋。いるのは剣を持つ厳《いか》つい騎士と重い銅鍋を豪快に持つ厨房員ばかり。

だが温かみを感じた。暖炉には薪がくべてあるし、水差しには美味しそうな水が入っている。ここへ来た人を寛《くつろ》がせるための気遣いがほうぼうに感じられて。それだけではない。騎士たち用の大きな食器や盆の間に、小さな、ミア用だとわかる食器の一式がある。新たに購入したのだろう。ミアは自分が歓迎されていることを知った。そんなこと初めてで。とても心地よくて。祈るだけでなく彼らに何か感謝の意を示したくて。

窓の方を向いた時、外の中庭で子どもたちが遊んでいるのが見えた。

「あ、騎士の方々のお子さんですか？」

「……ん？」

ミアの頭越しにのぞいたリジェクが、違う、と言う。

「施療院の子どもたちだ」

「施療院、ですか」

「元は騎士団の騎士を診《み》る軍医の詰め所だったが。最近は特に大きな戦いもない。それにここはもともと医者の数が少ない」

それで先代のマルス辺境伯の時代から一般に門戸を開放していたのを、後を継いだリジェクが宿泊というか、入院もできるようにしたらしい。

「ここには乗合馬車もない。貧しく馬など持たない家も多い。遠い山向こうから子どもをおぶって連れてくる親もいる。領内は広いうえ親にも仕事があるのだ。片道何日もかけて治療になど通えない。それにもうすぐ冬になり道もなくなる。ならいっそ預かったほうが効率的だ」

リジェクは顔を見せると泣かれるので近づかないが、子どもは好きなのだそうだ。

「では、あの子たちは親から離れて、一人でここにいるのですね……」

少し幼い頃の自分が重なった。

「外に出ているのは比較的軽症の子たちだな」

リジェクが言う。雪が降る前に外の空気を吸っておくようにという軍医の配慮で日向《ひなた》ぼっこをしているらしい。施療院の手伝いもしているという騎士が言った。

「でも、病気や怪我をしている子どもたちを大人《おとな》の見守りもなく遊ばせるのも心配なんだよね。看護人を増やせればいいけど、本式の施療院じゃなくて、軍医が片手間にやってるわけだから。予算も人手がたりなくて。手の空いた者が交代で子どもの相手とかしてるんだけど」

皆、本職があるわけだから大変らしい。

それを聞いてミアの心は決まった。

砦の人たちが優しい人たちとわかっても、ミアが異端の秘密を抱えたままなのは変わらない。彼らが監視者であることも、ミアが尋問も兼ねて砦に留め置かれていることも変わらない。もちろん罪人である自分にこんなことを言う資格があるかはわからない。けれど。

「もしよかったら、お手伝いをさせてください」

自分にもできることがあれば、この砦のために何かしたいと、ミアは力を籠めて言った。

それからは施療院のお手伝いがミアの日課になった。

子どもたちの遊び相手の他にも、朝、施療院のある建物に赴くと、先《ま》ず掃除。それから食事の配膳を手伝って、洗濯なども行う。同じ掃除でも誰かのためにするのと一人ぼっちの司祭館を片付けるのでは全然違う。やりがいがある。

それに。ここでは皆が、助かる、と言ってミアの存在を受け入れてくれる。それが嬉しい。

暖かな午後、子どもたちがお昼寝をしている間に、冬に備えて乾燥させた薬草を倉庫にしまう手伝いをしていると、軍医も笑顔を向けてくれた。

「さすがは聖域で養育を受けた子だね。薬草の知識もあるから助かるよ」

「いえ、私はまだまだです。聖域にはもっと詳しい人もいましたから」

今、抱えている薬草の名前もわからない。この地固有の腹下しに効く木の根だそうだが、聖域では見たことがなかった。試料を送ると薬学の講師をしていた神官が喜ぶだろうなと思う。

「ここには修道院が廃院になった時に引き継いだ試料や書物、薬草本体が山ほどあってね。それを把握するだけで一苦労なんだよ」

リジェクやヘラルドと共に王都から赴任してきたという軍医が言う。前任者はマルス辺境伯の死とともに引退したそうだ。

「一口に薬草と言ってもいろいろあるからね。同じものでも生える場所によって薬効が違ったりするし、ここには私も知らないものがたくさんあるから、まず、どれにどんな効用があるか、書付と照合していくだけで大仕事だ。手が空いてる時は、聖騎士の中にも何人か薬学を聖域で学んだ騎士がいるから、採取とかも頼んだりするんだけどね。彼らも忙しいから」

ミアは知らなかったが、ここ、カルデナス辺境騎士団には二種の騎士がいるそうだ。

カルデナス辺境伯領と国境を守るため派遣された王国の、王に忠誠を誓った王国騎士たちと、教義と教徒を異民族の侵略から守るため派遣された聖域出身の、神と聖皇を崇める聖騎士と。

聖域から遠く離れた辺境の地なので、割合的に王国騎士が九割、聖騎士が一割だそうだが、それぞれに取りまとめ役として副団長クラスの騎士がいて、リジェクは四名いる副団長を統括する立場らしい。

「王国騎士の中にも、もともとこの地に根差した辺境伯直属騎士と、王国各地より王命で派遣されてきた者がいてね。寄せ集めだけどその分、新参にも鷹揚《おうよう》だから。僕みたいに転勤続きの独り者の軍医にも居心地がいいんだよ」

王国騎士も聖騎士も妻帯は禁止されていない。ので、この地に根差した王国騎士は家族を城下に呼び、居を構え、砦には通いで勤務する者が多い。

が、聖騎士の場合は数年単位で遠い聖域から派遣されるため独身者や単身赴任者が多く、砦内にある寮で暮らしているのだとか。

「そんなわけで、駐屯《ちゅうとん》している数は少ないけど聖騎士は勤務明けで宿舎に戻っても相手をしてくれる家族もいない単身者が多くてね。暇だからってよくここを手伝ってくれるんだよ。聖騎士は神学だけでなく薬草学に通じてる者も多いから助かるんだ」

　聖域では、各修道院や司祭たちに有益な薬草があればその知識を教区長まで届けて共有するようにという規則がある。より多くの薬草を集め民を救うためだが、その関係で聖職者に薬草学は必須で、希望する聖騎士にも門戸は開かれている。

　ミアたち聖女候補も奉仕活動の一環で実際の仕事を手伝った。が、交代制だったので、薬草は臭《くさ》い、仕分けや調合は服が汚れると、聖女候補でも貴族出身のベリンダなどは近づくのを嫌がった。なので、よくミアに代理で当番が回ってきた。

　無理に引き受けさせられた実習当番でも、ミアは薬を扱うのは好きだった。草木自体が好きだし、薬草採取の名目で森へも行ける。それに薬草を乾燥させる部屋は乾いていて暖かく、居心地がよかった。人も来ないので他の聖女候補から孤立していたミアには絶好の避難場所で、別の用を言いつけられるまではよくこもっていた。

　それに。そこにはもう一人、〈同志〉がいた。

　俗世の身分は持ち込まない決まりの聖女候補だが、それでも上位聖職者を縁者に持つ娘や貴族出の少女が平民出の他候補を従え、出身国ごとに派閥を作り他を排斥する傾向があった。

　ミアと同じく薬草乾燥室を待避所にしていたその子も、仲間外れの扱いを受けていた。

　彼女はルベリア王国の隣国、エルトラルド帝国の帝室に連なる黒髪の美しい少女だった。たぶん、その高貴な身分と美しさが、歴代聖女輩出数でエルトラルド帝国と拮抗《きっこう》するルベリア王国出のベリンダの敵愾心《てきがいしん》をかったのだと思う。

お互い、乾燥室にいる時は作業優先で特に話さなかったが、彼女はミアを蔑《さげす》んだりはしなかった。たまに目が合った時など、物問いたげな顔をされたように思うのは自分の願望だろうか。勉強熱心な彼女の薬草知識は、本職の薬師顔負けだった。

(どうしてるかな、彼女)

ミアが罪人として捕縛された時、迷惑をかけられないので彼女に別れも言えなかった。が、祖父のように優しく包み込んでくれた師パウロと森の魔物たち。それに彼女が聖域でのミアの心の支えだった。

ミアが何度も追放の憂き目にあいながらも、その都度その場で頑張ろうと思えるのは、彼らの記憶があるから。親には捨てられても領民たちに受け入れられ、愛された記憶と、聖域へ入ってからは師パウロと同志である彼女、それに魔物たちとの交流があったからだと思う。

役立たずと言われても、ミアを好きと言ってくれた人たちがいたから、自分を完全に嫌いにならずにすんでいる。そのことを思い出した。

「どうかしたかな、ミア嬢?」

「いいえ。ありがたいなと思って……」

ミアは微笑む。自分を好きだということ。それを思い出させてくれた砦の皆がありがたい。

それに、最初はどうなるかと思った騎士たちとの暮らしも。意外と心地いい。

今日も午後のお茶の時間になると、リジェクの執務室へとミアはお茶を運ぶ。午後の一時《ひととき》、こうしてここでお茶を飲んで過ごすのが、もう一つのミアの日課だ。

厨房長に言われたからというわけではないが、お世話になっているのだから少しくらいはお返しをと休憩時間のお茶運びの手伝いを申し出たのだ。すると執務室付きの騎士たちが「ミアちゃんも一緒にどうだい？」と誘ってくれたのでご一緒するようになったのだ。

追放された身なのにしみじみ思う。ここはいいところだと。

ここにはパウロ師はいない。が、会えなくてもモンさんや可愛い魔物たちがいて、そのうえ優しい人たちまでいる。聖域にいた頃より充足しているのではないだろうか。

（これで、ダミアン司祭様がおられれば完璧《かんぺき》なのに）

ミアは司祭の無事を祈りつつ思った。そして少し不安になる。

しっぺ返しが来るのではないかと。こんな幸せは長くは続かないのではないかと。だって、今までずっとそうだったから――。

◇◆◇　◇◆◇　◇◆◇

お茶の時間が終わって、彼女が小さな体で大きなお盆を持って下がっていく。

任務を果たす使命感からか、どこか誇らしげに胸を反らしたその姿をリジェクは内心ハラハラしながら見送った。砦の階段は急だ。段の幅も狭いし、大きすぎる盆が邪魔をして足元が見えず、階段を踏み外しでもしたら大変だ。

手伝ってやりたいが、下手《へた》に手を出せば、彼女は自分が失敗したかとまた怯えてしまう。それくらい、今のリジェクは自己主張をしないミアの心を読み取れるようになっていた。

(これからは厨房と扉の前までは別の者に運ばせるか)

盆を持っての移動距離を極力減らし、かつ、仕事も残る状態が一番いいだろう。

ヘラルドがいれば、また過保護なと突っ込まれることを考えながら、リジェクが騎士たちを促し、書類の決裁を再開した時だった。

本日の昼の連絡事項をとりまとめたヘラルドがやってきた。

「国境警備の隊から連絡がありました。帰路についた聖域の護送一行ですけど、無事、国境も過ぎて隣国へと旅立っていったそうです。一度も賊に襲われることなく」

国内の治安を案ずる王国騎士の身からすれば朗報だ。が、朗報と言いきっていいのか。

「……そうなると。何度も襲ってきたという賊の狙《ねら》いはやはりミア嬢ということになるな」

リジェクはため息をつくと、人払いをした。ヘラルドと二人になると、今までの彼女の周辺で起きた事件をまとめる。

「……領内で起きた事件は二つ、か」

森で護送の一行が襲われたこと、司祭が失踪していること。

一見、ばらばらの事件に思えるが、彼女が関わっている、その点で二つは繋《つな》がる。

「後、あの香の調査結果が届きました。やはり誘因香だったそうです」

「確かか」

「王都の、ルーリエ様の見立てですよ。疑いますか？」

ドラコルル一族の巫女《みこ》ともいうべき妹の名を出されて、リジェクは言葉を呑《の》み込む。

「こうなると司教にあてたダミアン司祭失踪の報告も、返事がないのが気になるな」

隣領の司教へ使者を出したのは半月も前だ。馬で三日もあればつく距離だけにおかしい。

「一辺境領の司祭のことなどどうでもいいと考えているのか、それともまさかとは思うが何者かが裏で糸を引いているのか」

そうなれば相手は司教にも手を出せる者ということになる。ただの野盗などではなく。

「だとしたら黒幕をたどるのは難しいですよ。例の野盗も綺麗《きれい》に姿を隠してますしね。過去の襲撃や盗難事件から調べようにも他領、他国のことでは難しいですし」

狙う相手も目的もわからないままでは、襲撃予測もできず対策もたてにくい。

「頼りは襲われた当事者のミアちゃんですけど。観察してみましたが、本当に何も知らないっぽいですしね」

それはそうだろう。嘘などつける少女ではない。ただ、とヘラルドが言う。

「彼女が何かを隠している気配はしますね。特に、追放になった原因とか」

ま、不名誉なことだから言いたくないって気持ちはわかるので、そこまで不自然とも言えないですが、とヘラルドが肩をすくめた。それを聞いてリジェクは眉《まゆ》をひそめる。

実は……ことがことなのでヘラルドにも黙っているが。都にいる懇意の聖職者に密《ひそ》かにミアの罪状について問い合わせたのだ。彼もまた聖域での事件では難しいがと言いつつ、伝手《つて》をたどって情報を集めてくれた。そしてわかったのは一つ。

『彼女の追放には〈竜〉が関わっているらしい』

竜とは。聖域など、大陸の南方の沿海国にある険しい山脈に生息する翼ある獣のことだ。大陸内陸部にあたるこの国にはいないので、リジェクも実物は見たことがない。

ルーア教は空高くにおわす唯一神ルーアを崇める。竜はその巨大な翼を広げ、神と人の間に立ち塞《ふさ》がる悪。故に滅ぼさねばならないと聖典にもはっきりと記されている神の敵だ。この国に多く生息する魔物とは別格の、忌まわしい存在とされている。

(そんな竜と彼女がどう関係するのだ?)

接点など思いつかない。竜に関わるなど確かに異端の罪ではあるが。

後、気になることとして、聖職者である彼女の周辺で魔物の気配を感じることか。

初めて彼女と会った時もそうだ。かすかだが魔物の臭いがした。

その時は気のせいかと思った。場所が森の中だったこともあって、たまたま森にすむ魔物の臭いをかぎとってしまっただけかと。が、それから司祭館に彼女を訪ねて。あの穴に落ちる時にも感じた。後から確認に行くと穴は何故か埋め戻されていたが、濃く魔物の香が薫《かお》った。

砦に連れて来てからは薫らなくなったので、様子見だけにとどめているが。

「……わからないことは他にもある。賊の襲撃のことだ」

さりげなく彼女の異端の件から逸《そ》らせてヘラルドに話を振る。彼女たち護送の一行は、予定を大幅に遅れてこの領に到着した。領主である自分ですら正確な到着予定日時を知らなかった。それを待ち伏せするなどただの野盗に可能だろうか。

「野宿して待ち構えてたって形跡もありませんでしたしね。そんな真似《まね》をすればあそこは街道ですから。巡回の騎士か、常に野盗に警戒してる商人たちが気づきますし」

「となると、情報を流した者がいることになる。一行は領境を越える時、関所に入領の申告をして砦までの行程予定表を提出していたからな。可能だ」

だが、その申告書は関所に写しはあっても、砦のリジェクの元まで届いていない。消えた。

(何だ、この底知れなさは)

不審すぎる。だいたい何のために聖域一行を襲った。何度も言うが運んでいたのは財物ではなく、罪人が一人だ。彼女の俗世での身分は子爵家令嬢だが、都の知り合いに調べてもらったところ、親には半ば放逐される形で聖域に入ったうえ、その聖域でも落ちこぼれ扱いだったという。攫《さら》ってまで欲しがるのも妙な気がする。

「それに何度も荷を盗まれたとは聞いたが、彼女自身が攫われたわけではない」

最後の馬車襲撃は未遂で終わったので狙いは不明だが、野盗は火をかけはしたが馬車は攻撃しなかった。彼女が聖域で何かを見聞きし、口封じに命を狙われたというのでもなさそうだ。

となると後、考えられるのは。

「ミアちゃんが自覚のないまま何かを所持してしまった、といったところですかね」

「先ず荷物が奪われたのだから、それが臭いな。彼女自身はすべて盗《と》られて何も残っていないと言うが。結局、同行の聖騎士の歯磨き粉まで盗まれて、それでも襲撃はやんでいないことを見ると、目当ての品を奴《やつ》らはまだ手に入れていないのだろう」

最後にダミアン司祭まで襲われたのは、司祭が彼女から何か預かったとでも考えたか。

何にせよ、襲撃は聖域を出る前からはじまっている。原因は聖域にあるとみていい。が、遠い異国でのこと。秘匿もされているようだし、これ以上、詳しいことを知るすべがない。

（一つだけ、伝手がないことはないが……）

それは個人的に使いたくない。となると、襲ってくる者に聞くしかない。つくづく賊を取り逃がしたことが悔やまれる。ヘラルドが言った。

「こうなるともう一度、襲いに来てくれないかとか思っちゃいますね」

馬鹿《ばか》な。それでは彼女が危険ではないか。

「心配なんですか」

眉をひそめると、ヘラルドが言った。

「だったら手ずから守ればいいじゃないですか。ね、団長さん？」

ミアの最近の呼び方をヘラルドが真似て、リジェクは渋い顔をした。

（それができれば、苦労はしない）

長椅子の隣で怯えずお茶を飲めるようになった少女を見て、ずいぶん慣れてくれたとほっとしたのはついさっきのことだ。今までどんな人でも動物でも無理だった、初の快挙だ。しかも今までは堅苦しく怯えながら「団長様」と呼んでいたのが、「団長さん」と少し語尾を上げるように親しく呼んでくれるようになったのがリジェクの密かな誇りだというのに。

（今、よけいな刺激を与えたくない……）

最初、木箱に入ってかたかたふるえているのを見た時には、捨てられた子犬かと憐憫《れんびん》の情がかきたてられた。その後、森で会った時には警戒心の強い子栗鼠を前にした気分だった。砦に連れて来てからも、体調を崩されたらどうしようとハラハラのしどうしで。それがやっと隣に座ってくれるまでになったのだ。

（ここでまた、「私が自ら守る」などと一緒にいる宣言をしたらどうなる！）

また怯えて逃げ出すだろう。せっかくなついてくれた距離が台無しだ。どう考えても無理だ。

彼女が気になる。守ってやりたい。それはリジェクの本心だ。

だが、それをどう伝える。自分の望みと相手のとらえ方が一致するとは限らない。何しろ自分は友好の笑みを向けても恐れられる男なのだ。守るつもりで近づいても、他からは、リジェク自身が彼女の命を獲《と》ろうと狙っているようにしか見えないだろう。

現に、ミアは施療院の子どもたち相手になら笑っている。リジェクが見ていることに気づかず、光差す中庭にいた彼女は明らかに笑顔を浮かべていた。彼女は笑うことができるのだ。

なのに自分の前では微笑む程度。あんな晴れやかな笑顔など見せてくれたことはない。

当たり前だ。見せる義理はないし、今、一緒にお茶を飲んでくれているのは、ヘラルドはじめ他の者たちを同席させているからだ。

自分でもわかっている。そもそも彼女は罪人でこちらは看守。いざとなれば彼女に断罪の刃《やいば》を振り下ろす立場だ。だから彼女はどんなに恐ろしがっていてもリジェクに助けを求めようとはしない。ふるふるふるふるえようとも距離を取る。だから、自分にできるのは……。

「ウームー」

影の中に潜む使い魔を呼び出す。執事姿で現れた彼が恭しく一礼した。

『お呼びですか、我が君』

「彼女に気づかれないよう、距離を置いて護衛についてくれ。気になることがある」

ヘラルドが、このヘタレ、と冷たい視線を送ってくるが、なんとでも言え。そんなことより彼女を怯えさせないことのほうが重要だ。

と、リジェクが深々とため息をついた時だった。

「大変です、司祭館がっ」

新たな報《しら》せを持った騎士が駆け込んできた。

巡回で様子を見に行くと、ミアのいた司祭館が魔物に襲われていたというのだ。

3

司祭館は扉も叩《たた》き壊され、無残な姿を晒していた。

「……ごめんね、ミアちゃん。こんな有様を見せるのもどうかと思ったけど。壊されてるだけじゃなく、部屋を荒らされた形跡もあって。悪いけど僕たちじゃ何か盗まれててもわからないから、君に確認してもらうしかなくて」

ヘラルドが済まなさそうに言う。連れてこられたミアは蒼白《そうはく》になった。

ひどい。もともと荒れていた建物だが、今は戸棚という戸棚は倒され、ベッドまでひっくり返されている。地下の穴蔵へ通じる通路などは壁まで引きはがされていた。

「……あの、司祭様は」

「たぶん不在だったと思う。途中の道沿いにある森番のおかみさんに聞いたけど、帰ってきた姿は見ていないと言っていたし、血や服の切れ端とか、連れ去られた痕跡《こんせき》もないから」

不幸中の幸いだ。だがヘラルドが言いにくそうに言う。

「その、ミアちゃんがいた部屋が特にひどく荒らされてるみたいなんだ。何か心当たりないかな。壁に明らかに魔物のものだっていう爪痕とか残ってて」

「え……」

「爪痕だけでない。魔物の気配が濃く残ってる」

同行したものの、会話はヘラルドに任せていたリジェクが口をはさんで、ミアは息をのんだ。思わずリジェクを見る。

彼の銀の瞳《ひとみ》は真っすぐにミアを見ていた。何か隠してはいないかと探るような眼差《まなざ》しだ。そうだった。この人は監視者だった。最近、優しくされて忘れていた。

「心当たりはないか」

相変わらずの無表情で聞かれた。ミアは自分から血の気が引いていくのを感じた。何を浮かれていたのだろう。自分と彼の立ち位置は少しも変わっていないのに。

真《ま》っ青《さお》になったミアをどう解釈したのか、ヘラルドが言う。

「その、言ってなかった思うけど、団長って退魔能力があるんだよ。その関係で魔物にも詳しくて。気配とか感じられるんだ。聖域は魔物の存在を認めてないから、聖域で育ったミアちゃんには言いにくかったんだけど」

彼曰《いわ》く、この国にはリジェクの他にもそういった、魔物と対峙《たいじ》する能力を持つ人たちがいるそうだ。魔物の多く生息するシルヴェス王国ならではだが、彼はそういえば司祭館へ来た最初の時、モンさんと話した戸口周辺を、何かを調べるように歩いているのを見た。

(もしかして、あれは魔物の気配を追っていたの……?)

ではミアは疑われていたのか、あの頃から？　彼に親切にしてもらっている。そう思っていたのに、本当のところは探られていたのか？　罪人を断罪するために？

ミアはもう恐怖のあまり息ができない。倒れそうだ。

だが倒れてなどいられない。同行した他の騎士たちの話す声が聞こえてくる。

「司祭館までを襲うとなると、放ってはおけないな」

「森を狩ることになるだろうな。これから雪が降る、その前に魔物は片付けないと」

「ま、待ってください」

ミアはあわてて騎士たちの会話に割って入った。

リジェクの言う魔物の気配はモンさんと森の魔物たちだ。彼らはきっと突然いなくなったミアを心配して、戻っていないか何度か司祭館に様子を見に来てくれたのだろう。

が、彼らは司祭館を荒らすような真似はしない。司祭館を荒らしたのは誰かはわからないが人間だ。壁の爪痕はきっとモンさんが彼らを追い払おうとしてつけたもの。

言わなくては。悪いのは魔物ではないと。だが、

(それを言ったら、私が魔物と仲良くしてるのがばれちゃう……)

一緒に過ごして、リジェクが庇護すべき民には優しい人だと知った。が、同時に騎士として責任感にあふれた人だということも知った。そして今退魔能力があると知らされた。

なら、彼はどうする？　預けられた聖域の罪人が未《いま》だに罪を犯していると知れば。

魔物と通じることは罪なのだ。その罪を犯すミアはどんな目で見られる?

幼い頃、両親から向けられた、おぞましい化け物を見るような目を思い出した。

砦に移ってから、何度かさりげなくヘラルドに追放になった理由を聞かれた。答えられなかった。それは自分が砦の人たちを好きになっているから。優しく受け入れてもらえた彼らの態度が豹変《ひょうへん》するところなど見たくない。それだけ自分はここの人たちを好きになっている。

知られたくない。うつむき、唇を噛《か》んだミアをなだめるように、ヘラルドが言った。

「実はね。司祭様も魔物に襲われたみたいなんだ」

「え」

「その、司祭様の荷車が見つかったんだけど、そこにも爪痕が残っていて」

嘘。ミアは自分がかたかたとふるえだすのを感じた。あわてたようにヘラルドが言う。

「あ、もちろん司祭様は無事だよ。その、壊れた荷車は乗り捨ててあったもので、あわてて探したら司祭様は近くの村におられて、車輪が壊れたから乗り捨てたと言っていたけれどだけどこう何度も襲撃があるとさすがに僕たちも何か手を打たなくてはならなくて」

それはつまり領内の治安を守る領主として、騎士団の団長として、リジェクが魔物を狩らなくてはならないのは決定事項だと言っているということで。

司祭を襲うような魔物が野放しでは領民たちが安心して暮らせないという理屈もわかる。だが騎士たちが狩る魔物の中にはモンさんや森の魔物たちが含まれていて。それは絶対、避けたい。だがどうやってモンさんの無実を証明する？　ミアの秘密を話さないまま。

「ところで、君はこんなものを知らないか」

葛藤するミアにリジェクが見せたのは、小さなガラス瓶だった。栓を取ると、どこかで嗅いだような、甘い香りがした。

「司祭が祭儀で使っていた香と同じかわかるか？　礼拝堂も調べたが香は置いてなかった」

「……礼拝堂には聖別した蝋燭はあっても、香はなかったと思います」

香は高価な品だ。もしかしたら特別な祭儀に使うため、どこかに保管しているのかもしれないが、ここに来たばかりのミアは知らない。

「もしかして、誰かが香を探していたとお思いなのですか？」

だから壁を壊し、家具をひっくり返したと？　でも香など工房にいけば手に入る。ここまで司祭館を荒らす必要はない。

「……踏み入ったことを話すぞ」

ミアの疑問に、リジェクが話してくれた。

この世の中には、魔物を誘い出し、操る香があること。リジェクが見せた木片は、司祭の荷車が襲われたところで見つかったこと。そして、

「そこへ、この司祭館の襲撃だ。もしかしたら関係しているかもしれない。司祭は、その、会話がつらい状況なのだ。話を聞けない。今、司祭館のことを知るのは君だけだ」

それはつまり、この見せられた香が魔物を呼ぶ香では、と言っているのか。

何らかの形でダミアン司祭が持っていた。もしくは誰かに使われて、そのせいで司祭の荷車が魔物に襲われたのでは、と？

ではミアの部屋が一番荒らされていたのは？　その正体不明の、魔物を操ることができる何者かに、ミアがその香を持っているとでも思われたということか？　それは何故？

（あ、もしかして、森でモンさんたちといるのを、誰かに見られた……？）

それでミアが魔物を誘う香を持っていると勘違いした人がいるのだろうか。モンさんたちを香で操っていると。なら、この司祭館の襲撃や司祭の荷車が壊されたのはミアのせい？

（そんな、私が魔物と仲良くしたから、だからまたこんなことが起こったというの⁉）

ミアは再びカタカタとふるえだす。己のあまりの罪深さに。一度あんな罪を犯していながら凝りもせずまた魔物たちと仲良くして、大切な人たちを危険な目にあわせたことに。

聖域での異端審問のことが蘇《よみがえ》る。また、あんな孤独で怖い場所に立ちたくない。だけど、

（私のせい。何とかしなきゃ）

でないと皆が狩られてしまう。大切な人への襲撃もやまないかもしれない。

（それは絶対、嫌！　もう後悔なんてしたくない！）

なら、考えないと。無実の魔物たちを救える人間は今はミアだけだ。

ミアは深く息を吸い、心を落ち着ける。リジェクはミアが狙われていると考えている。魔物

を誘う香を持つ賊が、ミア、もしくはダミアン司祭も香を持つと思って司祭館を襲ったとだったら、その賊さえ捕まえれば、ここで何があったか彼らに告白してもらえる。森の魔物たちは、モンさんは狩られたりしない。ここは多くの魔物が暮らす辺境の地。聖域のように騎士たちもすべての魔物を滅せよとは言わないのだから。つまり。

ミアは言った。

「あの、私、囮《おとり》になります」

彼らは司祭館のミアの部屋にある香を狙ってここへ来た。が、もともとそんなものはない。なら香を見つけられなかった彼らは今も狙っている。ミアを。なら、

「私がここに戻ったら、また襲ってくるのではありませんか？」

ミアが香の在《あ》り処《か》を知っていると思って。

事件を解決するには賊を捕まえるしかない。そして警戒の厳重な砦にいればミアは襲われない。なら、砦を出ればいい。彼らが襲いやすいようにすればいい。

この推測が違っていても、失うものはない。思うような襲撃がなかったとしても、それで賊がミアを狙っているわけではないとわかる。それは収穫ではないか？

リジェクは危険だと言ってくれた。賊を捕らえるのは騎士の仕事だと。

だがミアは引かなかった。どちらにしろミアに賊を捕らえることなどできない。捕縛の際には騎士たちの手を煩わせることになる。そのことは申し訳ないが、このまま、彼に疑われたま

ま安穏と砦で暮らすのは嫌だったのだ。

彼の疑いの目が、豹変するかもしれない皆の目が怖いからだけでない。

何もせず、ふるえていて他の人が傷つく様は、もう二度と見たくなかったからだ――。


そして、それから四日後のこと。

その日、ミアは緊張しながら部屋を出た。囮になるとはいったものの、砦に保護されているミアがこれ見よがしに一人で司祭館に戻っても罠《わな》なのが丸わかりだ。なので危険だが、ちょうど行われる砦の城下にある街の、祭に便乗させてもらうことになったのだ。

「砦から出るなら、息抜きに祭見物にお忍びでやってきた、そう見せる方が自然だろう」

そうリジェクが言って、万が一、街で襲われた場合にも住民たちが巻き込まれないように、念入りに歩くコースを決め、騎士たちを配置してくれた。

それから、当日、ミアが外出するのだと情報を流すために、わざわざ城下にある仕立て屋に服を注文してくれた。ということで、
今朝、朝食の席で「これを」と、リジェクから渡されたのは、この地方の村娘の晴れ着だ。白いフリルのついたゆったりした袖《そで》のブラウスに、前を紐《ひも》で閉じるようになったベスト、それに裾《すそ》に白爪草の刺繍《ししゅう》の入ったフレアスカート。お揃《そろ》いの可愛い頭巾《ずきん》まである。

「後、これを。モカシンだけでは心もとないので注文しておいた。木枠から作ったので時間がかかったが」

そう言って差し出されたのはしっかりした靴底の、可愛らしい革の編み上げ靴だ。

正式に聖女となれば白絹に金刺繍を施した清雅な聖衣を纏うことができる。が、落ちこぼれのミアはいつも暗い色の見習い服ばかり着ていた。なのでこんな可愛い衣装を作ってもらうなど、幼い頃、子爵邸にいた時以来のことだ。

囮役の必要衣装とはいえこんな華やかな格好をしていいのだろうか。どきどきしながら着替えて待ち合わせの階下まで下りていくと、そこにはすでに同行の騎士たちが待っていた。

「わあ、ミアちゃん、似合ってるよ」

恥ずかしくて。ミアが階段の最後の数段を下りるのをためらっていると、ヘラルドがにここしながら近づいて、仕上げにと髪に花を一輪さしてくれる。

「あの」

「祭では皆、ここぞとばかりにお洒落《しゃれ》するからね。地味だとかえって不自然だよ」

もうどんな顔をしていいかわからない。真《ま》っ赤《か》になって指をこねくりまわしていると、リジェクがやってきた。

彼も私服姿だ。目立たないよう、外套《がいとう》もはおってフードを深めにおろしているが、それでも鍛えられた長身が布地の上からも見て取れて、フードで半端に隠された美貌《びぼう》が凄みを放っている。氷の魔王の貫禄《かんろく》は健在だ。妖《あや》しいまでに怖い。顔を隠しても無駄な気がする。

賊が魔物を操る誘因香を持っている場合も考えられるので、退魔能力を持つという彼がミアの隣で守ることになったのだが、これでは並の賊では近づくのをためらうような。

(……でも賊の皆さんに見つけてもらうには、団長さんにいてもらったほうがいいのか、な)

リジェクであればどんな雑踏の中でも賊の目を引いてくれるだろう。ミアは納得した。

とはいえ、彼と二人で街を歩くなど、周囲を騎士たちが見張っているとわかっていても緊張する。それに普段とは違う格好の彼が落ち着かない。つい、またうつむくと彼が手を伸ばした。

「え?」

ミアの髪に触れ、少しなでるようにしてから手を離す。ヘラルドが、えーと不満げに言った。

「動くたびにひょこひょこ揺れてる髪、可愛かったのに。直しちゃうの?」

どうやらミアの前髪が、ひょこんと一房、上に跳ねていたらしい。

(あ。昨日《きのう》、緊張して眠れなくて、寝返りばかり打ってたから)

寝ぐせだ。ミアは真っ赤になって頭を押さえた。虚栄を戒める聖域時代の癖で、じっくり鏡を見る習慣がないので気づいていなかった。恥ずかしい。だけど、恥ずかしさとは違った胸のどきどきがある。

(直してくれた。団長さんが……)

みっともない、と怒るのではなく。なんだか、ほんのり胸が温かくなった気がした。

行くぞ、と言うようにリジェクがこちらを見てから歩き出す。ミアはあわてて彼の後を追う。

その二人の間に空いた距離は、いつもより少しだけ近い気がした。


城下へは馬で行く。砦は小高い丘の上に立っているので、徒歩だと時間がかかるのだ。

ミアは馬には乗れないので、リジェクに同乗させてもらう。城下の市場近くにある馬を預ける場所で降りて、後はリジェクにエスコートされて街へ出る。聖域育ちのミアは祭に行くなど初めてだ。どきどきする。

開けた通りに出るなり、ミアは目を丸くした。囮役も忘れて驚きの声を出してしまう。

「う、わぁ……」

何度か、馬車や騎士の馬に相乗りして通ったことがある街の通りが、一変していた。

街のいたるところに華やかな花籠がつるされ、家々の間には横断幕がはられている。

そして、通りの両脇《りょうわき》を埋める屋台の数々。

真っ赤な林檎《りんご》を飴《あめ》にひたした林檎飴、鉄棒にくるくる生地を巻いて焼いたトゥルデルニーク。スパイスたっぷりのホットワインに、甘い香りのする焼き栗《ぐり》、いろいろな形のパイに焼き菓子。

辺り一面に美味しそうな匂いが漂って、お腹が空いてしまう。

途中、リジェクが偽装に使うからと、焼き栗を買ってくれている間に、屋台の隅に小さな毬《いが》栗《ぐり》魔物がいるのを見つけた。可愛い茶色の毬がぷるぷるふるえている。

騎士たちが周りにいる。が、リジェクの異能は魔物を一撃で粉砕すると聞かされた。どんな技かわからないが、こんなところにいては巻き込まれてしまうかもしれない。

「おいで」

小さく囁《ささや》いて、毬栗をこっそり腰につけた小物入れに隠す。

傍らに栗を入れた籠があることを見ると、この子はこの栗に紛れて森から運ばれてきてしまったのだろう。周りを見ると他にも梨や葡萄といろいろな果実を入れた籠がある。

中にはミアの知らない異国の果実の入った籠まであった。

それもそのはず。ここ、砦のある街は、この領の都的な位置づけで、領内で最も栄えている。物が集まりやすいだけでなく、国境沿いにある領でもあるので、珍しい異国の品も流通しているらしいのだ。

もともとシルヴェス王国は唯一神ルーアを崇める西方諸国では異端とされる異教徒との交易も推奨していて、国全体が東西文化交流の窓口となっている。珍しい大陸中の品が揃うお国柄で、特にこの街は北方異教徒の地へ赴く商人たちの最後の宿泊地となる場所だそうだ。

カルデス山脈に繋がる鬱蒼《うっそう》とした森が広がる未開の地、山を越えた向こうには異民族が暮らす広大な平野がある。その、ちょうど森と山脈の切れ目部分にこの領は位置していて、昔から騎馬の異民族が押し寄せやすいのと同時に、交易商人たちも多く出入りする土地だそうだ。

騎士団の砦があって治安もいいので、交易商人たちが安心して滞在するし、旅の装備を買い込んだり、異教徒の地から持ち込んだ品を交換したりとにぎやかなのだ。騎士団の運営資金のほとんどは彼ら交易商人の通行税と商取引許可税で成り立っているそうだ。

説明を聞きながら祭見物偽装用の焼き栗入り袋を抱いていると、リジェクが言った。

「祭は初めてか」

「はい」

顔では真面目をとりつくろって説明を聞いていても、浮かれているのはばればれだったらしい。恥ずかしくて頰を赤く染めながら答える。

「その、聖域に入る前は領地の館にいたのですけど、そこは本当に田舎《いなか》で、祭に行くにはもう少し大きくなるまで無理だったので」

荒っぽい田舎の祭は皆が踊り、歌い、浮かれ騒ぐ。体力のない都育ちのお嬢様には参加することすら難しかったのだ。

「来年はミア様も行けますよ」

「だから人参もお肉も好き嫌いなく食べて元気をつけましょうね」

そう優しく言ってくれたのは、ミアを両親から預けられた家令夫婦だったか。

ミアは、ああ、と思い出した。落ちこぼれで、生家からも追われて。家族の縁に恵まれていないと思っていた。だが自分にもこうして懐かしく思い出せる〈家族〉の記憶があった。

じんわりと胸が熱くなる。

そんなミアを見て、泣き出すと思ったのか、あわてたようにリジェクが周囲を見た。それから金貨を手に、鬼気迫る顔で屋台の親父に詰め寄る。

「全部、くれ。あ、いや、女の子が持てる分量だけ、少しずつだ」

言うなり屋台の菓子を片っ端から買っていく。大量の菓子を抱えた謎のフード男。シュールな光景に、近くにいる者たちが何事かとよってくる。さすがに恥ずかしかったのだろう、

「偽装の追加だ」

そう言って、ミアに菓子袋を押し付けてくる彼の耳がほのかに赤くなっている。いや、彼の髪は美しい深紅だから、その色が映っているだけだろうか。

ほのかな、紅色。

艶《つや》やかな林檎飴のような甘くて優しい色。美しい彼の髪と同じ色。

彼のことがずっと怖かった。怖くて、怖くて。最初に会った時は、『悪い子はいねがあぁ』と、神の審判の日に刃物を手に降臨する辺獄の獄卒の姿が脳裏に浮かんだくらいだった。

なのに、今は。その紅の色が今まで目にした色の中で一番、温かな色に見えた。

(綺麗……)

思わず、見惚《みと》れた。彼の少し照れたような、それでいて頼もしい、優しい目元が眩《まぶ》しい。

唇が少しも笑みの形になっていないことなど関係ない。彫りの深い冷酷顔なことも関係ない。

世間一般の基準で言えば微笑にすらならない無表情さもかえって、彼らしい、と感動する。

だって無表情でも冷酷顔でも、これはまぎれもなく、ミアに向けられた彼の表情で。

ミアの心がいっぱいになる。彼がくれた真っ赤な林檎飴にジンジャークッキー、木苺《きいちご》ジャムたっぷりのトゥルデルニーク。甘い香りでミアの腕はいっぱいだ。ミアの胸もじわじわと甘く、紅く染まっていく。

秘密を抱いている身なのに。今も自分への疑いを逸らせるために囮役を務めているのに。ここにいると自分の心がほのかに光を放って、どんどん優しい、善き人になっていくような気がする。

それはきっとここの人たちが皆、温かだから。どうして自分はここへ来ることをあんなに怖がっていたのだろう。ここはこんなにも素晴らしい光に溢《あふ》れているというのに。

胸に抱いた焼き栗の袋がとても温かくて、気持ちよくて。ミアは自然と、ふわりとした笑みを浮かべていた。リジェクを見上げる。

「団長さんは、優しい人ですね」

「何？」

「優しくて、よい領主様で。だから砦の騎士の皆さんもいい人ばかりだし、この街の人たちも皆、あんなに笑顔で祭を楽しんでいるんですね。こんなに大勢の人たちを笑顔にできるなんて、団長さんは凄いです。尊敬します」

◇◆◇　◇◆◇　◇◆◇

リジェクはあっけにとられた。息をのむ。

聞き間違えかと思った。が、彼女は重ねて言った「優しい」と。

冷たい、怖い、なら言われ慣れている。が、優しい、などと形容されたのは初めてだ。家族でさえも「兄馬鹿」と言うだけで、優しいなどと口にしてくれたことはない。しかもよりにもよって怖がらせている自覚がある彼女からだ。

リジェクは魔導貴族だ。魔物についても詳しい。

だからこそこの地へと赴任を命じられたが、魔物に寛容な国とはいえ、魔導貴族は実はこの国でもあまりよく思われてはいない。先祖の武勲でもって爵位を得た一般貴族とは違い、己の技能によって爵位を与えられた成り上がり。何より得体のしれない魔物を使い魔とすることに畏怖《いふ》の念を抱かれるからだ。特に聖職にある者は異端者を見る目でリジェクを見た。

この地に赴任してからもそうだ。皆、外見も含め、リジェクを恐れの目で見た。

間近で接するうちに、騎士たちもリジェクを受け入れるようになったが、それでも一部の聖騎士の中には未だに反発する者がいる。

リジェクとて心がないわけではない。この容姿と魔導貴族という肩書がもたらす人々からの恐怖の目に、何度、やりきれない想《おも》いをしたか知れない。いつしか人と親しく交わることをあきらめ、職務上だけの付き合いをと、距離を置くようになったのもそのせいだ。

だが彼女は魔導貴族であることを告白しても、態度を変えなかった。

彼女は聖職者、それも聖女候補だったというのに。

魔導貴族というものをよく知らないからもあるだろうが、リジェクの顔を怖がりはしても、他の者のようにやみくもに忌避はしなかった。それどころか、こうしてこちらを見上げて、優しい人、と言ってくれる。彼女は聖職者だが、明らかに他の者とは違う。

愕然《がくぜん》とした。そして何とも言えない感覚が湧き起こる。

「ミア嬢、君は……」

自分でも意図せず呼び掛けた時だった。

あ、の香の薫りがした。

そして魔物の気配が膨れ上がる。

はっとして、彼女の足元を見る。小さな花籠が転がっていた。誰かが落とした、とでもいったふうに転がってきた丸い籠、そこから薫る濃厚な香。誘因香だ。

（ミア！）

リジェクはとっさに彼女の背を押した。その場から逃がす。

次の瞬間、がっ、と鈍い音がして、彼女が立っていた場所へ振り下ろされたのは、鋭い爪だ。

そして、砕ける石畳越しにこちらをねめつけたのは、巨大な魔物の目。

北の森に住む虎《とら》。その姿をした魔物がそこにいた。

猛々《たけだけ》しい牙《きば》と爪《つめ》を光らせ、大きさな背を弓なりにして。

『グ、グルルル……』

大きさは二頭立ての馬車ほどもあるだろうか。もしこれが司祭の荷馬車を襲った魔物だとすれば、司祭もひとたまりもなかっただろう。

獲物をしとめそこなった不快からか。魔物が低くうなると、びしりと尾を振る。

（来るっ）

リジェクは素早く横に飛んで避ける。鋭い爪が路面を叩いた。

「遅い」

距離を取り、他に被害がいかないよう気をつけつつ、リジェクは己の異能を解放した。

目の前の魔物に照準を合わせ、目を見開く。力を籠める。

『グ、グガアアアア』

何度聞いても慣れない断末魔が魔物の口腔《こうくう》からほとばしる。

ビキビキと音を立てて凍り付いていく魔物の体は、白く凍気を纏わりつかせた脚先から順に細かな罅《ひび》が入っていく。

リジェクの異能は、目にした魔物を凍らせ、砕くこと。

一瞬のうちに虎の形をした魔物は光る氷の結晶となり、前脚をふり上げた姿のまま石畳の地面に倒れ、粉々に砕け散る。

（終わったか……）

不快だが、彼女は予定通り魔物に襲われた。後はこの魔物をけしかけた者たちを捕らえるだけだ。その人員はすでに配置してある。

無事、彼女を守りきれたことにほっとしながら、声をかける。

「大丈夫か？」

◇◆◇　◇◆◇　◇◆◇

「大丈夫か？」

茫然《ぼうぜん》とするミアに、彼が声をかける。低い艶《つや》のある響きに、体がぞくりとふるえた。

ミアの前にそびえるように立つ彼、リジェク・エル・ドラコルル。

こちらを見下ろすどこまでも冷たく凍《い》てついた銀の瞳と、それに相反する激しい炎のような深紅の髪。魔物を滅する力を持つ、この地の領主様。

彼が魔物を滅する力を持つことは聞かされていた。だが初めて彼がその異能を使うところを見た。それはミアにとって想像以上の衝撃だった。怖い。

（駄目、落ち着いて、この魔物はモンさんじゃないから……！）

砕かれ、地面に転がった魔物の破片。それが恐ろしい。

もともと、この誰ともわからぬ相手に操られた魔物を倒すために囮役になった。だが目の前で友である魔物と同じ種族を一瞬で倒されてしまったのだ。

ミアはそれを見てはっきり自覚してしまった。自分がどちら側の住人か。

（だって私、素直に喜べない。哀しい……）

魔物が殺されてしまった。そのことに憐《あわ》れみを感じる。放っておけば人を襲ったかもしれない魔物、司祭様と司祭館を襲った魔物かもしれないのにその命を惜しんでしまった。

そしてそのことで思い知る。自分と彼の立場の違いを。

彼は自分の命を握るこの地の騎士団長で、自分は異端の罪人で。しかも今は人の敵である魔物たちを守るために囮役を引き受けている。どうしようもなく罪深い。

（私、は……）

二つの立場に身を裂かれる気持ちがする。腰に下げた小物袋の毬栗魔物を強く意識する。リジェクはこれら魔物と敵対する側だ。なのに自分は何を、優しい人ですね、などと言っていた。彼に態度を豹変されることをふるえだすほど恐れていた。彼に疑われている身なのに。

うつむいてしまったミアに、彼が眉をひそめる。

「……どこか痛むか？」

言葉少なく問うと、彼が逞《たくま》しい腕を伸ばす。壊れ物でも扱うようにそっと抱き上げられて、ミアの胸が切なさにきゅっと痛んだ。

こんなに大切に扱われる資格など、ないから。

苦しくなったミアは腕を突っ張り、彼から離れようとした。なのに、がしっ、と。

リジェクの腕に力がこもった。

「ひゃっ」

いきなり彼の厚い胸板に引き寄せられてミアは小さく声を上げた。じたばた手足を動かす。そんな彼女を片腕だけで抱え直すと、彼は無言のままミアの頭に手を置いた。そして、わしゃ、わしゃわしゃわしゃわしゃわしゃわしゃわしゃわしゃわしゃ……。

一心不乱になではじめた。

「えっと……」

ミアはあっけにとられてじたばたするのをやめた。鬼気迫る顔で年下の少女を抱き、ひたすら頭をなでなでする騎士。見た目と行為のギャップが半端ない。

彼としてはミアの無言を魔物への恐怖からだと思い、囮に使ってしまった責任を感じて、必死になぐさめようとしているのだろう。

が、リジェクの生真面目な冷酷顔で逃げ場なく拘束されて、頭を鷲掴《わしづか》みめいて掴んでぐりぐりやられると逆効果というか、間近からのぞき込んでくる真剣な目が怖いというか。

肉食獣を前にした子栗鼠の気分になって、本能的に体ががたがたぶるぶるふるえだす。

リジェクの行為に違和感があるのはミアだけではない。

道行く無関係な街の住人たちまでもが何事かとこちらを見て、そのまま固まっている。

異様な雰囲気に、離れて周囲を警戒していた彼の部下たちが集まってきた。頭を抱える。

「あちゃー、やっちゃったよ」

「団長、その方、ちっちゃめとはいえ年頃の令嬢で、元聖女候補様ですからね」

「しかも、ここ、公道ですから。人前ですからね、わかってます？」

皆、突っ込むが、ミアに構うのに必死なリジェクには聞こえていない。

なでなでだけでは足りないと思ったのか、幼児の機嫌をとるように不器用な「たかい、たかい」までまぜてきた。長身の彼にこれをされると、高低差が真剣に怖い。

（いやあああああああああ）

半ば、ぽーん、と空に放り出されての急降下と急上昇の連続に、きゅう、とミアが目を回していると、ヘラルドまで駆けつけてきて、真顔で拝んできた。

「ミアちゃん、ごめん。彼、君を見ると、〈騎士として、守るべき民へと向ける庇護欲〉を、無自覚のうちに刺激されちゃうみたいで。僕たちじゃ止められないから、彼が鎮まるまで、しばらく付き合ってあげて」

鎮まるまでっていつですか。ミアは逞しい腕にぶんぶん振り回されて、生理的な涙が滲《にじ》んできた目でリジェクを見上げる。

この地へ来て一月。

今まで接してきて、彼が氷の魔王めいた冷酷顔とはうらはらに、騎士としての責任感にあふれた誠実な人であると理解できてきている。だが、だからこそ怖い。

ミアは彼の腕に毬栗魔物ごと拘束され、逃げることもできず。なすがままに甘やかされながら、途方に暮れる。ヘラルドの言葉からすると、彼のこの行為も騎士の職務の内となるが、ミアはこの地へ来て、護送馬車から出されて、その場で断罪されても仕方がないと覚悟していた。なのにこんなに大事にされて、正直どんな顔をしていいかわからない。

ミアは、誰かに大切にされることに慣れていない。だから不安が消えない。困るのだ。自分にこんなにされる価値があるとは思えないから。

◇◆◇　◇◆◇　◇◆◇

リジェクは焦った。いくら彼女をなだめても、何の答えも返ってこない。

（……やはり、怖かったか！）

囮などにしたから。いや、こんな恐ろしい魔王顔の自分と二人で歩くなど、悲惨な目にあわせてしまったからか。リジェクはこんな策を実行したことを後悔した。

彼女のことは守り切るつもりだった。

が、その体だけでなく、心までも守れなくては意味がない。

大量の菓子も役には立たなかった。彼女はうつむくばかりだ。もしやどこか怪我をして、言えずにいるのか。そう思うと、不用意に触れまいと思っていたのが、手が出ていた。傷に障らぬよう、そっと抱き上げ、無事を確かめる。

幸い、傷はなかった。では、何故、彼女は何も言わない？

さっき、魔物に襲われる前は微笑みかけてくれた。とっさのことで、つい、彼女の目の前で魔物を倒した。それが怖くてまた距離を置かれるようになったのだろうか。

そう考えるとリジェクは頭の中が真っ白になった。

逃がすまい、と彼女を抱く腕に力を籠めると、ミアの頭に手を置いた。そして、わしゃわしゃわしゃわしゃわしゃわしゃわしゃわしゃ……。一心不乱になでた。これならどうだと必死になでる。なで続ける。怖くない、怖くないと念じながら目力を込める。

「あちゃー、やっちゃったよ」

「団長、ここ、公道ですから。人前ですからね、わかってます？」

皆、何やら言ってくるが、リジェクは正直、それどころではない。ミアの表情がいつまでも変わらない。弟や妹の相手をしていた頃のことを思い出し、必死に〈たかい、たかい〉までまぜた時だった。いきなり、腕にコンっと何かが当たった。

ドングリだ。

いや、違うドングリの形をした魔物だ。

それだけではない。キノコや栗鼠やモモンガや、いろいろな形をした森の魔物たちが街の通りに乱入してきた。ミアを離せというように、小さな体でリジェクに体当たりをしてくる。

「皆!?」

ミアがあわてたように言って、リジェクの腕からもがき出た。転がるように地面に下りると、現れた魔物たちのほうへと駆け、両腕を広げて彼らをかばう。

「こ、殺さないで、悪いことなんてしてません……!」

ふるえながらも一歩も引かない構えを見せるミアを、さらに森の魔物たちがかばって。ミアの腰につけた小物入れからも毬栗魔物が顔を出して、懸命にとげとげとリジェクを威嚇する。

それを見て、リジェクは悟った。

この少女が隠していたこととは何か。何故、うつむいて何も言わなくなってしまったのか。

「……君は、魔物と仲良しなのだな。それで森の魔物を狩らせたくなくて、囮を引き受けた。そして私の力を見て恐ろしくなった」

◇◆◇　◇◆◇　◇◆◇

言い当てられて、ミアは蒼白になった。

そこへモンさんも現れた。

肩に軽々と担いでいた男を一人、ぺいっ、と地面に投げ出す。

「モンさん……？」

この人は誰？　問いかけようとして気づいた。モンさんが放り投げた男にどこか見覚えがあったからだ。祭に紛れるためか街の住人が着るシャツに上着といった無難な格好をしているが、その顔に走る刀傷。それに手にした袋からもれる、甘い香り。

「……もしかして、モンさんが捕まえてくれたの？　私に魔物をけしかけた人を」

そうだ、と言うように胸を張って、モンさんがミアをかばうように立った。それから、文句あるか、と言うように、グルル、とうなりながらリジェクたち砦の騎士へと向き直る。

ミアを泣かせると許さないと眼《ガン》をつけるクマの姿に、街の皆があわてて逃げていく。

リジェクがかすかに苦笑のような息をもらした。

「……君の友だちは、この小さな魔物たちだけではないのだな」

「ご、ごめんなさいっ」

ミアは必死に頭を下げた。頭を下げつつ、モンさんをかばおうとする。いくら強いモンさんでも、一瞥《いちべつ》で魔物を凍らせてしまうリジェクの前では無力だ。モンさんが砕かれるところなんて見たくない。それくらいなら自分が断罪されたほうがいい。だからミアは必死に告白した。

誰にも秘密にしていた自分の異能を打ち明けた。

「その、別に魔物を操れるとかじゃないんです。私、聖女候補なのに魔物の声がわかるというか、お友だちになって。モンさんも友情から手伝ってくれただけなんです」

だが追放され、監視下に置かれている罪人の身で新たな罪を犯したのは確かで。

「断罪、してください。その代わり、どうかモンさんには手を出さないで。この子たちにも」

ここに来てから仲良くなった、ふわふわの森の魔物たちをかばう。

するとリジェクが困ったような顔をした。それから、目を細める。

そのやわらかな表情に、こんな時なのにミアの胸がドキリと跳ねた。

「……お国柄が違う、としかいいようがないが。ここでは魔物はそこまで忌避されない」

「え」

「この国では君が知る通り、害のない魔物はことさら狩りはしない。半ば共存している。それどころか人に益を与えてくれる魔物は王自らが認可を出し、公にその存在を認められている」

それって、どういうこと？　ミアが首をかしげると、彼が誰かの名を呼んだ。

「ウームー、出てきていいぞ」

彼の低い声に、いきなり、何もない空間から執事姿の長髪の青年が現れた。

人の姿をしているが、人ではない。ミアは目を丸くした。

魔物、だ。

完全に人型をとっているが、その細い瞳孔《どうこう》が、美しく整った顔立ちが、何よりその両指先にそれぞれ数人ずつ大の男をぶら下げていながら、汚らわしい人が作った石畳などに足をつけるなどとんでもないといった高慢な態度で、宙に浮いているところが、彼が人ではあり得ないことを示していて。

「これには賊の捕縛を命じていた。君のモンさんにも手伝ってもらったようだが」

それでリジェクが騎士の見張りを周囲に集中させていたのがわかった。騎士たちをある意味、目くらましにして、本命の捕縛者はこのウームーだったのだ。

「団長は使い魔を使役できるんだよ」

ヘラルドがにこにこしながら教えてくれた。

「僕たち、ミアちゃんが聖域育ちだから魔物とか苦手だと思って。逆に隠さなきゃ、って困ってたんだよ。でも、もう隠す必要はないね」

ほっとしたよ、と言われた。

「……でも魔物を滅する力を持つって」

「ああ、共存できない、人に害を加える魔物もいるからね。そういうの相手には遠慮してたらこちらがやられちゃうから。当然、魔物討伐の任につくこともあるよ」

ヘラルドの言葉に、リジェクが、「私が怖いか?」と言った。

「魔物を使役する私をおぞましく、恐ろしい異端者で、断罪しなければ、と思うか？」

そんなこと、思うわけがない。ミアはあわてて顔を横に振る。だって彼はミアを助けてくれた。それに罪深いというならミアも同じで。

「なら、私だって君のことを異端者だと思うわけがない」

「あ……」

「君は罪の意識を感じているようだが、少なくともその異端の罪はここでは意識されない。あのクマやキノコたちのことも。隠すことはない」

聞こえていたのだろう。モンさんが堂々と胸を張る。その周囲では森の魔物たちも嬉し気に跳ねまわっている。

ミアは泣きそうになった。

ずっとずっと心苦しかった。自分が他とは悪い意味で違う、異端の身であることが寂しかった。だから必死で身を縮めて、息を殺して生きてきた。ここでは優しくされたけれど、それでも隠し事があることが胸に痛かった。

だけどここには他にも異端者がいた。ミアは一人ぼっちではない。

魔物と関わる術を持つ人がいて、周囲の人々もそれを受け入れてくれている。

それが衝撃で、いきなり周囲を囲んでいた檻が、パーンと音を立てて弾《はじ》けて、一面に青空が広がったような気がして。思った。

ああ、自由だ。

ミアの視界いっぱいに青い空が広がる。

急に吹き付けてきた清涼な空気にむせて、翻弄《ほんろう》されて、それでも心が浮き上がって。

「あの、本当はモンさんはモンセラットというかっこいい名があるんです」

ミアは何か言わなくては、自分も彼にもっと秘密を話さなくては、と混乱して、言わなくてもいいモンさんの紹介をしていた。

モンさんはもちろんクマなので声帯が人とは違う。人間の言葉は話せない。人の言語は知っていても、『グオ』『グルル』とうなり声しか出せない。が、口の動きを丁寧に見せてくれた。

「それを見ながら発音したんですけど。その時の私は幼くてちゃんと発音できなくて」

舌足らずな「モンしゃん」となった。が、彼は怒らず、それでいい、と、以後は「モンさん」で通してくれているのだ。そう説明すると、リジェクが少しだけ唇の端を上げた。

「いい友人だ」

それは笑みだった。

他の人からすれば笑みとは言えないようなわずかな変化だが、まさしくそれは彼の、ふともらした許容の表情で、ミアが初めて見た団長さんの笑顔で。

思わず目を丸くして見つめてしまった。

騎士たちが「すげえ、圧倒的な兄力！」「俺、一生ついて行きます、兄貴！」と男泣きしているが目に入らない。ただひたすらに彼を見る。嬉しくて箱に入りたくなったのは初めてだ。

それから。

彼は改めて、賊を捕らえたこと、これでミアが狙われる心配はないことを伝えてくれた。

ミアを襲った動機はわからないが、それはこれから尋問すると言われてほっとする。

そしてモンさんたちのことは、聖域への報告書には書かない、と言ってくれた。

「虚偽の報告をするわけじゃないので、見逃してくださいね。あくまでついうっかり魔物のことを書き忘れただけですから」

ヘラルドが片目をつむってみせる。それはきっと風習の違う遠い辺境の地と聖域が仲良くやっていけるようにと、この地に受け継がれてきた知恵なのだろう。

厳格なルーア教徒と聖域では噂《うわさ》されていたマルス辺境伯も実は寛容で茶目っ気のある人だったかもしれない。でないとこの地を治めるなど無理だっただろう。

ほっとして力が抜けて、ミアは倒れかかる。それを彼が受け止めてくれた。

とにかく。これで終わったのだ。もう砦に保護される理由はない。

ここを出て、司祭館へ戻る。元の状態に戻るだけなのに少し寂しくて。ミアはずいぶん贅沢になったなと思う。

ところが、恐る恐る、司祭館へ戻ると言うミアに、リジェクがためらうしぐさを見せた。

「……実は。ダミアン司祭がまだ戻ってこれそうにない」

「え」

「その、傷を負い、近隣の村に保護されたとヘラルドが言っていたが。まだ治らないらしい。もう冬も近い。傷が治った頃には雪に降りこめられているだろうから、春まで戻るのは無理だ。これから冬も来るし、さすがにあそこに一人で住まわせるわけにはいかない」

何故か少し目を逸らせて言われた。君には砦にいてもらうと。

ミアはとまどう。そんな重い傷を負った司祭のことも心配だが、そちらはちゃんと彼を助けた村人たちが世話をしていると言われた。なら、心配はない。だが、

「あの、でも、私は罪人なのに。皆さんと過ごしていいのですか」

「そのことなら。聖域から送られた罪人を管理するのは我が騎士団の職務だ」

それに君は聖女候補位は剥奪《はくだつ》されたとはいえ、聖職位はそのままだろう？　と彼が言った。

「聖職にあるものには敬意を払う。……私は、聖騎士伯も兼任している。それに、軍医も君に、施療院を手伝ってもらえて助かると言っていた。いてくれると助かる」

それは、ミアが必要と言ってくれているのと同義で。

優しい言葉に涙が出るかと思った。

罪の意識からはじめた手伝いだけど、ここでなら。いらないとは言われない。いていいといってもらえる。仲直り、というように伸ばされた彼の手がミアの頭をなでてくれる。

ずっとこの手が怖かった。それが何故か今ならわかる。向けられる優しさの理由がわからく

て、受け取っていいのかと戸惑って、不安だったのだ。

だけどもう怖くない。受け取っていいと思える。

まだぎこちないけれど、おそるおそる、彼が頭をなでてくれる感触を味わう。その感触に怯えるのではなく、味わう。やっとそんな余裕ができてきた。

「ありがとう、ございます……」

ミアは自分から言った。彼は「ごめんなさい」と言う言葉は求めていない気がしたから。

謝礼という形で謝り、身を縮める前に彼を真っすぐに見上げて。少し面映《おもは》ゆそうにしている彼に、自分の心を素直に伝える。

示される優しさを、感謝を込めて受け取ること。

人として生きていくうえで当たり前のことを、神の威の届かない純朴な辺境の地にきて、ミアはようやく覚えたのだ。


ただ。そんなミアを見て、リジェクはかすかに眉をひそめていた。

それは何度か死地を潜り抜けた騎士の勘だったのかもしれない。これで終わったはずなのに、忍び寄る冬の気配と共に死が近づくような嫌な予感がぬぐい切れなかったのだ。


この一連の出来事が序章に過ぎないような、そんな気がしてならなかったのだ――。

第三章　三番目の事件と聖女の来襲

1

初雪が降った。

カルデナス辺境騎士団領を治める領主、リジェクが暮らす丘の砦《とりで》に、小さな雪の結晶が冬の天使のようにきらきらと輝きながら舞い降りてくる。

もう秋も終わり。すぐに雪深い冬が来て、外へ出るのも控えないといけなくなる。

その前に、というわけでもないが。

今日《きょう》は暖かなので、ミアは施療院の子どもたちと皆で、外遊びをすることにした。遠出はできないので、砦内で。ただ、いつもの中庭ではなく外郭にある草地まで遠征する。広々とした草地を見て、子どもたちが歓声を上げた。

貧しい辺境の暮らしは楽ではない。各戸は森や山中に離れて立つし、親は子どもたちを他家に遊びにつれていく余裕がない。なので親元を離れて砦で冬を越す予定の子どもたちは、似た年頃《としごろ》の仲間たちと思い切り遊ぶのは初めてだ。寂しさも忘れて目を輝かせている。

もちろん草地を駆けまわれない体調の悪い子も多いので、お日様を浴びてゆっくり遊べるよう、ミアは落ち葉やドングリを使って可愛《かわい》いお人形や玩具を作る。ミアの師父となってくれた、聖者パウロ直伝だ。子どもたちは落ち葉の仮面やドングリの独楽《こま》に大喜びだ。

そんな玩具遊びよりも体を動かしたい元気のある子たちは、地面に胡坐《あぐら》をかいたモンさんに群がっていた。

もうミアの魔物好きは隠さなくていい。ここでは害ある魔物以外はいても誰《だれ》も気にしない。なのでリジェクが、ミアの気晴らしと護衛を兼ねて、魔物たちの砦での滞在を許してくれた。おかげでミアはモンさんや森の魔物たちといつでも一緒にいられる。

物おじしない子どもたちはモンさんと遊ぶのが大好きだ。

大きな体にせっせとよじ登っては猫背に丸まった背中を滑り下りる。さすがは魔物が多く暮らす辺境に育つ子どもたち。危険な魔物と共存できる魔物の区別は見ればわかるらしい。モンさんもミアの面倒を見てくれたことでわかっていたが子ども好きなので、この状況は楽しいらしい。夜も寂しがる子どもたちの添い寝役をやってくれたりする。

「わー、ふかふかー」

「あったかいー」

きゃっきゃっ、と、はしゃぎながらモンさんに抱きつく子どもたち。その周囲では小さなキノコや毬栗《いがぐり》魔物が追いかけっこをしている。心温まる光景だ。

と、子どもたちの一人が、こほんと咳《せき》をした。

「あ。今日はもう中に戻ったほうがいいかも。モンさん、お願いできる？」

モンさんが咳をした子を抱き上げ運んでいく。一人で戻る子が寂しくないように、後はモンさんが病室についていてくれる予定だ。草地に残された子どもたちは寂しそうな顔をしたが、すぐ兎《うさぎ》魔物や栗鼠《りす》魔物と遊びはじめる。それを確かめて、よし、とモンさんも去っていく。

そんなモンさんを、つんと澄まし顔で見送るのはリジェクの使い魔、ウームーだ。

モンさんとウームーの二人は、祭の際の捕り物で顔を会わせた時に、数少ない上位魔物同士、意気投合したらしい。

この地に馴染《なじ》めず、塔に作った自室に閉じこもりがちだったというウームーだが、モンさんがいるとこうして人前に出てくるようになった。特に子どもたちの相手をしたりはしないが、それでも危険な方へと駆けていく子がいると、空中を刹那《せつな》の時間で移動して、ひょいと首根っこをつまみあげてくれるので、ミアとしては助かっている。

そんな感じでウームーは昼はミアやモンさんと一緒に施療院の子どもたちと過ごし、夜はモンさんと二人でリジェクの私室に付随した居間に陣取って、体の大きなモンさんは直接床に胡坐、ウームーは優雅に長椅子《ながいす》に寝そべって、一緒に酒盛りをしたり、ボードゲームを楽しんだりと冬の室内遊びを満喫している。

モンさんがあまりに入り浸っているので、リジェクにお邪魔ではないですかと尋ねたが、「ウームーはこちらに慣れず退屈していたからな。相手をしてもらえるなら助かる」と言ってもらえたのでミアも、二人、いや、二柱の友情を温かく見守っている。

ちなみに上位魔物は過去に神だったことへ敬意を表して、一体、とか、一匹、とかは呼ばず、一柱、と呼ぶのだそうだ。またミアの魔物知識が増えた。

モンさんが行ってしまったので暇なのだろう。ウームーは魔物だけあって寒さや冷たさが気にならないのか、それともリジェクと一緒にいるから慣れているのか、冷たい石のベンチに寝そべって、見るだけで寒くなる葡萄《ぶどう》の氷果をつまんでいる。

葡萄の氷果はこの地方の特産品だ。もともと甘味の強い果実をわざと収穫せず、冬夜の寒さと日中の太陽に晒《さら》すことで糖分を凝縮させた貴重な実なのだとか。

暖かな室内に持ち込むと甘味が薄れてしまうので、収穫後は氷室に保管する贅沢品《ぜいたくひん》だそうで、辺境嫌いのウームーもこれだけは気に入っているのだ。今も彼は寒い野外で冷たいままの果実を優雅に食している。

（でも氷果は冷たいし。やっぱりお腹《なか》を壊したら大変よね？）

ちょうど子どもたちも間食の時間だ。

ミアはたっぷり蜂蜜《はちみつ》の入った香草茶の大鍋《おおなべ》を、即席の竈《かまど》で温め直す。

そこへ施療院の手伝いや薬草の仕分けを自発的にしてくれている聖騎士たちがやってきた。

「あ。ミアちゃんだ」

「またあんな重そうな鍋持って。手伝ってあげよう。ミアちゃーん」

聖騎士たちがいそいそと駆け寄る。とたんにミアの首元に襟巻よろしく丸くなっていたモモンガ魔物と栗鼠魔物が顔を上げた。つぶらな瞳《ひとみ》で駆け寄る騎士たちを見上げたかと思うと、

『キシャアアア』

牙《きば》をむき出して、思い切り威嚇した。こ、怖い。聖騎士たちは思わず引いた。

「な、なんだ、こいつら」

「思い切り、柄の悪いチンピラ顔なんだけど」

「え?」

ミアが振り向くと、とたんに魔物たちはうにゅーと可愛すぎる顔に戻る。ほんと可愛い。

「……こいつら、ミアちゃんに見せる顔と俺たちへの対応が違いすぎないか?」

「二面性ありすぎだろ。外見こんなに可愛いのに、可愛いのにっ……」

嘆きつつもミアからは距離を取り、それでもちゃっかり茶菓子の饗応《きょうおう》に預かった聖騎士たちに子どもたちの相手を頼んで、ミアは少し離れたベンチにいるウームーを誘う。

「ウームーさんもよければこちらにいらっしゃいませんか? お茶と、それに焼きたてのケー

キもありますよ」

『……ケーキ。この前のと同じ、胡桃《くるみ》と罌粟《けし》の実の入ったものですか』

「はい。干し葡萄もたっぷり入れました」

『ふ、ん。いいでしょう。そこまで言うなら行ってあげようではないですか』

ウームーが腰を上げ、お茶の席に移動する。

ウームーは普段、リジェクの命令以外では動かない。リジェクのみを主《あるじ》として扱い、執事姿をとっているわりに他者に奉仕することを嫌う。好みも貴族趣味で、日がな一日長椅子に寝そべって、リジェクに頼まれて御機嫌伺いに行くヘラルドに都でしか手に入らない贅沢品ばかり要求するので、よくヘラルドが切れるのだが、何故《なぜ》かミアの作るお菓子は彼の口には合うそうだ。つんと澄ましながらも、ミアが給仕したお茶を口に運んでいる。

「すげえ、さすが元聖女候補様。あのウームーが団長以外の言うこと聞くなんて」

「〈魔物使いの聖女〉の通り名、本当だったんだ……」

聖騎士たちが尊敬の目でミアを見る。

妙なところで、ミアに異端な異名と箔《はく》がついた。

◇◆◇　◇◆◇　◇◆◇

そんな彼らを、遠くから見守る目がある。

「気になるなら、団長も一緒にお茶をすればいいのに」

微笑《ほほえ》ましげに魔物と人とのお茶会を見ていたリジェクに声をかけたのは、ヘラルドだ。リジェクはあわててのぞいていた城壁の陰に隠れた。

「……声を出すな。見つかる」

「あ、盗み見してたつもりだったんですか。あまりに存在感がありすぎる後ろ姿で気づかなかった。団長、隠れんぼとかには向かない外見なんだから、堂々としてたらどうですか」

「そんなことができるか」

心をだいぶん許してくれるようになったとはいえ、ミアはまだ自分がいると緊張する。ましてや今は施療院の子どもたちもいるのだ。今、自分がこの顔を見せればどうなるか。絶対、泣かれる。阿鼻叫喚《あびきょうかん》の地獄絵図だ。

「せっかくの和やかな時間を壊してどうする」

「そうですかあ。団長の強面《こわもて》はもう皆知ってますし、入ーれーてー、って声かけたら、仲間の輪に入れてもらえると思うんですけど。おあつらえ向きに落ち葉の仮面もありますし」

子どもの遊びか。突っ込みを入れたくなったがリジェクは我慢する。

「でも、それ、わざわざ渡すのに休憩時間つぶして来たんじゃないんですか。行かなくていいんです？」

ヘラルドが目で示すのは、リジェクの手にある大きな紙箱だ。城下の仕立て屋から届いたばかりのそれは、注文していたミアの外套《がいとう》だった。

野盗に服はすべて盗まれ、新たに買ってくれる親もいないミアのことだ。冬支度などしていないだろうと、急ぎ仕立てさせたのが、さっき届いたのだが。

「……今日は暖かい。魔物たちが風よけになっているし。必要ないだろう」

ふいっと顔を背けて言ったとたん、ミアが転んだ。

襟巻になっていた魔物たちがあわてて地面に飛び下りてクッションになってくれたおかげで怪我《けが》はないようだが、かばってくれた魔物たちを手に乗せ労《いたわ》る彼女は急に襟巻がなくなって、吹き付けた風が冷たかったのだろう。肩をすくめて、小さく「くしゅん」とくしゃみをした。

「あ」

それを見たリジェクは、思わず盾にしていた城壁を飛び越えていた。駆けだす。

「……ここ、二階なんだけど。顔だけじゃなく脚力まで人間離れしてるんだから、団長は」

そんなに心配なら、最初からさっさと行ってればいいのに、と。

残されたヘラルドは、ぷっと噴き出すと、不器用な団長殿をフォローするためにゆっくりと階段を降り、その後を追った。

◇◆◇　◇◆◇　◇◆◇

「くしゅん」

二回も連続してくしゃみをしてしまったミアは、陽《ひ》が陰ってきたかなと空を見上げた。もし曇ってきたなら、お茶会を終了して子どもたちを屋内に戻さないといけない。そう考えた視界が、ふと、陰る。え？　と振り仰ぐと、ふわりと暖かな色が広がった。

「？」

頭からかけられたのは毛織物だ。軽い。それにすごく暖かい。

「団長さ、ん……？」

「……聖域からの預り者に風邪をひかせては、職務怠慢になる」

言うなり彼が大股《おおまた》に立ち去って、ミアはきょとんとした。かぶせられたものを手に取る。外套だ。

「これ……」

リジェクのものにしては小さい。貸してくれたのだろうか。上等そうなものだし、外遊びで汚す前に返したほうがいいが、誰のものだろう。

首をかしげているとヘラルドがリジェクの後を追うように駆けてきた。

「ああ、もう、どうしてここで行っちゃうかな。ミアちゃん、それ、団長、何か言ってた？」

「はい。預り者に風邪をひかせては職務怠慢になると貸していただきました。あの、どなたにお返しすればいいでしょうか。団長さんのものじゃない気がするんですけど」

「……ぐ。やっぱり通じてない。また職務内の気遣いになってるよ。ちゃんと言わないと伝わらないのに。えっと、ミアちゃん、それ、貸し物じゃないから。ミアちゃんのだから」

「え」

「王都から届いた織物をさっそく仕立て屋に出してたから、何を作るのかと思ったら。それ、団長の実家があるドラコルル地方の織物だよ。ここより南の高地で、ふっかふかの毛をしたカルペペって羊と山羊《やぎ》を足して二で割ったみたいな動物がいるんだ。その毛を使った織物。けっこう希少な品なんだよ。急にこんな北国に赴任になったから、妹ちゃんが心配して送ってきてくれたみたいなんだけど」

へー、ミアちゃんの外套にしたんだ、と言われて、ミアはあわてて外套を差し出した。

「あの、そんな大事なもの、お返ししますっ」

「もう仕立てちゃってるから無理だよ。ミアちゃんサイズに」

ごめんね、言い方が悪かったね、と彼が言った。

「団長は頑丈だからこれくらいの寒さで体調崩したりしないけど。ミアちゃんは生まれも育ちもここよりずっと南方でしょ。より必要とする者に物資は贈らなきゃ」

ミアは、でも、と目を瞬《まばた》かせた。聖域ではよいものはより尊い者に捧げるものだったから。

「聖域だとそうだったかもしれないけど、ここは厳しい土地だからね。そんな一部の者ばかり優遇するやり方じゃ、皆が生き残ることはできないんだよ」

もちろん、非情にならないといけない時もあるけど、今はそんな非常時じゃないから。と、彼は言った。

「だから。ミアちゃんは堂々と着てていいんだよ」

ヘラルドがミアの手から外套を受け取って着せてくれる。可愛らしいフードがついていて、襟元で細工した鹿の角でとめられるようになっていた。

「あー、似合う、似合う」

「おねえちゃん、きれい！」

一緒にいた聖騎士たちや子どもたちもぱちぱちと拍手してくれて、ミアは真っ赤《まっか》になった。

モモンガ魔物や栗鼠魔物といった小さなモフモフ魔物たちがさっそく外套をよじ登ってきて、フードの隙間《すきま》に潜り込み、満足そうに目を細める。

「あはは、その子たちも気に入ったみたいだね」

ミアも気に入った。ふかふかの外套の隙間から鼻先を出す魔物たちはとても可愛い。

「あー、こんな光景を見られるのも後少しだね」

「え？」

「毬栗たちはもつだろうけど、この子とかは冬眠に入っちゃうから」

ミアの前では可愛いいい子顔のモモンガ魔物を、ヘラルドがつんつんとつっつく。

「この子は元の器が冬眠をするモモンガだから。冬は眠らないと体がもたないからね。他《ほか》にも冬眠の習性がある動物型の魔物は眠りにつくよ。器はあくまで普通の獣だから」

ヘラルドが魔物について講義してくれた。ウームーのように自分で精気……メラムというらしいのだが――を集めて体を作れる魔物は少数だそうだ。

「たいていは何かに取り憑《つ》くんだよ。モンさんもそうでしょ？」

魔物たちはもともと魂核とよばれる、人でいう魂だけの姿で宙を漂っている存在らしい。

そして魂核を砕かれれば滅してしまう。

魂核だけの姿ではあまりに危ういので、人が魂の周囲に肉体を纏《まと》うように、魂核の周囲に精気を纏おうとする。そして、自力で精気を纏う力がないモノは、精気に満ちた魂のない物体の中に入り込み、己の器にするそうだ。

「だからキノコや毬栗みたいな本来、動くはずのないものまでが魔物として動き出すのですね」

ミアは納得した。

動物型の魔物がいるのは、動物側の魂の力が弱っていたり、死産のように肉体はあっても魂がない状態の器を魔物が借りたりするかららしい。

人や動物、それに森の木々など、生き物の魂の力は本来、強い。普通は魔物に憑かれることはないそうだ。

「だからここにいる動物型の子は少なくて、キノコとか果物とかが多いでしょう?」

本体である木から離れた果実や、人が畑から収穫した収穫物は、精気が多く含まれるわりに魂が宿っていないため、魔物たちにとって取り憑きやすいそうだ。

「だからこの国では、秋の収穫物などに魔がつかないように収穫祭を催して、聖別の祈りを捧げるんだよ。さあ、食べようと箱から出した林檎《りんご》がいきなり魔物化して逃げ出したら困るから」

聞かされる、国によって違う魔物事情がおもしろい。

モンさんはクマだが上位魔物だから冬眠はしないだろうということだが。すごい。さすがは辺境。魔物までもが眠りにつくとは、ミアが暮らした聖域とは冬の度合いが違うようだ。

「……司祭様は大丈夫でしょうか」

ふと、ミアは言った。彼から聞くこの地の冬は、ミアが知るものよりずいぶん厳しそうだ。なら、教区の村にお世話になっている司祭も寒さがこたえるだろう。

「ダミアン司祭様はもう何年もこちらで暮らしておられますし、冬にも慣れておられるでしょうけど。今年は怪我をしておられるから心配で」

そこで、ヘラルドが「え?」と言った。聞いてくる。

「ダミアン司祭は聖域の方じゃなかったの?　最近こっちに来た人じゃ」

「違いますよ?」

「でもミアちゃんとは顔見知りみたいだし」

どうしてそんなことを言うのかとミアは首をかしげて、ああ、そうか、この人は団長と一緒にこちらに赴任してきたばかりだと気がついた。

「ダミアン司祭様はもともとこの地の司祭様なんです。私の裁判の時に偶然、聖域にいらして。定期報告のために。それで成り行きで行き場のない私を引き取ってくださったんです」

自分で言って、いらない子状態を晒すのが恥ずかしくなる。

目を泳がせると、小さな子どもがケーキを手に持ったまま転ぶのが見えた。お菓子も食べたいけれど遊びも早く再開したいと、食べながら歩いていて小石にけつまずいたらしい。

「あ。すみません、外套の御礼はまた後程いたしますので」

ミアはヘラルドに断りを入れると、泣きだした子どものほうへとあわてて駆けていった。

◇◆◇　◇◆◇　◇◆◇

そんなミアを見送って、ヘラルドはリジェクの執務室へと向かった。

扉を開け、他に人がいないのを確かめてから、声を潜めて彼に呼びかける。

「団長、ダミアン司祭のことで、お耳に入れておきたいことが」

リジェクは、ヘラルドから聞かされた司祭の経歴に、思わず書類にサインする手を止めた。

「どういうことだ？　司祭は我々が着任する一月前にこちらに来たはずだが」

「ですよね。あの司祭館はもともと老司祭が一人で暮らしてたけど、さすがに老齢で限界になって、もっと南の施療院付きの修道院に移っちゃって。その後はダミアン司祭が着任するまでは無人だったって聞いてますよね」

だがミアは彼がもともとここの司祭で追放された彼女を引き取ってくれたと言ったという。

「聖域は大陸の西半分を支配する巨大な組織、こんな辺境の一修道院のことなど気にもかけない。だから廃屋になってることにも気づかず、追放先として認可が下りたのかと思ってましたけど。こうなると気になって」

「……彼女を引き受けるために着任したとしか思えないタイミングでもある、か」

カルデア修道院は廃院になった時に届けも出されている。その後、付属礼拝堂からも司祭がいなくなり、誰かよこしてくれるよう申請を出していたとはいえ、この砦にだって司祭不在の礼拝所があるのだ。ここに所属して、追放者を預かり、教区を回ることもできたはずだ。

なのにわざわざあんな無人の廃墟《はいきょ》にミアを連れて行ったのは。

「ミアちゃんの〈罪〉も詳しくは教えてくれないし、何かある、としか思えないですよね」

そもそも彼女の待遇からしておかしい。彼女は箱入り聖職者らしくよくわかっていないようだが、追放されたとはいえ、彼女の聖籍は健在だ。彼女が教義に反したというなら、聖籍も剥《はく》奪《だっ》のうえ放逐、つまり世俗に戻されて終わりが正しい処置だ。

なのに何故、聖籍を保ったまま、こんな辺境の地に送り込んだ？

鍵《かぎ》は聖域にある。が、さすがのリジェクも国外の、しかも遠い聖域の内部事情にまでは通じていない。そもそも聖域の機密保持レベルは、並みの王城より高い。

（……調べる伝手《つて》がないことはないが）

王都にいる、とある高貴な人物の顔を思い起こす。

「……王都の王太子殿下にお願いしては。ルベリア王国には大使を送っておられたでしょう？」

ヘラルドに言われて、眉根《まゆね》を寄せる。たまにこの男はこちらの心を読めるのではと思う。

「なんです、そのぶすっとした顔。いつまで妹を取られたって意地を張ってるつもりです。王太子の未来の義兄《あに》の立場を利用しないでどうするんですか」

実はリジェクの妹は王太子の婚約者ということになっていたりする。一年ほど前、いろいろあって、魔導貴族の娘でありながら妹は望まれ、王家に入ることになった。

なのでリジェクも未来の王の義兄という立場になり、王族とも知り合いと言えば知り合いだが。別に張っているのは意地ではない。そこまで子どもではない。ただ……公私混同をしたくないだけだ。兄である自分が規律を犯せば、それはやっと幸せを掴んだ妹に跳ね返る。

「なんにしろ、放置しておけませんよ。ミアちゃんって魔物を操れますよね？」

ヘラルドが声量を落として言う。

「本人はよくわかってないみたいだけど、仲良しだって言っても、あんなに魔物たちが自発的に人を守ったり、モンさんみたいな上位魔物が付き従ってるって、異様ですよ」

それは気づいていた。害がないので黙っているが。

「〈魔物使いの聖女〉なんて噂《うわさ》にもなってるみたいだし、気をつけたほうがいいかもしれませんね。聖域は魔物を異端としているから、そのことでミアちゃんを囲い込んでるとは思えないけど。何しろもうすぐですから。〈聖女様の来訪〉は」

それを聞いて、リジェクは渋い顔をした。そうなのだ。これはリジェクの赴任前から決まっていた予定だが、聖域でこの春、新しい聖女が起《た》ったのだ。

そのこと自体は珍しいことではない。聖域には常に大勢の候補が集められているし、世代交代も兼ねて、何年かに一度は候補の中から昇格した聖女が起つ。そして新たに聖女となった少女は各国宮廷への顔見せと、聖域の威を伝えるため、一年という時間をかけて西方諸国を歴訪することになっている。

今回、王太子の婚約を祝福するためにとシルヴェス王国までやってきた聖女一行が、ここ、カルデナス辺境騎士団領にまで足を延ばすことになったのだ。

表向きは、最前線で異教徒と戦う聖騎士たちを労《ねぎら》い、鼓舞するため、となっているが。

「ラモン司祭が聖女の筆頭補佐官になったのも、聖女巡幸の際にこの地へ立ち寄ることを打診してきたのも、先代マルス伯の急死を受けた後のこと、彼女《ミア》が追放になる前のことだ。関係ないとは思うが」

諸国をあまねく訪ねる建前の聖女巡幸だが、西方諸国の数は多い。すべては回り切れない。自然と主要国を回るのみとなる。そんな聖女一行がわざわざこんな辺境の地に立ち寄るのは、ひとえに聖女の筆頭補佐官、つまり後見となったラモン司祭の出身地がここだからだ。

ラモン・フェルナンデス。

今は聖域の名門、フェルナンデス家の養子となっているが、もとはラモン・アル・マルスといい、マルス辺境伯の遠戚で今となっては唯一の血縁となる人物だ。

「聖職に入り、師父となった司教の養子となった人だ。とっくに爵位継承権は放棄しているから、今回のマルス伯急死の際にも後継者候補に名は上らなかったらしいが」

還俗させて跡を継がせようにも聖職者だ。騎士団の長をも継ぐには騎士の素養がない。彼自身もすでに聖域でそれなりの地位に昇っていて、今さらこんな辺境に戻るよう言うのも酷だろう、と、王も特に勧めなかったと聞いている。

（王の真意は、この地の聖域色を強めたくない、ということだろうが）

元が聖域の司祭では、忠誠心の在り処《あか》も違ってくる。重要な国防の要地にそんな人物を置きたくないという理屈はわかる。

それでも今となっては彼が唯一の血族だ。領主、騎士団長としてのマルス伯の資産はいったん国に戻されたが、伯の私物など、遺品の整理は彼が行うことになる。

なので来訪を断ることはできないが、問題は彼が滞在する間、聖女一行も滞在することになるということだ。

「……聖域で贅沢三昧に暮らしてた連中でしょう？　こんな辺境の砦に、快適なもてなしなんか求められても困るんですけどね。ラモン司祭もそんな公私混同な真似《まね》はせず、休暇でもとって一人で来てくれたら歓迎するのに。まあ、こんな遠方だし、聖域でそれなりの出世街道を走ってる人が長期休暇をとりにくいってのはわかりますけど」

聖女の一行ともなれば侍女役の修練女や料理番まで引き連れ、総勢、百人弱の大所帯となる。そんな人数を一月近くもてなさないといけないのだ。旅の聖職者をもてなすのはルーア教徒の義務だから、国から彼らの滞在費用が下りるわけはなく。費用はすべてこちらの持ち出しだ。

はっきり言って招かざる客だ。ヘラルドは今から胃を押さえている。

幸いなことに先のマルス辺境伯は堅実な人物だったので蓄えはある。が、それもラモン司祭が「親族だから」と相続を主張すれば渡さざるを得ない。公的資産は死守するつもりだが、背後に巨大な聖域という組織を背負ったラモン司祭だ。ごねられては面倒なことになる。

「中央から距離をとれば、こんな面倒事からは遠ざかれると思ったが」

「その愚痴、前にも聞きましたね」

面倒なことだらけだ。

祭の際に捕らえた賊たちも面倒だ。尋問に手こずっている。

捕らえた当初こそ、残りの仲間の居場所を吐かせるなど取り調べも順調に進んでいたが。

騎士を派遣し、潜伏していた野盗たちをすべて捕縛し、本格的に何故、聖域一行を襲ったかなどを訊《たず》ねはじめた頃から事態が一変した。体調を崩す者が続出したのだ。おかげで尋問どころではなくなり、地下牢《ちかろう》が即席の療養所に変わってしまった。

「あの賊たちの具合はどうだ。少しは」

持ち直したか、と、リジェクが額を押さえつつ言いかけた時だった。忙《せわ》しない足音がした。

当直の騎士が入室許可を得るなり、報告する。

「報告します、牢で異変が。あの野盗たちが……！」

「何⁉」

急ぎ地下牢へと駆け付けたリジェクとヘラルドが見た物は、変わり果てた姿になった賊たちだった。皆、どす黒い顔色をして喉《のど》元を押さえ、嘔吐《おうと》を繰り返している。中にはすでにその力も失い、手足を痙攣《けいれん》させている者もいた。

「これは……、明らかに何らかの中毒症状ですね」

ヘラルドが床に片膝《かたひざ》をつき、痙攣する賊の瞳孔《どうこう》を調べる。しかも捕らえた賊全員が一度に発症した。自然な病状悪化とは到底思えない。

(何かを盛られたか……?!)

口封じか？　だが相手はたかが野盗だ。命を狙《ねら》われるほどの何を知っているという。

しかもここは騎士たちに守られた砦の奥深く。毒を盛るにしてもどうやって潜り込んだ。

「軍医を呼べ！　それと、この場の保全、何か持ち出す者がいれば即、捕縛せよ。箝口令《かんこうれい》もしく。このことはここにいる者のみにとどめるっ」

リジェクは急ぎ命じた。

場所が場所だ。ことが巷《ちまた》に流布すれば、危機管理能力を疑われ、騎士団の存続にも関わる。真相究明のためにも情報統制が必要だ。

矢継ぎ早に善後策を命じながら、リジェクはふと昼に見た少女の顔を思い浮かべた。子どもたちを相手に柔らかに微笑んでいたミアの顔。この野盗たちにも彼女は関わっている。

ダミアン司祭の経歴偽装及び失踪、そして今回の口封じとも思える中毒事件。

「いったい、この地で何が起こっている……」

思わず漏らしたリジェクの問いにはさすがのヘラルドも答えられず。暗い地下牢の壁の中に消えていった。

2

聖域一行が砦を訪れたのは、それから半月後のことだった。

冬となり、本格的な雪が降りはじめてからのこと。

地下牢での出来事を知らないミアは、どきどきしながら、聖域一行の到着を待っていた。

ヘラルドはミアはあくまでもカルデア修道院預かりとなっていて、今回の聖女来訪とは関係ない。砦にいるのは一時的な避難措置だから、彼らの前に出る必要はないと言ってくれたが。

それでも砦の皆と彼らの来訪準備と冬支度を手伝うミアは胸が騒ぐのを止められない。

（しかもよりにもよって、〈聖女《ベリンダ》〉一行だなんて……）

聖域で同輩だった聖女候補ベリンダ。今はもう聖別されて聖女様だ。初対面で挨拶《あいさつ》をした時から何故か疎まれてきたけれど。

（今度こそ、ばれてしまうよね……）

優しい砦の皆に。ミアがいらない子だったことが。

こちらを蔑《さげす》むように見下ろしていたベリンダの顔が脳裏に浮かぶ。聖域にいた頃はそんな扱いにもあきらめがついていた。だがここにきて、皆に優しくしてもらえて、欲が出た。このまま過去を語らずここで暮らしていけたらと。だがベリンダがミアを放っておいてくれるはずがない。聖域でも何かと呼び出しては蔑んできた人だ。

遠くに置いてきた過去が、否応なく追いかけてきた気分だ。ミアの本当の姿を知った砦の人たちの目が変わってしまうのが怖い。ミアの力を知って、両親が目をそむけたように。

捕まりそうになる不安から目を背けたくて。

ミアは今まで以上に、砦の皆の手伝いをする。体を動かしていれば気も紛れる。問題の先送りにしかならないが、それでも現実と向き合うのがミアは怖かった。救いは、聖域でもミアをなぐさめてくれた魔物たちが今回も傍《そば》にいてくれることだろうか。

ヘラルドが言っていた通り、小さな毬栗やドングリの森の魔物たちは、落ち葉の間で眠りに付き、春の訪れとともに新たな器を探すためか森へと帰っていき。動物型のモモンガ魔物や栗鼠魔物たちは冬眠に入った。

うとうと眠そうにしながらも、ミアの傍を離れたがらず、森に帰ろうとしない彼らをどうしようかと思っていたら、厨房長《ちゅうぼう》がいつも暖かな食堂の厨房に寝床を用意してくれた。夜でも熾《おき》火《び》を絶やさない暖炉の上に、ふかふかのクッションを敷いた小さな籠《かご》を置いてくれたのだ。

まん丸い籠の中で自分のふかふか尻尾《しっぽ》を布団代わりにして丸くなっているモモンガ魔物や栗鼠魔物たちはとても愛らしい。聖画に描かれる天使のようだ。

普段は威嚇されて近寄れないと嘆いていた騎士たちも、今なら間近で思う存分可愛い姿を堪能できるとでれでれだ。休憩時間になると皆飛んできて、飽きもせず籠の中をのぞき込んで、厨房長に邪魔者扱いをされている。

モンさんも寒いのは苦手なのか、もう外には出ない。施療院の病室で子どもたちと火鉢で暖を取っているか、リジェクの部屋に入り浸ってウームーと遊んでいる。

そんな冬の日々では可愛い魔物成分が少なくて寂しいかと思ったが、そうでもなかった。

（せめて見て、外遊び気分を味わわせてあげたい）

と、ミアは外に出ることのできない施療院の子どもたちのために雪だるまを作って、窓際に並べてみたのだが、なんとそれが動き出したのだ。魔物化したらしい。

さすがのリジェクも雪だるまのようなな季節限定のもろい物体に魔物が憑《つ》くのを見たのは初めてだそうだ。

「異教徒の地に近いからか、大気に漂うメラムが多いところだとは思っていたが、凄いな」

感心していた。

なので、モモンガ魔物たちが眠ってしまい、ドングリやキノコ魔物たちが森へ帰ってしまっても、ミアは寂しくない。

木の枝の腕や消し炭で作った目や眉《まゆ》を動かすことはできないようで、無表情な顔は人に圧迫感を与えるが、手のひらサイズのまん丸い雪だるまたちが体を左右に振ってずりずり動いたり、横倒しになって地面をコロコロ転がりつつ移動している様は冬の光景らしく心が和む。

さすがに元が雪だるまなので火は苦手で暖かな室内には入れないようだが、小さな雪だるまたちが施療院前の中庭とミアの部屋までの間を行進したり、夜は窓辺にずらりと並んで中をのぞき込んだりするのが砦の日常風景になった。たまに、

「ぎゃあああ、こんなところにびっしり。何体いるんだ」

「石の下のダンゴムシかよ」

と、悲鳴が上がるのは、昼の暖かな陽ざしを避けて北の城壁のくぼみなど、日陰に避難してびっしり固まっている無表情な雪だるまたちと遭遇してしまった騎士の声らしい。

それでも、雪だるまたちを滅しろ、とは言わないのがこの土地の人たちらしくて。ミアはほっこり心が温まる。

だがそんな和やかな時間も長くは続かない。

彼ら、がやってきたのだ。


派手な先ぶれのラッパの音がして、冬の雪景色の中、鮮やかな聖旗をはためかせながら、馬車と騎馬の群れがやってくる。

「ぎりぎり、馬車の使える期間に間に合いましたね」

砦の事務方で、主におもてなし担当官のヘラルドがほっとしたように言った。

「雪の中に閉じ込められたとか連絡があったら、その救援とか、荷をここまで運ぶのにどれだけ費用がいるかわかりませんでしたからねえ。装飾に金のかかった聖域の馬車を雪が解けるまで野に放置しとくわけにはいきませんし」

馬車から降り立ったラモン司祭は、波打つ金髪に鮮やかな緑目を持つ、派手な青年だった。

都会的、というのだろうか。騎士であったマルス辺境伯家の縁者だというのに、その体つきはほっそりとして、優男、という形容がしっくりくる。旅の途上だというのに一片のシミもない純白の聖衣がさらに彼をきらびやかに演出している。

そして、彼に手を引かれて現れた聖女もまた、類《たぐい》まれなる美しさだった。

まだ十七歳とうら若い聖女は、それでも顎《あご》をくいと上げ、教徒たちの上に立つ聖女の貫禄《かんろく》を見せていた。

ベリンダ・カルババハル。

聖域のあるルベリア王国の貴族令嬢で、幼い頃より聖女としての力を周囲に示し、今回の選考では一人、飛びぬけた成績を見せ、見事、聖女の座に就いたという。だが、

「……何よ、ここ」

馬車から降り、砦を見上げるなりベリンダがつぶやいた。

「まさかこんなところで一月も過ごせと言うの⁉　ラモン、あなたがどうしてもって言うから来てあげたのよ？　辺境伯の遺産があるからドレスだって作れる、野遊び気分で薬草だって採れる、あの子鼠《こねずみ》が泣いてるさまだって見物できる、貴顕の目のない辺境だから羽目を外せるって！　どこが野遊びよ、雪だらけで馬車だって使えないじゃないっ。仕立て屋なんか影も形もないしっ、こんなに寒いのじゃ子鼠のいる修道院なんか行く気もないしっ」

もこもこの毛皮の外套と耳当て付きの帽子に埋もれた彼女は、前庭に並んだ砦駐屯《ちゅうとん》中の聖騎士たちには目もくれず、ラモンを責め立てる。

「あなたの事情なんか知らないわよ。私、先に帰るから！　いえ、とにかく早く部屋に案内して。凍えてしまうわ。小言はそれからよ、いいわね！」

結局、彼女は〈前線の聖騎士を鼓舞するため〉という建前でここへ来たというのに、出迎えた聖騎士たちに労いの一言どころか一瞥《いちべつ》を与えることさえなく、案内の執事の手で、砦の奥にある領主館のほうへと導かれていった――。

◇◆◇　◇◆◇　◇◆◇

――聖女の後をぞろぞろと続いていく聖域一行を見送って。

「いやあ、強烈な聖女様でしたよ。団長は欠席してて正解です」

砦のおもてなし代表官として聖女到着に立ち会ったヘラルドが、室内に戻ってから言った。

「客人を迎える迎賓館じゃ手狭かと思って、マルス伯の暮らしてた領主館に滞在してもらうことにしましたけど。よかったですよ。あれじゃあ迎賓館に案内したら、何、この場末の宿、とか言われてましたよ。あそこ、行商人も泊まるから。聖女って聞いたからもっと控えめな人格者を想像してたんですけどねえ」

「いや。あれが普通だろう」

少しでも対面時のトラブルを避けるため、ヘラルドの進言を入れて、「転んで怪我をした」

と言い訳を作り出迎えには出ず、念のため顔にも包帯を巻いていたリジェクも、のぞいていた窓から離れる。

ミアを見慣れて感覚が鈍っていたが、リジェクが知る高位の聖職者とは本来、ああいったものだ。徳の高い聖者と言われる人物は無位のまま野にあることが多い。その感想はヘラルドにも伝わったのだろう。彼は「そうですね」と言った。

「ミアちゃんが特殊というか、変わってたんですよね。聖域育ちの聖女候補なんてばりばりの選民なのに掃除とか料理とか家事までこなしちゃうし、服がなくても何も言わないし」

そして、聖女ベリンダの言っていた、〈子鼠〉とはきっとミアのことだ。ラモンは我儘《わがまま》聖女のベリンダに辺境行きを承知させるためにいろいろと吹き込んだようだ。

「何があったかわからないけど、まあ、ミアちゃんの聖域での待遇は察しました」

あんなのと一緒に暮らしてればそりゃ控えめになるはずですよね、とヘラルドが納得している。それを聞いて、リジェクもまた、ミアが常に委縮していたのは何故かを理解した。

今でこそ笑顔を見せ、のびのびと子どもたちと遊ぶようになったミアだが、ここへ来た当初は本当に哀《あわ》れな様だった。あの聖女に代表される聖域の皆に蔑まれる暮らしのせいで、ミアは木箱に入り怯《おび》えるような少女になってしまったのだ。

「……腹立たしいな」

思わず言って、それから口を押さえる。

何を言っているのか、自分は。ミアは聖女たちと同じく、聖域の人間。聖域内部のことに辺境の一騎士が口をはさむ権利はない。

だが、怒りを感じてしまったのだ。ミアを縮こまらせた者たちに対して。

そして、自分なら、と思ってしまった。自分なら、きっと、彼女を、もっと……、

(もっと、なんだというのだ……)

胸にわだかまる想《おも》いを打ち消し、リジェクは執務室へ戻る。聖女一行が到着しても日々の業務は待ってはくれない。

顔の包帯を取りつつ一時、中断していた事務仕事を再開すると、さっそく、地下牢との連絡役になっている騎士が沈痛な顔で留守中に報告があったことを伝えてきた。

「先ほど、捕らえた賊の最後の一人が息を引き取ったと、軍医が知らせてきました」

「……もたなかったか」

いや、もった方か。原因不明の中毒症を発症して半月。口もまともに聞けない状態で今まで長らえたほうが奇跡だったのかもしれない。

軍医にとっても未知の毒だったらしい。彼は、「最近、同業の間で噂になっている、主に聖騎士がかかるという症状と似ています」と、都の医局に問い合わせると言っていたが。

地下牢に出入りしていたのは砦の騎士だけ。毒の種類どころか盛られたルートすらわからないままであることに胸が騒ぐ。

結局、何もわからないまま彼らの口は永久に封じられた。

そしてこの砦にはミアがいる。あの男たちは彼女を襲ったのだ。そして今はさらに百名近い聖域一行が加わった……。

「ウームー」

使い魔を呼び出す。

「聖域一行には気づかれないよう、引き続き彼女の護衛を頼む。モンさんにも魔物たちが聖域一行の目に絶対に留まらないようにしろと伝えてくれ。あの有様では見つかれば何を言われるかわからん。それと」

こちらはヘラルドに向かって言う。

「ミアの居場所を北の塔へ移せ。……領主館と騎士館は離れている。部屋から出さなければ接触もないと思っていたが。少しでも離しておいた方がいいだろう」

命じたのは、嫌な予感がしたからだ。

ミアを砦に引き取ったことは聖域一行には言っていない。が、一月も滞在していれば何かの拍子にばれるかもしれない。その時、あの聖女のことだ。何をするかわからない。そう感じた。

彼女《ミア》は聖域から預かっているだけ。自分はただの監視者で、彼女は聖域の人間。聖域一行とのあれこれに口を出すわけにはいかない。

彼女はいずれは聖域に帰る。よけいな口出しをしてこじれては、彼女の聖域での立場が悪くなる。わかっている。だがそれでも。それが騎士の職務を外れる行為とわかっていても。

自分にできる範囲でいい。彼女を守りたい。そう思ったのだ。

それだけリジェクはあの痩《や》せっぽちの少女が気になってしかたなくなっていたのだ――。

◇◆◇　◇◆◇　◇◆◇

その夜、ミアは夜陰に紛れて、砦の外れにある北の塔へと部屋を移された。

物見の塔として使われている塔だが、平時の今は無人で、半ば物置がわりになっている殺風景なところだ。当然、使える部屋は狭く、皆のいる場所からも遠い。

(当たり前よね。罪人だもの)

ミアは少ない荷物を運びつつ息を吐いた。今までが甘えすぎていたのだ。

「できるだけ早く元の部屋に戻すから」

ヘラルドがすまなさそうに言う。そんなに謝られてはこちらのほうこそ心苦しい。

「ここもいい部屋です。それより聖域の皆さんのもてなしで忙しい時にご迷惑をかけて」

ありがとうございます、と頭を下げる。

塔の上層にある部屋は実際、静かでいいところだ。強いて言うならモンさんが訊ねて来てくれた時に、あの狭い窓では入ってこれないことくらいか。高さは大丈夫だろう。聖域の山で切

り立った崖《がけ》をひょいひょい登っているのを見たことがあるから。いや、そもそも、

（……見つかるからしばらくは来ないで、司祭館に隠れてっておお願いしたのだっけ）

こうなると小さな魔物たちが冬眠に入っているのが助かる。皆が眠っているのは砦の半地下にある厨房だ。聖域一行はそんなところまで行かないだろう。雪だるま魔物は屋内に入れないし、元の姿が雪だるまで魔物らしくない。多少、外で動いているところを窓から見られても、風も吹いているし、気のせい、と思ってもらえるはずだ。

会えないけれど、皆はそこにいる。安全だ。だから寂しくない。ただ……。

心細い。

ミアは久しぶりに感じる、胸に隙間風が通るような感覚に身震いした。

聖域にいる時は森へ行けることもまれだった。なかなかモンさんにも会えなかったし、師父になってもらったとはいえ、聖者パウロの元へ行ける日も限られていた。それ以外の時間はずっとベリンダたち他の聖女候補に雑用係としてこき使われていた。あの頃と比べれば今は冷たい水にさわらなくてもいいし、嘲笑《ちょうしょう》の声も聞こえない。天国のようなのに。

「贅沢に、なったたな」

前にもつぶやいたことを、またつぶやく。

聖域からの一行が来たのなら、本当ならミアはこんなところに居てはいけない。少しでも罪の意識があるなら、ベリンダのもとへ駆けつけて、土下座してでも聖域に戻してと言うべきだ。

ミアには償わなくてはならないことがあるのだから。

わかっている。なのにここに隠れていれば見つからない。彼らが帰ればまたあの楽しい日々に戻れると勝手なことを考えている。そんな自分が嫌で、ミアは久しぶりに泣きそうになった。

(これからもずっと、こうなのかな)

償いきれない罪を抱えて。何もできず無力で。そして無力だから泣いても誰も助けてくれない。わかっているのに涙がこぼれ落ちそうになって。

ミアが肌寒さを感じて、室内だというのに自分の腕を抱いた時だった。

すっ、と目の前に執事姿の青年が現れた。

「ウームー、さん……?」

『……主よりあなたのことを頼まれましたから。泣かれると私の力不足のようで不快です』

言って、彼が暖かな色の布を広げた。ミアをくるむ。

リジェクが前に仕立ててくれた外套だ。

『それと。我が君の部屋はあそこです。見るくらいなら、今だけ特別に許してあげます』

言われて、窓の外を見る。物見も兼ねた塔は高い。砦の中がよく見える。

星明かりの下、あそこの吹き溜《だ》まりに固まっているのは雪だるまたちだろうか。それに、あの中庭はきっと施療院の前にあるいつもの場所だ。食い入るように見つめて、それでミアはどうしてこの部屋をリジェクが選んだのかがわかった。

寂しくないようにだ。会えなくとも、皆の姿を見られるように。

そして、ウームーがきちんと手袋をつけた手で指す方向。そこには灯《あかり》が点いていた。ランプを窓際に置いているのか、暖かな光が一つ闇《やみ》の中に灯っている。

「あ……」

あそこが、団長の部屋？　確認するように振り仰ぐと、すでにウームーは姿を消していた。

だが顔を戻すとリジェクの部屋が見える。

遠い。

そのことがとても寂しく、心細かった。でも。

小さく一つだけ灯った光は、柔らかな外套の温もりとともに優しくミアを包み込んでくれて。

ミアは自覚した。どうして皆が無事でいるのに、こんなに心細く感じるのか。

彼が、いないからだ。

（私……）

ミアは遅まきながら、リジェクに対して、ただの監視者以上の感情を抱いていることに気がついた。

◇◆◇　◇◆◇　◇◆◇

聖域一行が来てから、十日。砦の中は一気にあわただしくなった。

リジェクも仕事が増えた。おちおち睡眠をとりに自室に戻ることもできない。

ヘラルドが心配していたのが当たった。

暖かく、物の豊かな南方の国で育った彼らは辺境の北国には馴染めなかった。あれがない、これがない、暖炉の火が足りない、天気が悪いのが気にいらない、気晴らしに役者か楽人でも呼べと、毎日、一刻たりともおとなしくしてくれない。

「客人たちのもてなしは領主館に残った前マルス伯に仕えた使用人たちに任せてたんですけど、腰を痛めて寝込む者が続出して。大幅な増員が必要です」

元々、主不在の館《やかた》を維持するためだけの雇用だったのだ。いつ閉鎖されてもおかしくない勤め先であるため、若い働き盛りの使用人たちは新たな主を求めて館を出て行き、残るのは老いて他に行き手のない者ばかりだった。マルス辺境伯家というれっきとした貴族家に仕えていたとはいえ、年老い、辺境の静かな暮らしに慣れていた使用人たちは突然の環境の変化についていけなかったらしい。

かといってこんな田舎《いなか》では貴人の前に出られる技能を持つ新たな使用人の確保もできず。

「……しかたがない。独身寮と騎士館の者をすべて回せ」

辺境の騎士は野営にも慣れている。厨房長すらいなくなった館でも生きていけるだろう。

これもラモン司祭が遺品の整理を終えるまでの辛抱だ。

「領主館の整理はどれくらい進んでいる？」

あの都会的な、温かみを感じない男のことだ。引き取る値打ちのある品だけをさっさと選り分けて、残りはこちらに処分しろと押し付けてくるだろうと思ったが。

「それが。整理してるというより、何かを探してるみたいなんです」

「何？」

「執事を同室させることも嫌がって、一人でマルス伯が使っていた書斎や酒蔵とか、館の中を片っ端からひっくり返して。やりたい放題ですよ。元の持ち主への敬意なんかそっちのけで。寝室なんか壁もはがされて寝台のマットもばらばらにされたそうですよ。隠し財産でもあると思ってるんでしょうか」

……何だそれは。

「執事さんも渋い顔ですよ。執事さんはマルス辺境伯家に代々仕えてて、急死したマルス伯のことも敬愛してたみたいですから」

執事にとって、ラモンはマルス伯の唯一の血縁とはいえ、傍系の血筋だ。しかも幼い頃に聖域へと出て行き、他家の養子になった。そんな赤の他人と変わらない彼に遺品をすべて渡さなくてはならない。それだけでも腹だたしかったのに、傍若無人にふるまわれて怒り心頭らしい。

「頭に血がのぼって倒れないか心配で心配で」

リジェクは顔をしかめた。新領主として赴任したとはいえ、リジェクは一時的な領主だ。マルス伯の私的財産を継ぐ資格はないと、ラモン司祭が整理を終えるまでは執事や家政婦などここに残ると言った者たちに館の管理を任せ、自分は立ち入ることすら控えていた。

が、こんなことなら王に願って、強引にでも自分が継いでいた方がよかったかもしれない。そう思えてしまうくらいに、聖域一行の傍若無人ぶりは不愉快だった。

聖域一行の話をしていると、どうしても比較対象としてミアの姿が脳裏に浮かぶのだろう。

「どうしてるかなあ、ミアちゃん」

「あの子がお茶を持ってきてくれないと、寂しいよなあ」

執務室付きの騎士や事務官たちがため息をついて、リジェクはつられそうになった。

確かに、と、リジェクも思う。疲れて、ふと休憩したくなった時に、彼女が小さな体で大きなお盆を掲げて現れるのが日常になっていた。

(もう、十日も会えていないのか……)

改めて考えると、柄にもなく胸の内に冷たい風が吹いた。そっと差し出される温かな香草茶。はにかむように浮かべてくれる優しい笑み。皆が怖れる強面顔のリジェクだというのに、モンさんたち魔物で慣れているからだろうか。彼女は他の騎士たちと等しく扱ってくれる。特に言葉を交わしたりはしないが、思い出すだけで心が温かく、そして苦しくなる。

温かくなるのは、彼女の笑みが自分にとってどれだけ得難いものであるか自覚したから。

苦しいのはいずれは去っていく相手だと知っているから。だから……。

また漏れてしまったため息をあわてて他の者から隠す。気が重いのは聖域一行の対応に苦慮しているからだ、そう自分にも言い聞かせていた時だった。

領主館付きの家政婦があわてた様子でやってきた。

一礼するなり、「お助けください」と、床に両膝をつく。

「お願いです、ラモン様が先ほど、領主館は探しつくした、と、砦のほうへ向かわれたんです。しかも退屈だからと聖女様までご一緒になられて」

薬草庫を見ると施療院のほうへ向かわれたので、何かあってはと思いこちらに参りました、と、家政婦は泣き出しそうな顔で懇願した。

「施療院をはじめられたのは先代マルス辺境伯様ですが、ラモン様はそれをご存じありません。そもそもこちらにこられてからのラモン様は、御一族として、砦にまで相続権利があるような言動をとっておられて。ラモン様は貴賤《きせん》関係には厳しい御方ですから、今の施療院をご覧になると何をおっしゃるか……」

入院している子どもたちを見れば、下賤《げせん》の民が何故こんなところにと騒ぎだすかもしれない。子ども好きで時間がある時には施療院の手伝いをしている家政婦が真っ青《まさお》になっている。

リジェクは舌打ちをした。探しつくした、というのがどういう意味かはわからない。が、次に向かったのが施療院というのが気になる。

（彼女《ミア》には、部屋を出ないようにと言ったが）

あれからもう十日もたっている。塔からは混乱した砦の様子も見えるし、勤勉な聖職者である彼女はそろそろ怠惰の罪に耐えられなくなっているかもしれない。

もし、鉢合わせをしたら。

リジェクは必要最小限の指示を出すと、いそいで執務室を出た。

◇◆◇　◇◆◇　◇◆◇

施療院のある中庭は、表の騎士たちが絶えず行き来する中郭部分にある。

砦は大まかに三つの層に分かれている。

丘の下に広がる城下町と砦の敷地とを区切る、第一の城壁。そこから少し上がった丘の中腹にある、二番目の城壁と草地、そして三番目の城壁に囲まれた郭部分に施療院や騎士団の建物、それとミアも最初お世話になった迎賓館も兼ねた公邸などがある。

そしてその奥に。マルス辺境伯が家族と共に暮らしていた領主館がある。

物見の塔から観察したおかげで、ミアは聖域一行が寒さを嫌い領主館からは出ないこと。窓の角度的に施療院のほうは領主館からは見えないことを発見していた。そして。砦の聖騎士たちが聖域一行の警備に呼び出され、手伝いがいなくなった騎士館や施療院が大変なことになっていることもはらはらしながら見ていた。リジェクが私室に戻る暇もないことも。

（皆、大変なのに）

自分だけ安全な場所でのうのうとしている。心が苦しくてたまらない。

今日は晴れた。が、聖域一行は変わらず領主館にこもったままだ。

（今なら、外に出ても見つからなくない？）

少しでも団長さんや皆の助けになりたい。ミアは久しぶりに施療院を訪ねることにした。

リジェクにもらった外套を羽織り、フードを下ろして顔を隠すと施療院に向かう。いそいで屋内を掃除して、たまっていた洗濯物を片付ける。そうしてようやく手が空いたお昼過ぎ。塔の部屋に戻らなくてはならないがどうしても気になって、大人《おとな》たちに放置され、寂しくて泣きそうになっていた子どもたちのために、雪だるまを作って窓に並べることにした。

施療院前の中庭は雪こそ積もっているが、日中の一時は上から暖かな陽が差し、分厚い石壁が風を遮ってくれる。なので、外套をつけただけでも十分暖かい。外の空気を吸うために外へ出ることを許された子どもたちと、ミアがせっせと雪玉を丸めていた時だった。

「あら、子鼠じゃない。追放されたはずなのに、どうしてこんなところにいるの」

はっとして顔を上げると、そこにいたのは聖域一行だった。

寒いからと言葉少なく回廊伝いに来ていたので、気づかなかったらしい。暖かな毛皮とマフをつけたベリンダが、供の止めるのも聞かず、中庭に降りてくる。

「神の声も聞こえない落ちこぼれ。もしかしてカルデア修道院も追い出されたの？」

子どもたちの作った雪だるまを面白そうに蹴《け》りつけて、ベリンダが、無様ね、と、笑い声を響かせる。そんな彼女の背後、施療院のある建物からは、子どもたちの泣き声と、軍医の何かを止めようとする悲鳴のような声が聞こえてくる。

「待ってください、司祭様、そちらは薬草庫で……！」

突き飛ばされたのか鈍い音が声に重なった。ただごとではない。ミアはふるえる声で聞いた。

「いったい、何を……」

「ああ、ここにしか生えないっていう薬草を探してるのよ。聖域へ帰る時、お土産《みやげ》にしたくて」

ベリンダがなんでもないことのように、自分の髪を弄《もてあそ》びながら言った。

「とっても貴重な薬草だそうよ。枢機卿《すうききょう》の方々に差し出せば、私の手柄になるってラモンに言われたのだけど。ここにもなかったら森まで採りにいかないといけないのよね。そう思うとここでお前に会えてよかったわ。雪の中、薬の採り手をつれに修道院まで行く手間が省けて。どうして今まで挨拶に来なかったの？　ま、顔を見せられるわけないわね、罪人だもの」

最後は嘲《あざけ》るように言われた。周囲の供の者たちが追従して笑い出す。

ミアは羞恥《しゅうち》で頭に血がのぼるのを感じた。自分が罵《ののし》られるのはいい。こうなるまでは皆の人たちの前で情けない自分を暴露されることが怖かった。が、実際にされてしまうとふっきれた。

それよりもミアは、自分の背に隠れるようにしてふるえている子どもたちが気になった。

作った雪玉を壊され、無垢《むく》な目を丸くして神に仕える者のすることを見ている子どもたち。なのに自分は黙ってふるえることしかできないのか？

肚が据わった。ミアは歯を食いしばった。顔を上げる。

今までうつむき、従うことしかできなかった。だが初めて抗《あらが》う。腕を広げ、子どもたちの目から神の使徒たちの行為を隠す。聖域で受けてきた仕打ち。それを体が覚えている。ふるえが全身にくる。それでも彼らを直視する。

聖域で魔物たちを討伐の聖騎士の目からかばった時と同じだ。ミアは自分が空っぽではないことを、わずかなりとはいえ声の大きな者たちに逆らう力が残っていることに気がついた。

大事な施療院を、薬庫を荒らすのはやめてほしい。子どもたちにそんな姿を見せないで。

唇を噛《か》みしめてミアは必死に言った。

「お願いです、乱暴な真似はやめてください。欲しい品があるなら後で私が探します。あそこの整理をお手伝いしたのは私ですから。だから、どうか」

「お前が探すのは当たり前でしょ」

はっ、とベリンダが鼻で笑う。

「だって欲しいのは、聖者パウロの治療に使う薬なのだから」

「え、聖者パウ、ロ、様……？」

ミアははっとした。脳裏に、冷たい石棺の中で眠る師の姿が浮かぶ。そんなミアを見て、べリンダがにやりと意地悪く笑った。

「そうよねえ、知ってるわよねえ、どうして薬が必要か。聖者パウロが物言えぬ体になったのはお前のせいなんだから。ラモンが昔ここで聖者パウロに必要な薬草を見たと言ったのよ。この未開の森にしか生えない造血の草。だからわざわざこんな砦に立ち寄ったのよ」

「それって……」

ミアは茫然《ぼうぜん》と腕を下ろした。脳裏には飛び散る血潮と、『早く行きなさい』と、ミアを振り返った師の顔があった。

ベリンダを見上げるミアの顔からは、もはや自分の身を守ろうとする気力すら尽きていた。

3

遠い聖域で深い眠りについている、聖者パウロ。

彼が死に瀕《ひん》する重傷を負ったのは、ミアのせいだった。

そしてそれがミアが聖域で異端審問にかけられた最大の理由。ミアが討伐隊の目から隠し、保護していた竜が暴れて、師を襲ったからだった。

その時、討伐対象になっていたのは、聖域北部の山中に住む竜だった。ミアは聖女候補として、聖騎士たちの戦意を鼓舞し、怪我人が出た場合はその治療にあたるために同行していた。

そこで傷つき、追い詰められた竜と会ったのだ。

ミアが実際に目にしたのは、皆が言うような邪悪な魔物ではなかった。

ただの、傷ついた森の獣。ミアと同じく、迫害され、行き場を失った哀れな生き物だった。

だから思わず体が動いた。木の枝で竜を隠し、「ここにはいません、あちらに行きました」と、追撃の聖騎士に嘘《うそ》をついた。討伐が終わった後も、傷薬や食べ物を持っていった。その竜が突然、暴れた。隠れ家を出て、パウロ師の庵《いおり》を襲った。

折り悪く、ミアは他所《よそ》に出ていた。あわてて戻った時には遅かった。師は負傷していた。

どうして？　何故、あなたが？

竜の前に立ちはだかったミアに、師は言った。「逃げなさい。助けを呼んできなさい」と。

非力なミアでは負傷したパウロ師を抱えて逃げるのは無理だった。竜を止めることもできない。いつもおとなしかった竜の目がその時は血走り、常の状態ではなかったのだ。ミアの声も届かない。

だから師の言葉に従った。血まみれの師を置いてその場を去った。必ず戻ると懸命に駆けた。

(でも、あの子は悪くない。あの時、私、見たもの。持病なんかなかったパウロ師の体が痺《しび》れ、動かなくなっていたのを！)

そしてミアに「行きなさい」と言ったパウロ師の腹には刀傷があったのだ。

その後、竜は山に逃げ、聖者パウロは意識不明の重体として聖域の医局に運び込まれた。

そこにたまたま冷たい氷室で人を仮死状態にして生かす技を開発した神官がいて、パウロ師を眠らせ、傷を縫った。命は助かった。が、半ば凍らせた体では傷の治癒が進まず、失った血の量も多すぎ、氷室から出せば聖者パウロは確実に死亡する状態だった。

なので確実な治療法が見つかるまで、そのまま眠らせておくことになったのだ。

聖者パウロはミアにとって親も同然の人だ。その人が物言わぬ体になって冷たい棺に横たわっている。真相を究明したい、何故、師が狙われたのか、犯人は誰かをつきとめたい。そうミアが願うようになったのは自然だろう。でないと師がまた襲われるかもしれない。

(だって私、パウロ師に誓ったもの。助けを呼んでくると……！)

師を助けたい。正体不明の相手の手から。

自分も容疑者として捕縛されながら、ミアは必死に周囲の人たちに訴えた。だが相手にされなかった。神の敵たる竜が人を襲うのは当然のことと言われた。師の体には竜の牙による傷ならあるが刀跡などないと言われた。かえって「虚言で保身をはかるか」と心証を悪くした。

そうして、ミアはこの地に追放されたのだ。

神の敵である竜を匿《かくま》い、師を傷つけただけでなく、虚言を弄《ろう》した罪を問われて。

だからミアは表面上は罰を受け入れても心の底では従っていない。魔物たちへの友愛は変わらず胸にあるし、〈パウロ師に助けを呼んでくる〉という誓いは有効だ。聖域から遠く引き離されたがいつかは戻り、事件の真相を暴く。眠りについた師を目覚めさせる。それがミアの今の目的だ。だから。

ベリンダに師を助ける薬がある、そう聞けば動かざるを得なかったのだ――。

◇◆◇　◇◆◇　◇◆◇

ミアから正式に、聖女一行と共に薬草採取に向かうと報告が入ったのは翌日のことだった。

危険だからとリジェクが翻意を迫っても無駄だった。

「私は追放されたとはいえ聖域の人間です。聖者パウロ様を救うための薬なら、なおさら私が採りに行かないと。追放者の監視なら、聖域の方々がしてくださいます」

そう言われてはそれ以上、リジェクには止める権限はない。

「あーあ、タイミングが悪いったら」

「何がだ」

「昨日《きのう》のことですよ。ミアちゃん、絶対、団長を気づかったんですよ。だって団長が聖域と向き合ったから。立場悪くなったら大変って思ったんですよ。だからミアちゃん、彼らと行くことを了承して。……居心地悪いだろうに」

言われてリジェクは眉根を寄せた。こちらを気づかった？　いや、気遣いではない。昨日、目にしたことを思い出す。家政婦の知らせを受け、施療院に駆け付けたリジェクが見たものは、荒らされた中庭と、茫然と座り込むミアの姿だった。

（遅かったか……）

一気に頭の中が沸騰した。中庭にはすでに聖女ベリンダの姿はなく、残っていたのはラモン司祭の元へミアを連れて行こうとする供の男たちだけだった。つかつかと歩み寄り、彼女を背にかばうと主犯格の男を殴り飛ばそうとした。

その時、身動き一つしなかった彼女が動いたのだ。

きゅっとミアに外套の裾《すそ》を持たれた。

やめてください、と彼女の目は言っていた。施療院の子どもたちも窓からのぞいている。こんなところで激高した顔をしては駄目ですと。リジェクの立場を考えると、聖域一行と対立するわけにはいかない。下手《へた》をすれば王国と聖域の分裂を招く。それもあるだろう。だが彼女は自分の意思で、手を出すなと言っていた。

「申し訳ありません」

彼女は深々と聖域一行に頭を下げた。そして乞《こ》うた。聖女の言う通り、ラモン司祭の元へ連れて行ってくれと。

「どうか、聖者パウロのために、協力させてください」

そして説明してくれた。今の季節、ここでしか生えない薬草を彼らは採りに来たのだと。手に入れれば出て行く。ミアとてここにきて日が浅い。植生など知らない。だが少なくとも聖域一行よりは薬草について知っている。聖域では薬草採取はミアの仕事だったからと。

「それに私には雪だるま魔物たちがいますから」

うまく一人で砦の外へ出られたら、彼らに探すのを手伝ってもらえるかもしれない。だから心配しないで。そう言われてはリジェクもそれ以上は何も言えなかった。

自分は巻き込まれることを嫌と思っていなかった。むしろ巻き込んで欲しかった。だが。

「……言えるわけなかろう」

彼女は止めた。自分を。それは、これは聖域の問題で騎士団は関係ないという意思表示だ。接していればわかる。いずれ彼女は聖域に帰るつもりだ。彼女自身もそう自覚している。

だからリジェクは介入することを止《や》めた。立場が違うと態度で示されたから。だが、

(もどかしい)

一言、言ってくれたなら。自分は動くのに。

リジェクは固めた拳《こぶし》を、ぎゅっと握りつぶした。

◇◆◇　◇◆◇　◇◆◇

リジェクは行くことはないと言ってくれた。が、聖者に使う薬草だと言われれば行かないわけにはいかない。

気力を奮い立たせて、ミアは翌日、雪の降る合間の晴れ間を縫って、森へと出かけた。

土地勘のある砦駐屯の聖騎士たちが何人か案内についてくれたし、同行するラモン司祭はこの地の出身だ。行く場所も異教徒たちがいる平原とは逆方向の森で危険はない。が。

「あー、疲れた」

騎馬で雪の積もる森へ入るなり、ベリンダが休憩をすると言い出した。

「ちょっと、早く用意しなさいよ、愚図ね」

「あの、すみません。日帰りで来ただけなので、天幕の用意とかはなくて」

「使えないわね」

ここはまだ森の入り口だ。土地勘のないミアでもわかるのだから、そうとう端部分だと思う。必要だと教えられた薬草は常緑の、崖などの岩場に生えるタイプのものだった。

もっと奥の、山に近いところまで進まないと探せない。だがベリンダは、寒い、疲れた、もう一歩も歩けないと大騒ぎだ。

どうしようと途方に暮れたミアは、昨日、リジェクが助けてくれた時のことをお守りのように思い出していた――。

彼はミアを助け起こすと、頬についた雪をそっとぬぐってくれたのだ。そして、「……雪が」と言う彼の手は温かで、ミアは泣けてきたのだった。

リジェクが、かばってくれた。聖域の人たちから。それが怖かったのだ。

かばってくれた彼が怖いのではなく、こうして彼の優しさを受け取ることに慣れてしまった自分が無性に怖かったのだ。

彼は公平に仲裁してくれただけだ。なのに、もしや味方をしてくれたのではと考えてしまう自分がいる。彼は聖域から罪人の監視を命じられた騎士団長だ。ミアが犯した罪を知れば、さすがに眉をひそめる。それがふるえが出るほど怖くて。これ以上、聖域の男たちを刺激して、彼らの口からリジェクたちが聞かされていないらしい自分の罪を語られるのが恐ろしかった。

だから止めた。リジェクを。

彼が信じてくれた〈ミア〉。それを裏切ってしまうのが怖くて。彼に失望されるのが怖くて。

それにこのままでは彼が聖域と対立してしまう。

彼は魔導貴族。顔に包帯を巻いてまで、慎重に、トラブルにならないようにしていたのに。

だからミアはそっとリジェクの手を押しのけた。彼は驚いたように目を見開いたが、決意を込めて見返すと、黙って手を下ろしてくれた。

だからミアは今日、ここにいる。もともとこちらが自分の属する世界。戻るだけのことだと自分に言い聞かせて。聖域では居場所がなくて森に逃げた。だが今度は違う。自分の意思で森に行く。聖域に帰るのだと。何度も、何度も。自分の意思だと言い聞かせて。でないと……。くじけてしまいそうだったから。狡《ずる》くなったなと思う。

黙ってベリンダの罵倒《ばとう》に耐えていると、さんざん怒鳴り散らした後、彼女がじろっとミアの外套に目をつけた。

「……何、それ。どうしてお前みたいな子鼠がそんな上等の外套を持ってるの？」

「え」

「気が利かないわね。それをよこしなさい。足元に敷いて寒さ除《よ》けにするから」

ミアは息をのんだ。これはリジェクがくれた外套だ。これだけは嫌だと顔を横に振る。

「……逆らうの。私に」

ベリンダが機嫌を損ねた。周囲の目が厳しくなって、我儘なのは自分かと思えてくる。だがこれを手放せば代わりの外套のないミアは凍えてしまう。それだけではない。リジェクがミアのために大事な妹からの贈り物を仕立てて、手ずから贈ってくれたものなのだ。絶対に嫌だ。

「申し訳ありません、これは頂きものなので」

「あら。もしかして、あの団長がくれたとか？」

察したのだろう。ベリンダの目が意地悪そうに細まった。

「当たりね。ふーん、王都で聞いた時は冷酷って噂だったけど優しいのね。伯爵家の出だったかしら？　まだ直《じか》に会ったことはないけど、二十歳だっけ？　その若さで世襲でもないのに領主とか騎士団の団長なんて重い地位に就くなんてすごいわねえ。しかも準王族なんでしょ」

「準、王族？」

「あら、知らなかったの？　もちろん正式な位じゃないわ。通称よ。彼の妹が近々王家に、しかも王太子殿下に嫁ぐ予定でそんな扱いになってるのよ。血の繋《つな》がりもないのにマルス伯の跡を継いだのも箔付けのためかしら。王太子妃の兄が領地を持たないのは格好がつかないもの。ふふっ、こんな辺境の男、遊び相手にもならないと思ってたけど、ここにいる間、退屈だし、相手してみてもいいかしら。なかなかの美形なんですって？」

聖女は婚姻を禁止されてはいない。むしろ神の声を聞く貴重な血を残すことを奨励されている。ベリンダは貴族の出だし、半ば箔付けのために聖域に来ていただけだ。聖女の任期は短い。神の声が聞こえるのは若い内だけだからだ。

聖女を引退した後、そのまま聖職者としてとどまり後進の教育に身を捧げる者もいるが、ベリンダの場合は俗世に戻り、元聖女という肩書の元、有力貴族に嫁ぐだろうことは聖女候補の間では決定事項として囁《ささや》かれていた。だから、

「だ、駄目っ」

思わず言って自分でも驚いた。これではまるで、自分が彼を。

ベリンダに告白したも同然だ。蒼白《そうはく》になったミアを見て、ベリンダの唇がにやりと歪《ゆが》む。しまった。よけいにリジェクに関心を持たせてしまった。

「あーら、やっぱり好きなの。身の程知らずに」

「ち、違っ」

「子鼠のくせに馬鹿《ばか》みたい。あの人がお前に親切なのは年頃が似てるから。妹を重ねてるだけ

よ。王都で会ったわ。私には及ばないけど、とても可愛らしい令嬢だったわ」

　彼の妹のことはもう知っている。でも、

(代用品でも、いい……)

　ここにいる間だけでも彼にお茶を淹《い》れることができて、その温かさに触れられるなら。前は気づかなかった。でも自覚した。こうして顔を見ることもできなくなって、それがどれだけ貴重な時間だったかを思い知った。

「どうせ、それでもいい、とか、鼠じみたこと考えてるんでしょ」

　ベリンダが鼻で笑った。

「馬鹿ね。あなたみたいな娘が妹さんの身代わりなんてできるわけないじゃない。一国の王太子に選ばれる令嬢よ?」

　それでもミアはぎゅっと外套を握り締め、抵抗する。うまい話術なんか持っていない。だから体で嫌だと示す。この外套に他の人の、聖女の匂《にお》いをつけたくない。

　ミアが折れないと悟ったのだろう。ベリンダがへそを曲げた。すっくと立ち上がる。

「私、帰る」

「え?」

「私はお前と違って繊細なの。風邪でもひいたら世界の損失だわ。それに。そんな子鼠が着てた古着なんか欲しがるわけないでしょ。寒いから使ってあげると言っただけじゃない。なのに

何、その態度。まるで私が意地悪な泥棒みたい。不愉快だから、もう帰るの」

あわてたお付きが、「ですが聖女様、薬草が必要で」となだめようとしたがベリンダは聞かない。

「……あの。後は私が探しますから」

ミアはおそるおそる言った。慣れない人間がぞろぞろ歩いても見つからない。それにベリンダをここにとどめても機嫌が悪くなるだけだ。

「もちろん、見つけましたら聖女様にお渡しします」

言うとお供の者たちも、ならいい、と、見張りに志願したラモンを残して砦に戻ってくれた。

残されたのはラモンと、その従者だけ。

聖騎士ならともかく、外歩きに慣れていない彼らを連れまわすわけにはいかない。休憩地である洞に彼らを残して、ミアは再び森へと入った。

やっと、薬草探しだけに集中できる。目をつむり五感で草の香りを感じる。

必要なのは根や実ではなく、常緑の葉。なら、この雪の中でもどこかで顔をのぞかせているはずだ。わずかに差し込む太陽の光を求めて。

ここは聖域の森ではない。気候も違う。だが植物が求める生きるための環境に差はない。まだ眠りにつききっていない魔物の声に耳を澄ませ、当たりをつける。

「こっち」

ミアは見当をつけたほうを探す。すると真っ白だった世界に緑が見えた。あわてて駆け寄る。

残念ながら、それはラモンに前もって絵図で見せられた、造血の薬草ではなかった。

だが気になる。どこかで嗅《か》いだことのある匂いがする。

「これ……」

手を伸ばした時、風が雪を巻き上げ、そのきらめきで思い出した。

（あの、お祭の時の誘因香！）

いきなり襲いかかってきた魔物、その時、足元に転がされた花籠から匂った香りだ。あの時、ヘラルドに魔物を誘う香だと教えられた。それに。雑用を言いつけられて聖域の奥深く、貴重な香を保管する庫に入った時、これと似た香りを嗅がなかったか？

「まさか、これは……」

ミアが匂いを確かめるため、一枝折り取った時だった。雪を踏みしめる蹄《ひづめ》の音がした。

「あれ、それ、見つけたんだ。さすがは聖者パウロ仕込みの薬草採取の腕だね。まさかこんな初めての場所でも採取しちゃうなんて」

振り返ると、ラモンが馬から降りるところだった。何故か供を遠ざけ、彼は一人でミアを追ってきていた。ゆっくりと歩み寄ってくる。思わずミアは薬草を背に隠した。

「ん？　どうして隠すの？　ははん、じゃあ知ってるんだね、それのこと」

何だろう。ラモンは笑っているけれど、答えてはいけない気がする。

「どこで知ったのかな？　教えてくれないかな。ここの薬草庫にはなかったし、聖域でも普通の表の薬庫に出入りする聖女候補じゃ触れる機会はないはずなんだけど」

ミアはそっと後ずさる。本能が危険を告げていた。

「探していたのとは違うけど、これも貴重な薬草だからね、見つけてくれて助かったよ。僕が子どもの頃にはこの辺にはなかったけど新しく生えたのかな。ウーゴのせいでちょうど品薄になって困ってたんだ、せっかく見つけた群生地、ありがたく記録しておくよ」

ウーゴ、とは前マルス辺境伯のファーストネームだったはずだ。親戚《しんせき》だからラモン司祭が名を口にすることに不思議はない。が、何この言い方。ミアの背筋がぞくりとする。

「……これは、何ですか」

「もちろん」

ラモンが微笑む。晴れやかに。

「神の恩寵《おんちょう》だよ。異端である存在を屈服させ、足元に跪《ひざまず》かせるための香をつくる原料さ」

やはり。顔を強張《こわば》らせるミアとは対照的に、ラモンが親し気な微笑みを浮かべる。

「ま、もともと今回の薬草採集は君を一人にするための口実だからどうでもいいんだけど、でもこうして親しく話せるきっかけになったからいいかな。砦だと他の目が光ってるから。使い魔までいるの、気づかれないと思ってたのかな、彼は。今日はさすがに聖域一行と一緒だから同行させなかったみたいだけど」

くすくすと、ラモンが笑う。モンさんは司祭館に戻っている。なら、それはウームーのこと？

「どうして？　おかしなことを聞くね。もともと僕はここの出身だよ。魔導貴族や魔物のことなら君よりよく知っている」

「……どうして使い魔のこと」

そもそも僕たち司祭や修道士がどうして各地に派遣されていると思う？　と彼が言った。

「手にした情報、政治のこと、交易のこと、そして薬草や化学。すべての情報と知識を聖域に送るためだよ。集約された知識が眠るのが聖域だ。君はどうやってルーア教が各国に広がったと思ってる？　熱心な布教をしたから？　神の心に皆が感銘を受けたから？　違うね」

奇跡を、見たからだよ。ラモンが言った。

「腐った土壌に石灰を入れれば緑は甦《よみがえ》る、黒い黴《かび》のついた麦を食べれば人は病にかかる。東の地で普通に行われていた先人の知恵を西へと伝える。それだけで皆、僕たちのことを崇《あが》めて帰依していくんだよ。人は自分の益になる知恵は受け入れる。もっととねだるようになる。そうして少しずつ版図を広げた。聖域の歩みは人の叡智《えいち》の歩みでもあるんだよ。自分もまたその巨大な歩みの一輪になれることに心がふるえないか？」

「……その奇跡のために、この薬草を？」

これのせいでダミアン司祭の荷車が襲われたかもしれないのに。

「君には通じないか、大海の広さはいくら語ったところで鼠にはわからない」

ミアが睨《にら》みつけると、彼が大仰に肩をすくめた。

「まあいい。ここからが本題だ。君は僕の顔を見ても何も反応しなかったけど。会ったことはない？　いや、パウロ師のところで何か聞かなかったかい？」

何を、薬草のこと？　それにラモン司祭も。聖域に司祭は多い。会ったことはないはずだが。

そんなミアの様子を見て、ラモンが、ほっ、と、息を吐いた。

「知らない、か。なら、いい。君、聖者パウロにそこまで信用されてなかったんだね。彼が何かを託すなら君だと思ったけど、違ったみたいだ。追ったのは無駄骨だったかな」

彼が笑った。ミアは背筋がぞくりとするのを感じた。思わず後ずさる。身の危険を感じた。

ミアは必死にちぎり取った枝の一つを掌《てのひら》の中に握りこむ。これを持っていたら危ない。だけど残さなければ。それだけはわかった。

ラモンがゆっくりと歩を進める。

「本当は失踪という形が望ましかったんだけど。君が旅支度をしようものならあの団長殿が不審に思って止めるからね。事故がせいぜいだ。ま、そのほうがベリンダも喜ぶか。目に見える形ではっきり目障りな鼠が消えて」

ベリンダ？　まさか今の状況は彼女が望んだの？

「どうして、ですか」

思わず言っていた。

「……私は、落ちこぼれで。聖女の力ならベリンダ様のほうが。なのにどうして私を」

そこまで疎むの？　ずっと不思議だった。落ちこぼれが同じ候補を名乗るのが不愉快なら、無視していればいい。雑用だけをさせていればいいのに、何故自分が目の敵にされるのかが。

「だって君、子爵家の出なんだろう？」

言われて、ミアはとまどいながらうなずいた。本邸にいたのは幼児の頃で実感はないが。

「ベリンダはね、貴族家の出だけど、男爵家の娘なんだ」

「え？」

「それに。聖者パウロの弟子の座。彼女、狙ってたんだよ。彼を師父と仰げれば、その後の箔付けになるから。なのにパウロ師が選んだのは君だった」

「それは。私の師父の成り手がどなたもいらっしゃらなかったからで。それにベリンダ様はそんな箔付けなんかしなくても」

「そう。彼女は完璧《かんぺき》だよ。見栄えのする容姿、聖女としての力、自分の欲望に忠実な扱いやすい性格も上には受けがよかったしね。けどね、ほら、どんな美味な食事でも、ふとナイフを入れた魚に骨があったら不快になるだろう？　気になって取り除かずにはいられないだろう？」

君はベリンダにとって不快な魚の骨なんだよ、と、ラモンが教え諭すように言う。

「完全に無視するには存在が目について。素直なベリンダは不快感を隠すことができない。人前だろうと当たり散らす。だからね、それも都合がいいんだ。もし君の事故が不自然だと疑われてもベリンダが何かをしたと周囲は思う。そして僕がもみ消しに走ってもおかしくないと思ってくれる。何しろベリンダは大事な聖域の顔、聖女様だから」

え、と思った時には、ミアは衝撃を受け、体が宙に浮いていた。

ラモンに蹴り飛ばされ、崖から落ちたのだと気づいたのは、ゆっくり下へと落ちて行きながら、彼が持つ松明《たいまつ》の光に、彼の指にはまった何かが煌《きら》めいているのを見た時だった。

指輪だ。

ルーア教のシンボルたる神鳥に、何故か香油師の象徴であるマドンナ・リリーとローズマリーが絡んだ意匠が妙に目について見えた。

一度、崖下の雪に埋もれて、あわてて這《は》い出す。幸い雪が深く、柔らかく、大きな怪我はない。体は動く。見上げるとラモンは崖の上からこちらをのぞき込んでいた。ミアの力では到底登ることなどできない、切り立った高い崖の上から。

「そこ、新雪の吹き溜まりになってってね。落ちても骨は折らないけど、自力じゃ抜け出せなくなるんだ」

僕はここの出身だって言ったよね、と、ラモンが邪気なく笑った。

「もがいてももがいても雪が邪魔して埋もれていくだけなんだ。何人犠牲になったかわからない。だからここには人も来ないんだよ。君も春になったら見つけてもらえるかな」

ラモンが「じゃあね」と、言って去っていった。

「砦の騎士たちには、君が勝手に先行して、見失ったって伝えておくよ」

彼の姿が消えて。残されたミアはもがいた。だが体の向きを変えるのでせいいっぱいだ。動けば動くほどずぶずぶ沈むと悟ってからは、ミアは抵抗をやめた。

空を見上げる。曇天だ。

もともとわずかな晴れ間を縫ってここへ来た。夜までもつまいと思っていたがもう崩れかけている。ミアの耳に小さな魔物たちの声が聞こえる。天候が変わる、吹雪《ふぶき》になると言っている。

だがミアは何もできない。

事故をよそおうため、あえてとどめを刺されなかったのだとわかった。

だけどどうして。ベリンダは我儘聖女と言ってもその時の気分で怒ったり当たり散らしたりするだけ。本気で人を殺そうとまでは思わない。いや、思ったとしても、ラモン司祭にその願いを叶《かな》える義理はない。なのに何故ミア殺そうとする？

（口、封じ……？）

死にゆく者になら口を滑らしてもいいだろう。そう思ったのだろう。

『君の事故が不自然だと疑われてもベリンダが何かをしたと周囲は思う』

彼は確かにそう言った。つまりミアに殺意を抱くのはベリンダではなく、ラモン司祭だ。

（でも、どうして？）

ミアとラモン司祭は面識がない。聖域時代にも会ったことはなかった。聖域は広い。人も大勢いて、生活圏が重ならない限り、知らない人のほうが多いくらいだ。この地に彼が来てからも顔を合わせたことはない。今回の薬草採取で一緒になったのが初めてなくらいだ。

（だから。個人的な恨みとかじゃない）

だが彼はミアに殺意を持った。

では、何？　ミアが彼に邪魔だと思われる要素は何がある？

「薬草……」

ラモンが熱く口にしたのは薬草の知識共有のこと。それに彼は砦で薬草庫を漁《あさ》っていた。

「それに、パウロ師……！」

彼は、『君は僕の顔を見ても何も反応しなかったけど。会ったことはない？　いや、パウロ師のところで何か聞かなかったかい？』と、言った。既視感がある。前にリジェクも同じことを聞いてきた。

『狙いは君たちが持ち込んだ持ちものの何かではないか。君は聖域にいたのだし重要な機密などを誤って持ち出してしまった、重要事項に携わる人物と接触して何かを預かってしまった、など、何か心当たりはないか』

あの時は何も預かっていないとそれ以上考えなかった。が、ラモンの言動は。

「私、何かを預かってる……？」

国境を越えてまでも何度も賊に襲わせ、最後には命を狙わなくてはならない何かを。

考えろ。いや、思い出せ。

（きっと薬草絡みよね？）

だがいくら考えてもわからない。ミアはふと、手に握り締めていた香草を見る。この地に来て知った、魔物の誘因香。その原料だと、ラモン司祭が明言した品を。

『探していたのとは違うけど、これも貴重な薬草だからね』

彼は言った。関わっている薬草はこれだけじゃない、複数だ。ラモンは、

『集約された知識が眠るのが聖域だ。君はどうやってルーア教が各国に広がったと思ってる？』

奇跡を、見たからだよ。とも言った。

「……聖域には、西方諸国各地にある修道院などから送られた薬草がある」

すべての知識は聖域へと吸い上げられる。その中には異端である魔物を滅するための誘因香の研究も行われていてもおかしくない。もしかして、

「パウロ師に傷を負わせた、あの時のこと……！」

自分は確かに見たのだ。あのおとなしかった竜が興奮し、もだえていたのを。

あれが誰かに薬を盛られた故だとしたら？　そしてパウロ師があの時、体が動かなかったのも、竜がパウロ師の庵で暴れたのもすべて偶然ではなかったら？

事故に見せかけた口封じ。

だって魔物を操る香を作る技を持っているのだ。竜を興奮させる薬だって作れるのでは。

「知らせなきゃ」

リジェクに。砦の皆に。ラモンが砦で探していたのは、きっとそれら後ろ暗いことに使う薬草だ。この地でしか採れないもの。実物と、現生地を記した何か。

マルス伯の急死で何も知らないリジェクが後任となり、流通が止まった薬草を手に入れるためにラモンはここへ来たのだ。パウロ師の薬を探すなんてでっちあげだ。そして、ベリンダは口実にされただけ。

生きて返らなくては。さもないと無実のベリンダが元凶とされて、ひいては自分たち聖女候補すべての印象が悪くなる。本気で次期聖女位を狙って研鑽《けんさん》を積んでいる子だっているのだ。このことが誤って伝わり聖女制度まで廃止になったら。彼女たちは生きる支えを失う。何より。

（パウロ様の真相を、まだ命を狙われてることを伝えなきゃ……！）

ミアは懸命にもがいた。だがラモンの言った通りだ。もがけばもがくほど、ずぶずぶと雪にはまっていく。もう、外に出ているのが顔だけになって。ミアは思った。

（最後に、会いたかったな……）

胸に浮かんだのは、リジェクの顔だった。

それに優しい砦の人たち、モンさんや森の魔物たち、そして遠い聖域で眠りについている師。

「申し訳、ありません……」

聖者パウロが眠りについたのはミアのせいだ。だから聖域に戻ってもう一度、師に会って謝りたかった。いや、今こうして事の真相に近づいたのだ。なら、一連の黒幕を捕まえれば盛れた薬がわかる。解毒剤も作れる。なのにやっと希望の光が見えたのに。ミアは何もできそうにない。体が手足の先からどんどん冷たくしびれていく。

ラモンはミアの死をどう報告するだろう。森で迷子になったとでも？　嫌だ。せっかく、誘因香の素を見つけたのに。ラモンが関わっているらしいことがわかったのに。

（せめて、メッセージを残せたら）

ふるえる手で雪をとって握る。春になったら見つかると言うのなら、枝を中に入れて保管できないかと、形を作る。すると、

「え……？」

ふわり、と。何か温かなものがミアの頬《ほお》をなでた。姿の見えない、意思持つ何か。それがすっと雪玉に吸い込まれていくのをミアははっきりと感じた。そして、
雪玉が動き出した。

ひょこんとミアにお辞儀をして、小さな雪玉がころころと転がって見せる。

「あ、魔物化……？」

呰で、何度か自分が作った雪玉が動き出すのを見た。だけど偶然だと思っていた。でも。

（もしかして、私の力って……）

さっき、この証拠を残したい、呰のリジェクに届けたい。そう祈って自分は雪を捏《こ》ねた。そしてその想いに応えるように、頬をなでた誰かの意思。あれは、魂核？

「私の力って、自由に魔物を作り出す力？」

いや、違う。ヘラルドに聞いたではないか、魔物の成り立ちを。宙を漂う器を持たぬ魔物に器を与える。自分はその力を持っているのだ。

なら、できることがある。

まだ希望は潰《つい》えていない。ミアはいそいで外套の端を裏向ける。薬草採取のために持ち歩いている小刀をあて、細くリボンのように切り裂く。偶然手に入れた貴重な枝に結び付けると、雪だるまに持たせる。

「これを、団長さんに」

小さな雪だるまに、届けて欲しいと、貴重な証拠を託す。

彼ならこれを見れば気づいてくれる。希少な毛織物。贅沢好きのベリンダでも持っていなかったドラコルル地方の布。修練女服と違ってこれを今着ているのはここではミアだけだ。

それに沿えた薬草。王国の魔導貴族として普段から香を焚《た》き、薬草にまで通じている彼なら

わかってくれる。ミアはここから動けないが、自重の軽い小さな雪だるまなら、この吹き溜まりを越えて砦まで行ける。だから、

「お願い！」

ミアは万感の思いを込めて雪だるまを送り出した。それがミアに残った最後の力だった。

ぱたりと宙に伸ばした手が雪の上に落ちる。そして、ミアはそのまま意識を失った。

ミアの手から転がり落ちた雪玉は、無事、ころんと雪の上に着地する。

それから、あわてて動かないミアににじり寄ると、起きて、ねえ、起きて、とゆする。だが当然、応えはない。

小さな雪だるまはそっとミアから手を離した。決意を込めて背を向ける。そして。

雪だるまは小さな体を左右に揺らしながら、一路、騎士団が常駐する砦を目指した。

◇◆◇　◇◆◇　◇◆◇

とっぷりと日も暮れた夜のこと。

その時、リジェクは、聖女ベリンダに夕食を共にとるようにと迫られていた。

今までは砦のほうへは興味も示さなかったのに、いきなりの強引な訪問に、リジェクは不快を隠しきれない。だが、ミアが彼らと行動を共にすると言った以上、自分がベリンダの機嫌を

損ねては後でミアに腹いせが向かう。無下に断ることもできず、何故、こういう時に限って自分の魔王顔がきかないのかと眉をひそめ、ミアの所在を訊ねた時だった。

「あの子鼠？　置いてきたけれど」

あっけらかんとベリンダが言った。まったく罪の意識など感じていない顔で。

「……この悪天候の中、置き去りにしてきた、というのか」

「知らないわよ。あの子鼠が残ると言ったのだもの」

リジェクは手を握り締めた。言いたいことはある。が、今は時間が惜しい。

ベリンダの言葉が本当なら、ミアは今頃一人で森に置き去りにされている。リジェクは即座にヘラルドに捜索隊を組織するよう命じた。部屋を出ようとするとベリンダが言った。

「ちょっと、どこへ行くの、私との会食は⁉」

「会食、だと……」

この女は本気で不思議がっていた。何故、リジェクが出かけるのかと。

付き従う他の者たちも同じだ。皆、ミアがどうなろうが関係ない、いや、ミアの存在自体、頭にない。無関心だ。ミアが聖女ではないから。そこに聖域の歪《いびつ》さを見た気がした。

「……これが神の使徒の正体か」

「え？」

「どうやら私とあなたの思う良心とは、別物のようだ。失礼。あなたとは違い、私には人としてやるべきことがある。うちの聖女が助けを呼んでいるようなので」

うちの、と、身内であることを強調して、ミアが聖域ではなく、俺《おれ》たちの所属だ、と、はっきりと示した時だった。

ずしん、と、振動が響いた。傍らの杯《さかずき》に注がれた食前酒の表面に波紋が生まれる。

「雪崩《なだれ》か？」

また、ずしん、と衝撃が来て、花瓶が倒れる。ベリンダが悲鳴を上げて捕まってきた。それを押し返し、何事だと、音と揺れの震源を探す。

ずしん、ずしん、ずしん、
音と振動はどんどん大きくなり、近づいてくる。絶え間なく連続して響く音と揺れ。外からだ。そして何事かと窓から外を見た者は、皆、凍り付いた。

「う、うわあああ」

巨大な雪だるまが、ぬっと城壁の上から顔を出していた。体を左右に振りながら砦に肉薄してくる。リジェクは思わず目を見張った。ヘラルドがつぶやく。

「あれ、もしかして……」

「ああ、彼女の能力は魔物の器を作ることだったんだ」

感じる。雪だるまの中に巣くう、多数の魔物の気配を。

あれだけの質量だ。よほどの力がないと操れない。だからだろうか。目の前の巨大雪だるまからは多数の魔物の気配を感じた。

これはきっと彼女からの使者。が、何故、このサイズなのか。

「雪だるまに足はない。だからか……」

彼らは左右に体を揺らしながらずりずりと前に進むか、横になって坂道を転がり落ちるしかない。これでは距離は稼げない。だから決意したのだろう。一刻も早く砦につくために、人の目につくことも覚悟のうえで坂道を転がったのだ。

横に寝転び、怒涛《どとう》の勢いで転がれば、自身の周囲に雪が付く。雪だるま式に膨れ上がる。体が巨大化し、操る魔力がいきわたらなかった部分は森の雪の下で眠りについていたドングリ魔物やキノコ魔物たちが目覚め、力を貸してくれたのだろう。

すべて、彼女のために。

胸が熱くなる。ああ、やはり彼女は聖女だ。彼女こそが魔物使いの聖女。神の敵と言われ、虐げられた他者たちの絶対の味方、魔物の巫女《みこ》。

「嘘、これは夢よ、あり得ない……」

日頃から雪だるま魔物とその体の特性を知っている砦の騎士たちは平気だが。魔物に耐性のない聖域一行がふるえる声で言うと次々と気絶している。

「かえってよかったな、これで集団幻覚で片付けられる」

気絶した聖域一行をとりあえず部屋の隅にまとめて、一応、風邪をひかないように毛布をかけて。

「団長、これを。あの雪だるまが渡してきました」

大きすぎて城壁内に入れずにいた巨大雪だるまの麓《ふもと》まで馬を飛ばしてきた門番の兵士が、室内に駆け込んでくるなり、小さな布の切れ端をつけた枝を差し出した。

「これは……」

どこか甘い香り。あの誘因香と同じだ。そして結んであるのは。

「ミアの外套、か」

リジェクの顔がほころんだ。彼女が自分にメッセージを送ってくれたことを正確に理解して。

今までずっと互いの立場のことを考えていた。

最初は近寄れば怯えられるのではないかとさんざん苦悩し、距離が近づいてからは騎士と元聖女候補の立場から深入りしてはいけないと自分を戒めてきた。

だが、彼女が助けを求めてくれたのだ。

皆が恐れるこの自分に。それに応えなくてどうする。いや、彼女が嫌だと言っても、もう自分は止められない。限界だ。

「ウームー！」

己の影から使い魔を呼び出す。この雪では馬は役に立たない。ウームーの空間を操る術を利用して風を防がせるしか、彼女の元まで行く手段がない。

「あー、やっと腹をくくりましたか」

訳知り顔に言うヘラルドを睨《にら》みつけ、外へ出る。

巨大雪だるまの真下まで駆け、声をかける。言葉が通じるか不安だったが、わかってくれたようだった。巨大雪だるまはぶるっと体をふるわせると、ぱんっと弾《はじ》けた。無数の小さな雪だるまになって、ゆっくりと降ってくる。大きな体では案内しにくいと思ったらしい。

そのうちの一体が、リジェクの馬の頭に降り立った。来い、というように顔を振る。

「頼む、案内してくれ」

応えるなり、リジェクは馬に鞭《むち》をあてた。雪だるまに導かれ森へ入ると、崖下の一角に雪が積み重なり、窟《いわや》になった場所があった。

中に彼女がいた。

雪だるまたちが必死に壁となり、屋根となり、彼女を雪や風から守っていた。

だが雪でできた彼らは彼女に触れれば余計に体温を奪ってしまう。風を防ぐのでせいいっぱいだったらしい。見つけた彼女はすでに意識がなかった。

「ミアっ」

名を呼んで、氷のように冷たくなった小さな体を抱き上げる。ゆすると彼女が目を開けた。

「……あ、団長、さ、ん」

ふにゃりと、彼女の顔がほころぶ。いつも礼儀正しく、遠慮がちな彼女のろれつがまわっていない。夢とうつつの区別がついていないのか。

あわてて外套の前を開けて彼女の体を包み込む。手足をこすり、熱を取り戻そうとする。そんなリジェクに、彼女が言った。もう少しだけ、傍にいて、いいですか……、と。

「私、妹さんの代用品に、なりたい……」

そして彼女はまた意識を失った。

何を思ってそんなことを言ったのかわからない。だが彼女は傍にいたいと言ってくれた。リジェクを怖がらなかった。

愛《いと》しさでいっぱいになった。

こんな吹きさらしの場所で再会できてよかったかもしれない。さもないと立場も忘れて強引に彼女に触れてしまいそうだった。

小さな体を抱き上げる。砦に連れ帰り、彼女の濡《ぬ》れた衣を脱がそうとして、騎士館には女手がないことに気がついた。今までどれだけ彼女に不自由をかけていたのだろう。

「すまない」

非常時だ。眠る彼女に謝り、濡れて半ば凍り付いた服を脱がす。そして手ずから湯に入れる。ウームーにさせるという手もあった。だが魔物とはいえ、他の男に彼女を任せるつもりはなかった。なるべく彼女の柔らかな肢体を見ないように丁寧に湯をふき取り、寝台に寝かせる。

彼女の傍らに横たわり、温もりを分け与えながら、彼女の手を握る。すう、と眠ってしまったミアの髪に口づける。愛おしさがあふれ出た。

そして改めて自覚する。

これは恋だと。

ただの庇護《ひご》欲などであるわけがない。こんな凶暴な炎じみた熱は。

たぶん初めて彼女を見た時、箱に入ってふるえている彼女を目にした時にはすでに自分は魂を射抜かれていたのだろう。今までその自覚がなかっただけだ。

「……伝手を使う時だな」

彼女を守るために。使える者は何でも使う。もう気が進まないなどとは言っていられない。

ああ、ヘラルドの言う通りだ。腹はくくった。

意識のない相手に卑怯《ひきょう》だと知りながら、彼女の額にそっと口づける。

自分の温もりを、すべてを分け与えるつもりで、もう一度、彼女の温もりの戻りつつある肌に唇を押し付ける。

あどけない顔。

気を失った彼女を連れ帰るのはこれで二度目だ。

一度目はヘラルドが逃がすのを黙認した。不器用な自分では彼女を構いすぎ、抱きつぶしてしまいそうだったから。だが、今度は。

細心の注意を払う。それでも手元に置く。

もう二度とこの顔を涙にくもらせたりはしない。相手が聖域だろうとかまわない。彼女の意思がどこにあろうとも介入する。

(彼女は、私の聖女だ)

だから。

もう、遠慮はしない――。

第四章　誰が聖者を殺したの？　―雪解けの水と最後の事件―

1

なだめるように、温かで柔らかなものが降りてくる。

何度も、何度も。ミアの額に、凍えた頬《ほお》に、そっと優しく、それでいて力強く触れる。

ああ、きっとこれは夢だ。温かな、幸せな夢――。


――目が覚めると見知らぬ天蓋《てんがい》が見えた。

「もう少し寝ていろ」

声が聞こえて、ミアは、え？　と振り向く。

リジェクがいた。肌が触れ合いそうな近くに。しかも上着も手袋もとった、シャツ一枚の姿だ。はっとして自分を見ると素肌にぶかぶかのシャツを着て毛布を纏《まと》った格好だった。

声にならない悲鳴が出た。というか喉《のど》が痛い。掠《かす》れきって声が出ない。

「声を出そうと無理をするな」

あられもない姿に真《ま》っ赤《か》になって毛布で体を隠すミアに、リジェクが己が着ていたシャツを脱いでかけてくれた。現れた逞《たくま》しい体にさらにパニックになると、彼がなだめるように手を伸ばして、ぽんぽんと頭をなでてくれた。

「大丈夫だ。騎士にあるまじき行為はしていない。それに、その、君を温めていたのは私だけではない」

見るとモンさんが後ろにいた。足元や枕《まくら》の上にはモモンガ魔物や森の魔物たちがいる。

ミアが目覚めたのに気づいて、モモンガ魔物が、キュイッ、と鳴いて飛び上がった。寝台の上を短く滑空して、すぽんとミアの 掌《てのひら》 の中に飛び込む。

(冬眠、してたはずなのに)

心配したんだよ、というように顔を擦《こす》りつけてくるモモンガ魔物を、ミアは両の掌で包むと頬ずりした。他《ほか》のキノコや栗鼠《りす》や、室内で溶けたりしない森の魔物たちも次々とシーツの上をよじ登ってミアの膝《ひざ》や肩に上がってくる。

「皆、君の危機だと、ふらふらしながら起きて来てくれた。私だけでは君の全身を覆うことができなかったからな。助かった」

リジェクは前から、モンさんが後ろから。そして隙間《すきま》を森の魔物たちが埋めてくれたらしい。

「愛されているな、君は」

言われて、頬が熱くなる。リジェクがもう一度、寝ていろと言ってくれたが、皆の姿を見たらもう寝てなんかいられない。ごめんなさい、ありがとう、と仕草で示して、皆を抱きしめ、口づける。そんなミアを見て、リジェクが、ふっ、とかすかに笑みに似た息を漏らした。

「今、温かな蜂蜜《はちみつ》湯をもってくる」

ミアが目覚めた時のために用意していたのか。リジェクが暖炉にかけた鉄瓶から湯気の立つ甘い湯をカップに注いでくれる。手渡されたそれを少しずつ飲み込んで。

ようやく声が出るようになったミアを労《いたわ》るように、リジェクがもう一度、寝台に横たえる。そして教えてくれた。無事救出されたのは雪だるまたちが頑張ってくれたからだと。

「君の無事は聖域一行には伝えていない。伝えるべきかとも思ったが、君を救出に出た後、ヘラルドに彼らが言った言葉を聞いてその気も失《う》せた。彼らは、君が、聖女が危ないと止めたのに、勝手に競争意識を燃やして進んで崖《がけ》から落ちたと言ったそうだ」

きゅっとミアは唇を噛《か》んだ。そうなるとは思っていた。が、やはりひどい。

先に違うことを言いふらされて、本当のことを言っても信じてもらえない空気にされてしまう。今までずっとそうだった。だけど、

「本当は、違うのだろう？」

リジェクが言ってくれた。

「君がそんな真似《まね》をするわけがない。それに君はこれを私によこしてくれた」

この香り、覚えがある、と、リジェクが雪だるまに託した枝を見せてくれた。ミアが目印代わりにつけた、外套《がいとう》の切れ端がついている。

「勝手だが、私は君を守ると自分に誓った。だからこれからは遠慮なく介入させてもらう」

真摯《しんし》な銀の瞳《ひとみ》で見つめられて、ミアはこくりと息をのむ。

「君の意思も聞かずにすまなかったが、騎士の誓いは絶対だ。だから君も覚悟してくれ。うちのミアが抱えた問題は、私の問題だ。聞かせてくれ。本当のことを」

うちの、と、身内扱いをされてミアは目の奥が熱くなるのを感じた。

この人はどうしてミアが欲しい言葉がわかるのだろう。

いや、言葉だけではない。それが真実だと、態度でも示してくれる。彼の大きな手で触れられて、肩の力が抜けた。ずっと我慢していたものがあふれ出る。

彼が信用のできる人だということはもうわかっている。だが今まではずっと本当に頼っていいのか、自分の事情に巻き込んでもいいのかと迷っていた。

手を差し伸べてくれた師パウロもあんな目に合わせてしまったのだ。二度とあんな失敗はしたくない。でも、もう一人ではいっぱいいっぱいで。

「君も知るように、私には妹がいる」

唇を噛みしめたミアに、リジェクが言った。

「領地にいた頃《ころ》は朗らかな性格だったが。王都の社交界には魔導貴族を快く思わない者も多い。委縮してしまった。外への興味を失い邸《やしき》に引きこもるようになってしまったんだ」

あの噂《うわさ》の妹さんが？　ミアは思わず顔を上げ、リジェクを見る。

「だが妹は恋をして変わった。守られるだけではなく、自分で大切な人を守ろうと立ち上がった。……だから。私も認めざるを得なかった」

彼の言う妹さんの〈大切な人〉とは、婚約者である王子のことだろう。リジェクは妹を奪っていく、複雑な心境の相手まで持ち出して、ミアにも勇気を出せと言ってくれている。

それでもためらう。本当にこの手を取っていいのかと。

ミアは知らず、いつもの困ったような、あきらめきった表情を浮かべていた――。

◇◆◇　◇◆◇　◇◆◇

その儚《はかな》げな姿にリジェクは悟った。

ああ、そうか。初めて箱に入った彼女を見つけた時に感じた印象は、正しかったのだ、と。

彼女は捨てられた子どもだったのだ。家族から。そして今、聖域から捨てられてここにいる。

そんな彼女が臆病《おくびょう》になってしまうのは無理もない。今までさんざん希望を抱いては無残に打ち砕かれてきたのだろう。心が幸せになることをあきらめてしまうほどに。

逆に、怯《おび》えさせた自分が悪かった。そう思った瞬間、リジェクは動いていた。

◇◆◇　◇◆◇　◇◆◇

「だ、団長さん?!」

ミアは驚いた。何故《なぜ》なら、急に彼が寝台に上がるとミアを起こし、抱きしめたからだ。

「あの箱の大きさはこれくらいか？　私では入らないな」

言って、彼がミアを抱きかかえたまま膝を立てて座り込む。

「とっさに私の部屋に君を運んだから。ここにあの箱はない。が。代用にはならないか？」

耳の後ろで囁《ささや》かれて、それで彼が何故こんなことをしたかがわかった。ミアを落ち着かせるためだ。自分が箱代わりになって、怖くない、怖くない、と優しくなだめるため。大きな寝台の上で狭苦しく身を縮めて、一緒に箱に入ったふりをしてくれる彼。ミアは泣きそうになった。

パウロ師はよく言っていた。「いつかお前にも儂《わし》以外で隣にいてくれる誰《だれ》かができるよ」と。

ミアは自分を抱き背を丸めたリジェクを見て思った。もしかして自分は見つけたのだろうか。

彼が言った。

「言ってくれ」

君の口から聞きたい、と。

「私に何をして欲しい？」

それはミアへの励まし。きっと君も大切な人のためなら強くなれる子だという信頼の言葉。

だからミアは言った。次々とこぼれ落ちる雪解けの水のような涙を浮かべながら。

「助けて、ください……」

泣きじゃくりながら言う。彼に頼む。すべてを話すから。犯した罪のすべてを。だから聞いて欲しいと。

そしてそんな彼女を、優しく彼は受け止めてくれた。

2

「私の罪は、聖者パウロ様に、瀕死《ひんし》の重傷を負わせてしまったことなのです」

場所を移して。ミアは告白した。自分が犯した最大の罪を。リジェクにヘラルド、軍医、リジェクに従って都から来た人たち。決して聖域には通じていないと信じられる人たちを前にして。もちろん窓の外には雪だるまたちがいるし、モンさんも一緒だ。

「師は瀕死の重傷を負って、時を止める聖なる間で眠り続けているのです……」

ミアが異端審問にかけられた最大の理由は師父が死に瀕《ひん》したから。ミアが保護していた竜が暴れて、師が命を落としかけたからだと。自分の側から見た事実を、自分の言葉で語る。

聖域の人たちには一笑された。だがこの人たちなら聞いてくれる。そう思ったから。

「でも。あの子は皆が言うような邪悪な魔物ではありませんでした」

ただの、傷ついた森の獣。ミアと同じく、迫害され、行き場を失った哀《あわ》れな生き物だった。

だから体が動いた。今でも魔物たちをかばう。それは自分がしたことが間違っているとは思えないから。師も最後まで竜をなだめようとしてくれていたから。

「だから、竜は悪くないんです」

あの時はよくわかっていなかった。聖域の怖さ、世俗の怖さ。だけど今ならわかる。

「ここへきて、誘因香のことを聞いて思ったんです。もしかして、あの子が暴れたのは、誘因香のように竜に効く、我を忘れる薬か何かを使われたのではないかって」

だって、と必死に言う。

「あの時、私は見たんです。あの子の背に矢が刺さっているのを。討伐の際に受けた傷は私がすべて手当てしたのに。それに、私に逃げろと言ってくれたパウロ師のわき腹にも人がつけたとしか思えない刀傷があったんです！」

ミアは聖域で必死に訴えた。竜が興奮していたのはあの矢のせいだと。師の体が動かなかったのも刀傷のせいではないかと。

だが相手にされなかった。

竜の矢傷などミアが見たと言っているだけ。駆け付けた聖騎士たちからは何の証言もないと。師の体にも刀傷などない。竜の爪跡《つめあと》しかないと言われた。毒も検出されなかったと。だがあの刀傷、あれが刃《やいば》に何かを塗ってあったのなら。師が動けなかったことにも説明がつくのだ。

「……上から、ごまかすために別の疵《きず》をつけたな」

「え」

「パウロ師の傷のことだ。君が助けを呼びに行った後、討伐隊に先んじて、いや、討伐隊に交じってでもいい。駆け付けた黒幕の手先が、パウロ師の刀傷の上から竜の爪で傷をつけたのだろう。それなら傷跡などわからなくなる」

ミアははっとした。クマや狼《おおかみ》の牙《きば》だって猟師から手に入れることができる。聖域の麓《ふもと》には、討伐隊が狩るので竜の牙や爪《つめ》を土産《みやげ》として売る店もある。事前に用意はできるのだ。

「そして、パウロ師の動きを奪った薬にしても。未登録の成分であれば検出などできない」

そもそも毒を盛られたと特定できるのは、その毒が一般に知られていて、どんな症状が出るか、どんな試薬に反応するかを薬師が知るからだ。知らない毒は検出できない。

「……私は聖女候補として聖域の薬草庫に出入りしていました。師と仰いだ聖者パウロも薬師としても高名な方でした。私が魔物と仲良くできると知らない人たちは、竜を手当てできたことも含めて、私が魔物に対する薬に詳しいと思い込んでいる可能性はあります」

竜のことにしても。もしあの竜を傷つけた矢じりに何かの薬が塗ってあったら？

「私がその薬のことに気づいていると、その矢じりを回収して隠し持っていると邪推されているなら。何も聖域から持ち出していないのに、執拗《しつよう》に持ち物を狙《ねら》われたわけがわかります」

ミアはふるえながら言った。聖域は巨大な組織だ。神を信奉する者の清廉な集まりではあるが、大陸の西方諸国すべての国教となる教えで王たちも頭を下げる。そんな状態では当然、権力も集まりやすく、腐敗も進む。

今までのミアはこんなことを考えなかった。だがラモンの言葉に触れた。考えざるを得ない。

リジェクが言った。

「調べよう。その事件を。そして君とその竜が利用されたのだと証明しよう」

「え」

「君を崖から突き落としたこと、跡はもう雪で消えているし、ラモン司祭の罪を問うのは難しい。目撃者もいないことだし、言い抜けるだろう」

ならば、君の身の安全を図るためにも、元となった過去の事件を叩《たた》く方が早い、と彼は言った。

「私も一度、濡《ぬ》れ衣《ぎぬ》を着せられたことがある。明かせるのは自分だけだ」

「ああ、そういえばそういうことあったね」

と、ヘラルドが言った。

「妹ちゃんが絡んだ事件。あの時はそうそうに暴走しちゃったけど。今回は冷静だね」

リジェクが「馬鹿《ばか》」と言った。

「あの時は暴走しないとにっちもさっちもいかなくなっていただろう」

聞くと、昔、リジェクの妹ルーリエ嬢に殺人の容疑がかかったことがあったらしい。リジェクが逃亡して目を引きつけないと、司法官に拷問を受けかねない状態だったとか。

「今回は幸いと言うべきか、聖者パウロと竜の件に関する異端審問は終わり、君は罪に服している身だ。時間の余裕はある。それに超法規的措置をとると後が面倒だ。誰かに借りを作れば代償に何を要求されるかわからない」

実感がこもっている。いったいどんな借りを作って何を要求されたのだろう。首をかしげていると、ヘラルドがこそっと教えてくれた。

「妹ちゃんと王太子殿下の婚約を認めろって言われたんだよ、陛下から。王太子殿下が妹ちゃん以外とは結婚しないと言い張られて。うちの王家って後継者不足だからどうしても殿下のお子が必要で。で、陛下も必死になって。普通は玉の輿《こし》だって喜ぶんだけど団長は大不満でさ」

そういえば団長は妹大好きな人だった。

「ここだけの話で本人には知らされてないけど。実はここに来るのも左遷扱いだったんだよ」

「え、左遷?」

「君に用意した部屋を見れば気づいたと思うけど。団長、ああ見えて可愛《かわい》いものに目がなくて」

しみじみとヘラルドが言う。

「妹のことも猫かわいがりしてて。で、結婚もしぶしぶながら了承したことはしたんだけど、殿下がドラコルル家を訪れたりなんかすると、じーって妹ちゃんの背後から圧を送って。殿下は温厚な方だからにこやかに流しておられるけど王族相手にさすがにねえ。それに婚約期間なんて一番相手と仲良くしたい密月じゃない。ただでさえ公務が忙しくてなかなか会えないお二人なのにって周囲が見かねて、団長を妹ちゃんから引き離すために辺境送りにしたんだよ」

……どんな理由だ。

だがそれだけ彼は妹を愛しているのだ。ベリンダの言葉がよみがえって少し寂しくなった。

リジェクが、どうも誤解があるようだが、と言った。

「彼女とルーリエを重ねる者が多いようだが。二人は全然違う。だいたい私はミアを妹扱いしたことはない」

「え、でも」

と、何故かミアではなく他の同席者たちが反応した。

「似てるじゃないですか、ルーリエちゃんとミアちゃん。ルーリエちゃん、見た目は団長系で氷の淑女って感じですけど、しぐさとか小動物みたいで可愛いし。だから団長はミアちゃんのこと構うのかなって思ってたんですけど」

人の妹を勝手に名前呼びするな、と、ぎろりと睨みをきかせて、リジェクが「確かに似ているところもある。が、たまたまだ」と言い切る。

「私はミアの目に惹《ひ》かれた」

「え」

「木箱に入ってふるえながら、だが生をあきらめず懸命に見上げてきた瞳に惚《ほ》れた」

皆の前で堂々と言われて、ミアはかあああと顔に熱が上る。

「それでいて、すべてをあきらめたような顔をする。守ってやりたいと思った」

うわあ、言い切ったよ、この人、と、皆が居心地悪そうにする。リジェクがミアを見た。

実は、と前おいて、王室経由だという報告書を見せてくれた。王太子はシルヴェス王国の聖職者すべてをまとめる神殿長とは懇意だそうだ。

「君を襲った野盗だが。中毒症状が出てな。軍医が最近、聖騎士の間で流行《はや》っている症状と似ていると言ったので、殿下に頼んで他国の状況を調べてもらった」

「申し訳ありません、都では見ないものだったので特定までに時間がかかりました」

リジェクやヘラルドと共に王都から赴任してきた軍医が言う。

「最近、若い聖騎士どころか世俗の者の間にも、病に倒れる者が増えているのだとか。そして一部では麻薬ではと囁かれているらしい」

麻薬。祭儀と麻薬の関係は密接だ。

古くは神との対話を為すために、信者の苦痛を取り除くために、そして恐れを知らない戦士を作るためにも使われた。今でも有用とされているものもある。

そもそも麻薬と薬草の境もあいまいなのだ。罌粟《けし》などは病人や怪我人《けが》の痛みを取り除くのに必要だし、気分を落ち着けるのに香草の精油を使うのは当たり前のことだ。

その分量と用途さえ専門の薬師の管理下に置けば、有効な品ばかりなのだ。

「前から黒い噂はあった。祭儀で使う香に怪しげな成分が混ざっているとか、大量の麻薬の原料が聖域に秘匿されているとか。……昔は適正に使われていたのだろうが」

きっと。もともとそういった薬も小競り合いの絶えない危険な辺境で神経をすり減らす騎士たちの心の疲れをとるために使われるなどしていたのだろう。薬として。

怖いのは毒ではなく、人。つくづく思った。

それにしてもすごい。一国の王子がここまで協力してくれるなんて。ミアは改めて分厚い報告書を見て感動した。だがリジェクは渋い顔だ。未《いま》だに王太子に対して複雑な思いがあるらしい。申し訳のないことをした。顔を上げられない。そんなミアにヘラルドが言った。

「いいんですよ。どうせ仲直りの口実を探してたんですから、素直じゃないうちの団長殿は」

「え」

「何のかんの言いつつ王太子殿下のことは認めてるんですよ、この人。まあ、この国にあれだけの花婿はいませんからね。妹君は最高の相手を見つけられたんだと思いますよ。使える者は使ったらいいんです。どうせあちらは婚約者殿にめろめろで、『未来の義兄上《あに》のためならいくらでも協力させてもらうよ』と好意的なんですから」

ヘラルドの言葉のあちこちから王子の妹さんへの愛が伝わってくる。そしてリジェクが渋い顔をするのもまた妹への愛ゆえで。愛されているのだなと思った。

ヘラルドがリジェクに余計なことを言うなとこづかれている。なんだか皆、幸せそうで。いいな、と思えた。この人の周囲には愛が溢れている。それはこの人が惜しみのない愛を周囲に注ぐからだと思う。

そして彼はダミアン司祭が行方《ゆくえ》不明になっていることを教えてくれた。

ここにも巻き込んでしまった人がいた。ミアは泣きそうになって、そうさせまいと彼が今までこのことを黙っていたことに気づく。

なら、今、自分が言うべき言葉は一つ。

「司祭様のためにも、頑張らなくてはいけませんね」

強くならないと。

ミアは頑張って微笑《ほほえ》んで見せた。


ラモンが執拗に探していたという物は何か。

何か手がかりがないかと、ミアは亡きマルス辺境伯が使っていたという館《やかた》に足を踏み入れる。

領主が住む館。リジェクは中継ぎとはいえ、王より辺境伯位を授かっているのでここに住んでもよかったのだが、マルス伯の家系に敬意を払い、正式な後継者に譲り渡すため、閉鎖して、もともと仕えている執事やメイドたちに管理は任せているのだという。

こんなところにもリジェクの人柄が出る。自分のことでもないのに誇らしい。

ラモン司祭は館中をひっくり返して何かを探していた。なら、彼が欲しいもの、ミアに「何か預かった物はないかい」といった物がここにあるかもと思い探したということだ。

パウロ師とマルス伯、双方に関係する何か。そんなものがあるとはミアには想像もできないが、ラモンの言葉からすると、あの誘因香の原料の他にも、ミアが気づいていないだけで何かを見たのかもしれない。だからミアは自分の目で、感覚で、領主館を調べてみることにしたのだ。

「さ、お早く。今でしたらラモン司祭様はお出かけ中ですし、聖女様はお食事中ですから」

リジェクが話を通してくれたので出迎えた執事が館の中を案内してくれる。万が一、聖女が食事を中断して出てきた場合はリジェクが相手をして時間を稼いでくれることになっている。

先《ま》ずは書斎から。いそいで廊下を行くと、いきなり食堂に通じる扉が開いた。

「そこで何をしているの」

聖女ベリンダだ。もう見つかった。そういえば聖女の力を持つからか、聖域時代から勘の鋭い人ではあった。

ベリンダは豪奢《ごうしゃ》な髪を揺らしながらやってくると、ミアを認めて眦《まなじり》を吊《つ》り上げた。

彼女はラモンの殺害未遂を知らないようだ。ミアの無事な姿を見ても驚いたりしていない。やはりあの殺害未遂はラモンの一存で、ベリンダは彼の掌で転がされていただけだろう。

ミアにつめよろうとする彼女の前にリジェクが割って入って、ラモン司祭の探し物について何か知っているかと尋ねた。ベリンダが怪訝《けげん》そうな顔をする。

「探し物？　もう見つかったんじゃなかったの」

「え？」

「昨夜、会食のことでむしゃくしゃしたから、子鼠《こねずみ》の部屋を見て笑ってやろうと思ったのよ。ちょうどラモンも帰ってきたから一緒に」

会食？　何のことかわからずリジェクを見ると彼は不機嫌そうに眉《まゆ》をひそめていた。

「部屋に行ったら家具もなくて木箱があるだけで。まだこんなものを持ってるのって笑ったら、ラモンが真剣な顔になって調べ出したの。ばらばらにしてたわ。で、急に隣領の司教の所に行くとか言い出して。彼、いつ戻ってくるの。私、早く聖域に帰りたいのだけど」

ベリンダが苛立《いらだ》たし気に腕を組むのを、隣領までは馬でも片道三日はかかりますからとヘラルドがなだめて連れ出していく。ミアは昨夜はリジェクの部屋に泊めてもらったから、北の塔の自室には戻っていない。だから木箱をばらばらにされたことを知らなかった。

「……あの木箱。そういえば、あれだけは聖域から持ち込んだものです」

荷物はすべて奪われたが、それを入れていた木箱はさすがに価値がないと思われたのか、いつも残されていた。

「それだ」

言うと、リジェクが北の塔へ向かった。その後を追いつつ領主館の玄関ホールに差しかかった時だった。肖像画が目についた。その中の何かがミアの記憶に引っかかり、足を止める。

そこにあるのは、初々しい青年の絵だった。

波打つ金髪に緑の目をした、凛々《りり》しくも優し気な貴公子が、画布の中で微笑んでいる。

「ああ、この絵ですか。初めてお目にかけますね。この方が先代マルス辺境伯様です」

老体に鞭うって共にここまで駆けて来てくれた執事が、誇らしげに教えてくれる。

「お若くして父君の後を継がれましたが、正義感に強く、神への信仰も篤《あつ》く、民にも優しい、素晴らしい御方でした。顔立ちがラモン様に似ていて、驚かれましたか？」

「いえ、違うんです。驚いたのはそのことではなくて」

ラモンがあの時、「君は僕のこの顔を見ても何も反応しなかったけど」と言ったが、まさか。

「私、この方を知っています、いえ、お会いしました。聖域で！」

ミアは言った。歴戦の猛者《もさ》と言われていたからもっと年配の人を想像していた。だけど、

「この指輪」

肖像画の伯の指にはまっているのは、ルーア教のシンボルたる神鳥に、香油師の象徴であるマドンナ・リリーとローズマリーが絡む独特な意匠の指輪だった。執事がまた教えてくれる。

「ああ、それはマルス辺境伯家に伝わる指輪です。マルス辺境伯家が聖騎士伯の称号をも授かった折に、当時の聖皇より与えられた忠誠の証《あかし》の指輪で、家宝と崇《あが》める品です。……今はラモン司祭様の御手にありますが」

フードを深くかぶっていたし、髭を生やしていたので顔はわからなかった。が、ミアはこの指輪を一度見たことがある。聖域で。

「この方はパウロ師のもとを訪ねていらっしゃいました。身分を隠すようにお一人で、顔を隠してお髭《ひげ》も生えていて。ですがこの指輪、同じです。パウロ師と話し込まれてそのまま泊まっていかれて。そんなこと初めてだったので、私、覚えています。今年の春先のことでした」

確か、彼は、「必要悪と信じたから目をつむっていた」と言っていた。「だがこれでは父祖の代からの契約と違う。ここまで腐敗が進んでいるとは」と。

物騒な言葉だったのでお茶を出した折につい耳に留め、記憶してしまっていた。

その時、そういえばあの木箱を貸したのだ。急な宿泊でパウロ師の庵《いおり》にはシーツなどの予備がなく、ミアは聖女候補の宿坊からそれらを借りて師の元へ運んだ。その時、あの木箱を運搬用に使った。そして使用済みのシーツをまた運ぶために、師の元へ一晩、置きっぱなしにした。

「やはり鍵《かぎ》は木箱か！」

いそいで皆で北の塔へ向かい、バラバラにされた箱を手に取った。調べる。

よく見ると板を重ねた縁や角部分を削って、空洞が作ってある。エルス伯の仕業か。

「これか」

リジェクがのぞき込む。細く奥へと延びた空洞の奥に何かがある。急きょ作った粗削りだからか、空洞の奥にささくれだった木の棘《とげ》があって、そこに油紙の切れ端が引っかかっているのが見えた。丁寧に引き出すと、宛名なのか注意書きなのか、油紙にはアルファベットの最後の二文字だけが見えた。

「この字、マルス辺境伯様のものですわ！」

いつの間にか合流していた家政婦が身を乗り出した。リジェクがミアに聞く。

「……これは前からあったものか？」

「いいえ、まさか。あ、いえ、前からあったかもしれませんけど気づきませんでした」

きっと野盗が探していたのはここに入っていたものだ。ラモンが探していたのもこれか。今ここが空ということはラモンは見つけたのだ。そしてベリンダに隣領へ行くと言った。

いそいでラモンの部屋へ行く。部屋付きの女中から、荷物がなくなっている、それと護衛兼従者を務める聖騎士が二人いなくなっていると言われた。

「これは推測だが、ここに入っていたのは告発文だったのでは」

マルス伯は「ここまで腐敗が進んでいるとは」と言った。それと、この地で採れる薬草の中に誘因香の原料となる薬草があったこと。関連があるのではとリジェクが言った。

「たぶん、相談に行ったのだろう。パウロ師の元へ、横行する不正について」

聖者パウロといえば人格者であり、薬草の扱いに長《た》けた薬師として有名だった人だ。隠居して森に一人で住んでいるので密《ひそ》かに接触もしやすく、かつ、元高位の聖職者で、聖域上層部にも影響力がある。だから訪ねた。上層部の腐敗について相談したのではないか。

持ち前の正義感から不正を無視できずに。パウロ師を頼って、聖域へ行った。

それがばれたのは、たぶんラモンのせいだ。マルス伯は一族であるラモンを信用して、パウロ師への面会の手はずなどを任せたのだろう。その流れでラモンはマルス伯の目的を知った。パウ自分の故郷から送られる薬草の流れと、それを活用する聖域の上層部のことも。そして考えたのでは。出世の糸口として使えるのではないかと。

そして黒幕に近づいた。マルス伯のしていることを密告するために。遺品整理の名目でここへ来たのも、マルス伯が告発の証拠として保管しているものがないか調べるためでは。

「マルス伯は告発の危険性に気づいていたのだろう。だから万が一を考えて、ここに告発文を隠した。もうパウロ師には口頭で伝えたから。パウロ師が聖域上層部を戒め、評定の場を設けることができた時にはその所在を明かし、証言として使えるように、聖域内にあり、かつ、人目を引かないこの箱に隠したのだろう」

何度も物が盗まれた。それはこれを探していたのだ。そして、それを奪われたということは。

しんっと沈黙が部屋に下りる。家政婦が喉が詰まったように呻いた。

その時、皆の後方に控えていた執事が意を決したように言った。

「そのインクは、何色ですか？」

「え」

「この地の領主は代々王国の騎士としての顔、聖騎士伯としての顔、二つの顔をお持ちでした。時にはこの地の平安のため一方には報告し、一方には黙秘を決めねばならぬこともありました」

　執事が、「このことは傍系であるラモン様は御存じありません。マルス辺境伯家の秘事です」と、力強い目を向ける。

「先代マルス伯もまた、王と神、双方に忠誠を誓っておられました。故に、提出ができずとも、重要な報告は聖域へは青、王へは赤のインクで常に二通、作成しておられました。見つかったのは聖域へのもの。ならば赤のインクで書かれた同じ文面の物がきっとまだこの砦《とりで》の中にあります」

　こちらです、と、執事に案内されて礼拝堂へ向かう。その祭壇の裏。

　一族の納骨堂も兼ねた地下の一隅に、代々の当主が王に向けて書いた、だが報告するわけにはいかなかった数々の手紙が保管されていた。

「あった、これだ！」

　無数の封筒の中から、先代マルス伯の署名がある一通をリジェクが探し出す。

　それを見るなり、付き従っていた聖騎士の一人が動いた。

燭台《しょくだい》を倒し、地上への出入り口をふさぐように備え付けてあった香油をぶちまける。暗い地下室にばっと眩《まばゆ》い火の手が上がった。

「いったい何をっ」

「まさかそんな備えがあったとはな。すべて燃えてしまえっ」

剣を抜き、なりふりかまわず告発文を消そうとする彼に、リジェクが使い魔を呼び出す。

「ウームー！」

『はい、我が君』

リジェクの影の中から現れたウームーが腕を一閃《いっせん》させ、炎のある空間とその外周部の空間とを断絶させる。炎は消え、取り押さえられた聖騎士は、「神罰だ」と叫んだ。

「長年、聖域をたばかり双方に偽りの顔を見せていた卑劣漢、マルス一族よ、地獄に落ちろ！」

「やはりお前か。賊に毒を盛り、情報を流していたのは」

リジェクが取り押さえた聖騎士を冷ややかに見下ろして言った。

「聖騎士ならば薬の心得もある。施療院の手伝いをしているから薬庫にも出入り自由だ。それで怪しい数名を見張り、内偵を進めていたが。決定的な証拠がなく今まで泳がせるしかなかった。黙っていれば逃れられたかもしれないものを。墓穴を掘ったな」

これで安心して砦を留守にできる、と。

久々に氷の魔王全開の冷酷顔で、リジェクが言った。

納骨堂で見つかった、赤いインクの手紙は、リジェクが推測した通り告発文だった。

ここ、カルデナス辺境騎士団領は大気に漂うメラムが濃いせいか、他の西方諸国では見られない薬草が多く採れること。中には麻薬や魔物を誘い出す香の原料となるものもあること。代々のマルス辺境伯はそれらを聖域に出荷していたが、最近は不正に利益を得る一派があるらしいこと。彼らは得た富でさらなる薬を私物化し、聖域の人間を中毒者にして支配下に置くことで今度行われる聖域での高位聖職者推挙の選挙に介入しようとしていること等々。マルス伯は苦渋に満ちた筆致で記していた。

麻薬は一度中毒に陥れば永久に求め続ける。金の生る木だ。

父祖代々の契約と言っていたからには薬草の聖域への納入は昔からなのだろう。もしやそれで聖騎士伯に叙せられたのかもしれない。

何度も言うが祭儀に麻薬はつきものだ。自分の領地で収穫され、聖域に送られた中毒性のある薬草について、代々のマルス伯は必要悪と目をつむってきたのだろう。

だがまだ若いマルス伯は良心の呵責《かしゃく》に耐えられなかった。しかも正規の使い方をされるのではなく、悪意ある使い方を、自領で採られ送った品が横領、横流しをされていると知れば。マルス辺境伯が悩むのももっともだ。収穫された薬草に細工をして使えなくしたり、天候不順で収穫量が減ったなどと報告して、なんとか麻薬が巷《ちまた》に出回らないようにしていたと、王への報告書には書かれていた。そのせいで自分が消されるかもしれないということも。

「……これがラモン司祭の言っていた、『ウーゴのせいでちょうど品薄になって困ってたんだ』ということですか」

告発文にはマルス辺境伯のサインと、印章も押してある。告発の基となった各種書類も添えられていて、公文書として立派に証拠能力がある。

もしかしたらダミアン司祭の行方不明もこれに関係しているのかもしれない。ミアは思った。地位や序列にうといミアだから気づかなかったが、異端審問にも出席し、罪人の処遇にまで口の出せる司祭となればかなりの出世頭だ。こんな辺境に赴任するような人ではない。

もしや彼はパウロ師の弟子であり薬草に造詣の深いミアに、彼らが何か知っているのではと疑いの目を向けるであろうことを予測したのでは。だからミアを一連の事件の渦中であるこの地へと送り、賊の反応を見ようとしたのでは。ヘラルドが言った。

「こうなるとパウロ師の件だけでなく、本人の懸念通りマルス伯の急死も怪しいですね」

聖域の黒幕はパウロ師からさりげなく探りを入れられたのではないか？　そしてパウロ師を目障りに思った。何か弱みはないかと調べたところ弟子であるミアが竜を匿《かくま》うところを見つけた。パウロ師を葬るためにミアを利用したのでは。正確にはミアが匿っていた手負いの竜を。

やはり、と聞かされたミアは思った。

あの子がいきなり俺を襲ったりするわけがない。眠らせ、俺の近くまで運んだうえで薬を使ったのだ。そして師は。そのことに思い至り、何とかなだめられないか、竜の前に立ちふさがったのだろう。……無実の竜が害獣として処分されるのを哀れに思って。

ぞくりとする。

すべてが繋《つな》がっている。縦糸と横糸。単体の糸だけではよくわからないが、丁寧に織り上げていくと大きな図が浮かんでいくタペストリーのように。次々と情報と出来事が繋がり、一つの絵図を描いていく。こんな地方の、末端組織の小さな出来事が、中央の聖域という巨大な化け物を動かす必要な一部になっている。

そこへウームーが『都のドラコルル家より緊急の文です』と、分厚い手紙の束を渡してきた。ウームーは王都にあるドラコルル家との間を、魔物の力で瞬時に往復できるそうだ。リジェクが妹経由で王太子に願い出た調査の結果が、届いたらしい。

「王都の大司教によると、マルス辺境伯の急死を受けて、この国の教区境を引き直す会議が開かれるという噂があるそうだ」

カルデナス辺境騎士団領を聖領とすべく動く一派があると。

「……きっとマルス辺境伯を間に入れるのではなく、直接、この地の薬草を手に入れるために動き出したのだろう。この動きをラモン司祭は知っていたのではないか」

「だからマルス辺境伯位の相続についてごねなかったのですか。辺境伯位を継いでも聖騎士伯の位は取り消されると知っていたから。ラモン司祭では領主の座は継げても、騎士団長の座は継げませんものね。騎士の素養がないから。ならここを継いでも何の旨《うま》みもない。聖騎士伯の位はカルデナス騎士団長位に付随したものですし」

「それが真相だろうな。陛下もこの件を憂えておられるらしい。何とか阻止できないかと書かれている」

シルヴェス王国からすれば国境沿いの重要な防衛拠点を聖域に明け渡すことになるのだ。そのうえ頭の固い聖職者が異教徒に喧嘩《けんか》でも売れば即、戦争勃発《ぼっぱつ》、そうなれば遠い聖域の聖職者に代わり前線に立たされるのは、当事国であるシルヴェス王国の兵になる。冗談ではない。

「となると、ラモンはもうこの国にはいないな」

リジェクが言った。

「聖女ベリンダ殿はラモンが教区を治める司教のところへ行ったと言っていたが。隣領を経由してすでに国を出たのではないか。聖域へ。マルス伯の告発文は回収した、攻勢に出ても大丈夫だと、聖域の黒幕たちに伝えるために」

「今なら南へ出れば雪の影響も少ないですものね。彼は聖域の通行証を持っていますし優先的に替え馬も使えます。いや、海に出れば船を徴発するのも易いから海路かもしれませんね」

聖域は亀の形をした大陸の、首部分にある。そしてここは腹の奥。内海まで出れば大陸を囲む海と繋がっている。海路を船で行けば馬を変える必要もなく、宿泊休憩の必要もなく、聖域まで運んでもらえる。

「まずいな。そうなればここは終わりだ」

リジェクが言った。

「相手は聖域とはいえ、ラモンが属すのは上層部の一部だ。何とか他の派閥と連絡を取れないか。一刻も早く、聖域のラモン一派とは立場の異なる派閥にこのことを知らせ、対策を練らなくては」

それを聞いてミアはぎゅっと手を握った。どきどきする。言えば嫌われるかもしれない、でも。

「あのっ」

ミアは思い切って皆に声をかけた。

遭難した時に気づいた自分の能力について話す。

「だから雪で器を作って、そこに魔物たちに憑《つ》いてもらえれば。動物に取り憑《つ》いた魔物には睡眠は必要でも、そうでない魔物なら船と同じで昼夜、移動し続けることができますよね？だって砦にいる雪だるま魔物たちは眠ったりしませんから」

旅をするうえでこれは大きい。ミアもこの地へ来る過程で学習した。休憩や宿泊、馬を交換する時間がなければ、行程は半分に減る。

雪で魔物を作っても、雪が溶ければ器も消える。が、魔物たちの魂は消えるわけではない。姿を変えそこにいる。それはミアにも実感できた。だから命をもてあそんでいるわけではない。神のように創造できると驕《おご》るわけでも。念のため、雪だるま魔物にも聞いてみる。

「助けてくれる？」

雪だるまたちがこくこくとうなずく。彼らなら降りしきる雪も関係ない。問題は、

「……雪だるまたちは頼もしいが、足が遅いのが難点だな」

小さな雪だるまたちは斜面ならころころと転がり下りることもできるが、それ以外は幼児の歩みと変わらない速度しか出せない。

「あの、雪だるまたちに羽をつけるのはどうでしょう。雪の妖精《ようせい》か天使のように」

きらきらした夢見る瞳で家政婦が提案してくれた。空か！　それは盲点だった。いい案だ。

「では、雪で竜を作るのはどうでしょう。大きいですし飛ぶのも速いですよ」

「だけどミアちゃん、雪だとそのうち溶けちゃうよ。ここらは豪雪地帯だからいいけど、聖域があるのはずっと南方でしょ？」

……そうだった。聖域も高い山には雪は積もるが平地はほぼ積もらない。

「……私が行けばいい」

リジェクが言った。

「私なら途中、雪を凍らせられる。相手が魔物であれば。砕く手前で冷気を止めればいい」

そういえば。リジェクの異能は、魔物を凍らせ、砕くことだった。

だが人を乗せて高速で飛ぶとなるとかなりの大きさの雪像が必要だ。そしてそれを操る魔物の魂核も、比例して強く大きいものが必要になることは素人《しろうと》のミアにもわかった。どうしようとまた皆で悩みだした時だった。

モンさんがずいと前へ出た。ぐい、と自分の胸を指さす。

「もしかして、モンさんが動かしてくれるの？」

モンさんがこくりとうなずく。抜け殻となったモンさんの体は雪だるまたちが責任をもって冷やして保管してくれるそうだ。それならいい。すべてが終わって無事、この地にもどってこれれば、またモンさんはクマの体に入ることができる。

後は。

ミアはきりりと顔を引き締めて言った。

「氷竜は二人乗りができる大きさにします」

「え？」

「私も行きます。聖域へ」

「何を言っている、君が行く必要はない」

「そうだよ、危険だよ、ミアちゃん」

リジェクとヘラルドが即座に反対する。

確かにミアは騎士の訓練は受けていない。強行軍の旅では足手まといになるだろう。だが。

「もし途中で器が欠けたら。私にしか修復はできません」

でないと宿った魔物を殺すことになる。南へ行けば雪はない。代わりに土や落ち葉や、何かで代わりの器を作らなくてはならない。これはミアにしかできない。だから自信を持って言う。

「反対されても、私は行きます」

ずっと隠していた。自分の異能を。神ではなく魔物の声が聞こえることを。

だからミアは長らく、魔物の器を作ることができる自分の力に気づけなかったのだろう。

だがこの地に来て皆が教えてくれた。魔物と共存できる世界もあることを。

聖域へ氷の竜などで乗り込めば、ミアの異端の力もばれるだろう。そのことをリジェクとヘラルドは心配してくれている。だって異端審問に二度目はない。それどころかさらに大きな罪を告白することになるのだ。普通に考えても自分の命はない。今度こそ断罪される。

(だけど)

リジェクは魔導貴族としてその退魔の力を民や国のために使っている。王にまで認められている。代々、魔導貴族の位を授かっている人たち。彼らの初代の人たちはきっと今以上の偏見の中にいたはずだ。それでも王国に根を張り、王に存在を認めさせた。凄いと思う。

(だったら。私だって最初の一人になってみせる)

長い聖域の歴史の中で、最初の異端の聖女になる。この力が有益であることを示す。

それでも異端と言われ、断罪されることになったら。

（私は、団長さんに、断罪されたい）

そんなことをすれば優しい彼の心に傷をつけるだろう。だが彼以外の手にかかるのは嫌だ。

小さな体で硬く拳《こぶし》を固めて立つミアに、周囲の騎士たちが「ミアちゃん、かっこいい」「女の子だけど、漢《おとこ》だぜ」と感動している。今のミアは聖女の位を持たずとも、騎士たちの先頭に立ち、皆を導く聖女の風格があった。

そんなミアをあきらめたように、そして成長を寿《ことほ》ぐようにリジェクがふっと笑いかける。

「……わかった。聖域が君を認めなかったら。私が責任を持って幕を下ろそう」

そして皆を振り返る。

「彼女がこう言っているんだ。いいな？」

その言葉に反対できる者は誰もいなかった。


後は準備だ。皆が一丸となって動き出す。

雪ならふんだんにある。そしてここは魔物の住む国。魔物の魂核を包むメラムなら大量にある。雪集めは施療院の子どもたちも手伝ってくれた。ミアはモンさんの体を守ってくれる雪だるまたちの器もせっせと作る。作りつつ、一人、中庭の端に立つリジェクの姿を目に留める。

彼はまた誰かの邪魔が入らないようにと、団長自ら立ち番を務めてくれているのだ。

「あの、雪だるま、一緒に作りませんか」

そんなリジェクに思い切って声をかけたのは、彼が雪玉を作る子どもたちを優しい、どこか寂し気な目で見ていたからだ。それで彼が実は子ども好きだということを思い出したから。

「……私がいては子どもたちが怖がる」

「大丈夫です。ね？」

興味津々、乱暴な聖域一行を一睨みで追い払った団長殿を見ようと、モンさんの体の陰からのぞく子どもたちに問いかける。この子たちは毎日のように施療院を訪れ、お菓子をくれては大股《おおまた》に去っていく団長さんの姿を見ている。リジェクが心配するほど拒否反応はないはずだ。

それに何といっても顔に傷のある強面《こわもて》のモンさんにさえなついている、逞しい辺境の子どもたちなのだ。

皆に、この人が見た目通りの冷たい人でないことを知ってもらいたい。

この人に砦の皆が慕っていることを知って欲しい。

そんなミアの気持ちは通じたのだろう。リジェクが不器用な手つきながらも雪の塊を手に取る。ミアの隣にしゃがんで雪だるまを作り始める。彼は雪を握りながら独り言めいて小さくつぶやいた。

「……雪玉を作るのは久しぶりだ」

「前は作られていたんですか？」

「ああ。子どもの頃は。妹と弟に作ってやった」

言いながらコツを思い出したのだろう。彼はすぐに器用に雪を丸めはじめる。

「わかっているのだがな。せめて愛想笑いでもしたほうがいいということは……」

それは彼が初めて漏らした弱音だったかもしれない。ミアはそっと彼が作った雪玉に、少し小さめの雪玉を重ねた。雪だるまの形にして言った。

「無理に笑うことはありませんよ。作り笑いはすぐ相手にわかってしまいます」

それから、小さく言う。

「あの、私も最初は怖いと思いました。団長さんのこと」

でも、とつなげる。

「優しい方だと、今はわかっています。それに、愛想笑いのできない団長さんのこと、私、大好きですから……」

◇◆◇　◇◆◇　◇◆◇

真っ赤になって、彼女が言った。控えめな彼女にそれはかなり勇気のいる言葉だったろう。ただの社交辞令も混じった励ましの言葉だ。なのに妙に動揺している自分がいた。そして必

死の彼女を愛《いと》おしいと思った。こんな感覚は初めてだ。

皆の視線を集めることには慣れていた。何もしていないのに「よくも俺の女を誘惑したな」「あなたが悪いのよ。私に恋させて」等々、自分の意思に関係なく様々な感情を向けられた。それがわずらわしく、いつの間にか人とは距離を置いていた。

だが彼女は「一緒に」と、導いてくれた。

リジェクはおそるおそる雪玉を作る。雪遊びなら幼い弟や妹とともによくやった。体が覚えている。すぐに器用に作れるようになった。隣にはくすくす笑う彼女がいて、心が温かくなる。

ああ、これは庇護《ひご》欲だ。そして、それに倍してもう一つ。村祭の時に、「優しい」と彼女に言われた時の感覚がよみがえってくる。

もしかして自分は見つけたのかもしれない。ヘラルドが言っていた、「いつか閣下にもあなたの顔を怖がらず、隣の空白を埋めてくれる人が現れますよ」という相手を。

高まる感情に、リジェクは自分の胸に芽生え、深く根を張ったものの名を、再確認した。


そんな二人を遠くから眺めて、砦の面々も温かな気持ちになる。

「なんつーか、ミアちゃんと団長、お似合いって言うか、割れ鍋《なべ》に綴《と》じ蓋《ぶた》って言うか」

「それを言うなら凸凹《でこぼこ》コンビじゃないか？」

雪像作りを手伝いに来た騎士たちが、スコップを手に話し合う。そんな騎士たちの周囲では雪だるまたちがせっせと働いていて。その姿が騎士たちの目からも可愛らしく見えて。

「……魔物、と聖典は言うが。こうして見ると違うかもって気がするな」

騎士の一人がつぶやいた。その言葉に他の者たちも同意する。辺境の砦ならではの、和やかな光景だった。

3

そして。準備は整った。ミアはリジェクと共に、氷竜に乗って砦を飛び立つ。

「もう、何なのよ、どうして皆いなくなっちゃうの?! 誰か説明なさい！」

地上では、一人、残されたベリンダが地団太を踏んでいる。

それをはるか眼下に見下ろして、ミアとリジェクは空を行く。きんっと冷たく澄んだ大気の中を高く、高く飛んで雪雲を抜けてしまえば、そこは眩いばかりの青い空だ。

「……何て、綺麗《きれい》」

それ以外の言葉が思い浮かばない。初めて見る光景に、ミアは目を眩《まぶ》し気に細めた。

どこまでも広がる青と白の世界。

たなびく雲が陽《ひ》の光を浴びてきらきらと輝いて。

何て綺麗なのだろう。いや、綺麗なんて言葉だけでは言い表せない世界がそこにはあった。

異端の力を持つ落ちこぼれ。そんなミアでも感じることができた。神の存在を。きっとこの気高い世界にこそ神はいる。

そして。神に倍する存在感でもってミアを背後から抱きしめ、落ちないよう、凍えないよう、気にしてくれている人がいる。

「寒いか？」

「いいえ」

彼が包み込んでくれる。上空は風もきついが、リジェクにいつも通り付き従ったウームーが、空間を操り、断層を作って風を防いでくれるから平気だ。

「ウームーさん、ありがとうございます」

『我が君のついでです』

つんと顔を背けるウームーに苦笑しながら、リジェクが今後の予定を再確認する。

「外交ルートは王太子にまかせていい。我々はマルス辺境伯の意思を継ごう。彼が命を賭《と》して集めた証拠、これらを聖域に示して、すべてを明らかにする。ミア、君には証人になってもらう。マルス辺境伯が死の直前にパウロ師の元を訪れたことを証言してもらう」

ミアが雪像の準備をしている間にもリジェクは王都の王太子と連絡を取り合って、いろいろ手はずを整えてくれたのだ。だから安心して他国の上空を行くことができる。

この道行きはマルス伯の想《おも》いを遂げ、聖域に集められた薬を私欲のために使う一派を懲らしめるためのもの。

いわば聖域に巣くう黒幕たちに喧嘩を売る行為だ。仮にも聖籍を持つ元聖女候補がすることではないだろう。だがミアは真っすぐ顔を前に向けていた。

昔、師パウロは言った。「己が肥えるためだけに花や実を求めるのではない」と。「それよりも皆の幸せを育む土壌となりなさい」と。師が言う、皆、の中には聖域に巣くう黒幕たちも入っている。だから師はマルス伯の告発を聞いた後も、彼らが反省し、自ら出頭することを望んだ。先ず話し合い、彼らを諭そうとした。彼らの肥やしになったのだ。だけど。

(私は、こんな身勝手な人たちを太らせるための肥やしにはなりたくないです)

争いは嫌だ。だから虐《いじ》められてもいつも隅に引き隠れていた。嵐《あらし》が過ぎ去るのを待っていた。

だけど今はおとなしく縮こまっていれば喰《く》われてしまう。悪だけが栄える。

冤罪《えんざい》を押し付けられた、挽回したい、そんな虚栄心の問題から聖域へ向かうのではない。一連の事件の黒幕たち。人を蹴落《けお》とすことなどなんとも思わない彼らのような人たちが聖域の上層部を占めるようになれば、他にももっとミアのような泣く者たちが出る。何より師が危険だ。

だからミアは起《た》ったのだ。負けられないと。だから。

ミアは改めて、聖域の闇《やみ》に立ち向かう決意を固めた。

久しぶりに見る聖域はすっかり冬景色になっていた。

が、雪が深く積もっているのは山の頂上部だけ。聖堂の立つ山の中腹部はうっすらと白く雪化粧をした程度だ。カルデナス辺境騎士団領の雪深さに慣れていたミアの目にそれは奇異に映る。ここで十年も過ごしたのに、すでに自分の中では過去のことになっているのだなと思う。

それは竜に乗り、高い空から見下ろしているからというのもあると思う。以前のミアは空など飛べなかったし、飛ぼうとも思わなかったから。

到着は朝だった。当然、空を舞う白銀の竜は目立つ。あっという間に矢が飛んできた。

「ちっ」

リジェクが剣で叩き落としてくれる。だがここは空中だ。足場がない。さすがのリジェクも大きな氷の竜の体すべてを守ることはできない。

氷でできた体なので血も出ないし、モンさんも痛みを感じていないようだが、矢が当たった部分がみるみる削れていく。このままでは姿を保てない。

「降ろしてくれ」

リジェクが言った。

「私が先行する」

剣を鞘《さや》ごと腰から抜いたのは、聖域の騎士たちを傷つけないようにだろう。

「大丈夫だ。上の、話の通じる者さえ引きずり出せば、王太子経由でエリアス・クレメンテ司祭に話は通してある。我々は招かれた証人だ」

　本当に大丈夫だろうか。だがどちらにしろ、彼を降ろすだけの高度を下げるには、地上からの攻撃を何とかしないと。

『ウオオオオ』

　この地の魔物の主であったモンさんが、氷の竜の喉で咆哮《ほうこう》する。防御はウームーに任せて尾根に張り巡らされた城壁に近づくと、羽をふるわせ強風を起こした。ばったばったと聖騎士たちを城壁から吹き飛ばしていく。落ちた騎士たちは下の新雪に無事埋まって怪我はないようだ。

　そのことにミアはほっとするが、リジェクを降ろせる隙間を見つけられない。

「ミア、この子を貸してくれ」

　リジェクが言って襟巻よろしくミアにくっついていたモモンガ魔物を手に取った。

「先行して、〈彼〉を探してくれ。匂《にお》いなら知っているな?」

　こくりとうなずいたモモンガ魔物が凛々しく戦闘の中を飛び立っていく。

　それと同時に、モンさんの咆哮を聞いたのだろう。ミアにも見覚えのある小さな魔物たちが森からあふれ出て、聖域の聖騎士たちの妨害をはじめた。

　だが駄目だ。このままでは魔物たちと聖域の確執がさらに大きくなる。

　ミア、と、リジェクが呼びかけた。

「氷竜の形を変えられないか。ここは聖域だ、奇跡を起こせる」

「え、でも」

「君が送り出した雪だるまは大きさを変えつつ他の魔物を取り込んで砦にやってきた。可能だ」

　はっとした。

　モンさんも、大丈夫、というように長い竜の首をかしげてこちらを見る。

『デキル』

「え？」

『ココハ、俺タチノ故郷。君ノ友ダチガタクサンイル』

　初めて聞く声だった。だがミアはそれがモンさんの発したものだとわかった。

（ここが、モンさんの故郷だから？　モンさんと波長の合うメラムが大気にあるから、だから人の言葉に聞こえたの？）

　そしてミアが己の力を自覚したから、前は聞こえなかった声が聞こえたのだろうか。

　ウームーも大丈夫、とうなずく。

　追加の雪はない。取りに降りる余裕はない。だけど、形を変えるだけなら。

「お願い、します」

　ミアは祈った。ここは聖域だ。そこで奇跡を起こすなど、神をもたばかる行為だ。

　だからどんな神に祈ればいいのかわからない。だがミアの脳裏にはリジェクと見た、どこまでも広がる静寂の空の世界があった。

あそこで感じた神気。

それの呼び名はわからない。だけど、あの時に感じた気配に向かって祈る。

落ちこぼれで、異端の力を持つ身で、ルーアの神からすればどうしようもない聖女候補だろうが、それでも願う。祈る。


どうか、私たちに力を！


聖域の奥底に蠢《うごめ》き、聖者パウロの目覚めを妨げる一派に正義の鉄槌《てっつい》を。若きマルス伯の命を奪った彼らを戒める力をどうかお与えください。

祈る脳裏に最初に見えたのは光だった。そして、風。

「おい、あれはなんだ」

「形が変わっていく……！」

聖騎士たちが叫ぶ声が聞こえる。伝わってくる。彼らが発する畏怖《いふ》の念が。

「まさか、あれは神の使い？　ルーア鳥……？」

折しも夜明けの光が差し込み、ミアが作り、形を変えた氷の鳥の姿を光らせる。それはルーア神の紋でもある、神の使い鳥の姿。

眩し気にこちらを見上げた聖騎士たちからの攻撃がやんだ。彼らの間に飛び降りられるだけの隙間ができる。

今だ。

高度を落とした氷鳥の背から、リジェクが飛び降りる。外套の裾《すそ》を翻《ひるがえ》し、露台に立つ聖騎士たちの手から武器を叩き落とす。そして隊長格らしき男にあっという間に肉薄すると、その喉に剣先を突きつけ、言った。

「攻撃をやめさせろ。我々は正式な招きを受けた、カルデナス辺境騎士団領からの使者だ」

氷の魔王の笑みで凄《すご》まれて、あわてて下っ端の聖騎士が伝令に走る。上空に待機していたミアとモンさんに、リジェクが降りてくるようにと手を振った。ミアは久しぶりの聖域に、どきどきしながら、「モンさん、あそこにお願い」と頼む。

聖域の本殿に近い露台に降り立つと、あっという間に警備の聖騎士たちに囲まれた。だが、

「待ちたまえ。彼らは私が呼んだ、大事な証人だ」

その時、一人の司祭が露台へ通じる入り口に現れた。

「……派手な登場だな。招いたのはこちらだが、まさか魔物を使者に送ってくるとは思わなかった。型破りにもほどがある」

憮然《ぶぜん》として言う司祭の肩にはモモンガ魔物がいる。リジェクが使いにと送り出した子だ。無事だった。キュイッと鳴いてミアの手に飛び込んでくる。

槍《やり》を突きつける聖騎士たちを制して現れたのは、一部の隙《すき》もなく白銀の聖衣を着こなした司祭だった。さらさらと流れる銀の髪とハシバミ色の瞳が美しい彼はミアもよく知る人だった。

「ダミアン司祭様⁉」

ミアは思わず声に出していた。そこにいたのは辺境の地で行方不明になっていたはずのダミアン司祭だったのだ。

いや、ダミアン司祭ではないのか？　纏う衣装がカルデナス辺境騎士団領で見たのとは違う。彼が肩からかけた布に刺繍《ししゅう》された紋を見て、ミアは思わず息をのんだ。

「……大司教顧問会司祭、様」

大司教顧問会司祭、とは。

文字通り、大司教顧問会の一員である司祭のことだ。己の教区内の司祭を統括する教区司教たち。そしてその司教たちを統《す》べる大司教が配下に置く諮問機関が顧問会。そこに属する司祭で、大司教に助言、および密命を受けて司教たちの監視も行うのが大司教顧問会司祭だ。

身分は司祭だが、司教をも断罪できる権限を持つ聖域内でもエリート中のエリートだ。

「司祭様では、なかったのですね」

「いや、司祭だ。私は。ただ、顧問会司祭の肩書を持つだけで」

ダミアン司祭、いや、クレメンテ司祭は偽名を使い、自分の目でカルデナス騎士団領の現状を見るため赴任したところ、顔が割れ、襲われたので、死んだことにして聖域に帰還したそうだ。ミアのことは砦にいる直属の聖騎士に様子を見るよう命じていたそうだ。

「時機を見て君が砦に引き取られるように仕向けろと命じていたが、新団長が弱者を見捨てない良識ある人物で手間が省けた」

クレメンテ司祭がちらりとリジェクを見る。リジェクは砦にはまだ聖域直属の密偵がいるのかと渋い顔だ。

クレメンテ司祭がミアたちを導き、聖域に巣くう黒幕たちを弾劾する審問が開かれるという広間に案内してくれる。その場でミアたちはマルス辺境伯の告発文を披露し、ラモン司祭の犯罪行為を証言する予定だ。

「それにしても。私がいなかったらどうするつもりだった。馬鹿正直にラモン司祭を告発するつもりだったのか？」

勝てるとでも思っていたのかとクレメンテ司祭にあきれられた。

「言っておくが。どんな会議でも事前の根回しが重要なのは常識だ」

聖域とて一枚岩ではない。敵の力は大きく、クレメンテ司祭とその上司だけでは倒すのは難しい。そこでクレメンテ司祭は先回りして聖域に戻り、ラモン達一派とは敵対する複数の派閥に近づき、協力を取り付けたのだそうだ。

「政敵を追い落とすいい機会だからな。よほどのことがない限りきちんと君の話を聞いてくれるはずだ。こちらも他にも証人を用意した。聖者パウロ暗殺未遂の件について」

「え？　他にも……？」

ミアは目を丸くした。そんなミアの前に現れたのは、美しい黒髪の少女だった。

「あなたは……！」

「……久しぶり」

ミアと同じくベリンダたち上位聖女候補から排斥を受けていた、聖女候補ペネロペだ。

「あなたが証人なの？」

訊《たず》ねるミアに、彼女がこくりとうなずく。そして言った。

「聖者パウロの件。あれは仕組まれたものだという、私は証人。この子もね」

言って、彼女が傍らの大扉を開けた。中からぬっと伸びてきた長い首と顔を見て、ミアは驚きの声を上げた。

「あの時のあの子！　無事だったの……?!」

竜だ。神の敵と言われる存在が聖域の中にいた。

ミアが匿い、その後、陰謀に巻き込まれて聖者パウロを傷つけた竜だ。あの時、駆け付けた聖騎士たちに追われ、傷ついた体で聖域の山奥深くに逃げて行ったのだが。

「山狩りをしたけど、討伐したって話は聞かなかったから。もしかしたら無事でいてくれるかもと思ってたけど」

まさかこんなところで会えるなんて。ペネロペが言った。

「私が匿ってたの。クレメンテ司祭の許可を得て。この子も立派な証人だから」

それから、彼女はそっとミアに告白した。事件前はあなたが魔物と呼ばれる存在にどういう考えを持っているかわからなくて話しかけられなかったけど、と。

「私も竜が好きなの。私の故郷の田舎《いなか》では普通に野山で暮らしている生き物だから」

ああ、とミアは思った。

ずっと彼女と友だちになりたいと思っていた。片想いだと思っていたけれど、彼女もミアのことを気にしてくれていたのだと。

嬉《うれ》しかった。そしてそんなミアに、彼女はさらに教えてくれた。クレメンテ司祭が調べた一連の事件のことを。

マルス伯がパウロ師に告発文を託したのは事実だそうだ。パウロ師は黒幕たちに直談判し、自省し、自ら罪を告白しなさいと、彼らに猶予を与えた。

ところが彼らは与えられた時間を真逆の方向に使ったのだ。

パウロ師の弱みを握ろうとした。事件をもみ消す方向に走ったのだ。ばらされる前に逆に聖者の発言権を封じようと。

だが弱みを握ろうにも聖者パウロは清貧の人だ。とっくに引退していることもあり、つけ込む隙が見つからなかった。そんな時、目をつけたのが弟子のミアだ。後をつけてみると竜を匿っていた。これをネタに脅せば持っていきようでは聖者パウロを失脚させることができる。

いや、脅して猶予を与えてはその隙に証拠隠滅をされるかもしれない、と、自分を基準に彼らは考えて、誰の目にも明らかな、隠すことなどできない騒ぎを起こすことにしたのだという。

「それが、あの襲撃事件」

　それからペネロペが、ここを、と、竜の背を示した。そこにはもう癒《い》えた傷跡があった。だが、さわると何か小さな塊がある。

「可哀《かわい》そうだけど、矢じりを保管してもらっているの。竜は頑丈な生き物だから、矢じりが入ったままでも肉は腐らない」

　審問の時、麻酔をかけて取り出し、竜を興奮させる毒が塗られていたことを示すそうだ。

「あなたのことも。クレメンテ司祭様は逃がそうとわざと追放という形で国外に出されたのよ。あなたを守るため。彼らが口封じのためにあなたを処刑しようとしていたのを阻止されたの。そして追放という形で逃がした。もちろん慈善ではないわ。彼らがあなたを追うことを見越しておられたの。新たな罪の証拠を得るために」

　だから、今日《きょう》、ここに招かれたのよとペネロペが言った。そして耳を澄ませる。証人として二人が待機している部屋の奥、審問の場に使われる広間からはクレメンテ司祭がラモン司祭とその黒幕である大司教を告発する声が聞こえてくる。

「これが護送隊を襲った者のリストです。身柄を拘束している者もいます。皆、一様に、祭祀《さいし》でしか使ってはならない麻薬に侵され、命令されて襲ったと告解しています。カルデナス辺境騎士団領で使われた野盗たちは口封じのため、毒殺されました」

それと、と彼が差し出したのは、小さな木の切れ端だ。

「該当教区の採取された麻薬の流れを調べていたところ私も襲撃を受けました。しかも事故に見せかけるためか、聖域秘蔵の誘因香を使って」

すでに聖域内部にとどまった司祭の部下の手で金の流れなどの調べは済んでいる。

そこでミアが呼ばれた。証人として証人台に上がるようにと。

招かれ、進み出たミアとすれ違う時に、クレメンテ司祭が小さく、

「私を、恨むかね」

と、言った。君を囮《おとり》に使った、と。

「いいえ」

ミアは顔を横に振る。

「私一人では、このような告発はできませんでしたから」

審問の結果は判定者を務める議長と八人の大司教の評決で決められる。彼らの間ではすでに、クレメンテ司祭の手で根回しも終わっている。パウロ師を陥れた彼らをこのままにしておくのがいかに聖域にとって有害か、結論は出ている。ミアの証言はそれを確かにするだけのものだ。

まさに道化、クレメンテ司祭の操り人形だろう。だが、

（私一人じゃ、誰からも話すら聞いてもらえなかったもの）

人から見れば今のミアも愚かにも他人の掌で踊らされているだけかもしれない。だけど、

「証人として真実を語ることを神に誓いますか」

「はい、誓います」

証言台に立ち、聖典に手を置いて誓いながらもミアの心は凪《な》いでいた。

前にもこうして異端審問の場に立ったことがある。その時は必死だった。自分の言い分をわかってもらおうとやみくもにぶつかり、砕け散った。だけど、今は。

「神の名にかけて、真実を語ると誓います」

自分の意思でここに立つ。自分のため、自分の大切な人のために、あえて他の人が示した掌に乗る。

「あの夜、パウロ師の元を訊ねてこられたのは前マルス辺境伯で間違いありません。そして。あの襲撃事件の時、聖者パウロの体の自由がきかなかったこと、体に刀傷を負っていたことも合わせてここに証言します」

前に必死に言っても誰も聞いてくれなかったことだ。だが今日は皆が聞いている。

ミアが証言台から下りても、審問は続く。

次々と関係者が証言台に上り、証言し、矛盾を突かれ、あるいは晴れ晴れとした顔で真実を語る。証言台を下りたミアは、そのまま傍聴席で待機して、クレメンテ司祭の追及を聞く。

「だが竜は逃げ、パウロ師は冷凍保存された。焦ったあなたは竜を追おうとした。その目撃証

言はとってあります。が、逃げられた。そのうえ竜に気を取られている間に、確実に息の根を止めるつもりだった聖者パウロは保護されてしまった。口を封じるべきミア嬢も私の手でカルデナス辺境騎士団領に逃がされてしまった。焦ったでしょうね」

ここからは推測ですが、とクレメンテ司祭が語る。

幸い、マルス辺境伯が亡くなった時点で、ラモン司祭がカルデナス辺境伯領へ立ち寄る旨は伝えてある。ラモンが訪れたところでミアと結び付けられることはない。そのうえで聖者パウロを救う薬草があると皆の前で吹聴し、採取に出かけたミアが失踪、その後、辺境にしか生えない毒草が、眠る聖者パウロを殺したら。

「ミア嬢が師パウロを助けるために脱走し、辺境で手に入れた薬で治療、誤って殺したことにできる。そう考えたのではありませんか」

だがいざ辺境に向かってみるとすでに〈ダミアン司祭〉が着任していた。しかも領内の薬草の流れなどを調べている。それは排除させたが、ミアは砦に保護されてしまった。何とか一人で連れ出したものの、失踪を装うには団長の目が厳しすぎる。せめて預かったものがないかを確かめて、事故に見せかけ殺すのがせいいっぱいだった。

それが、真相。

それでも抵抗する黒幕たちに、冷ややかにクレメンテ司祭が言った。

「時を止めていても傷を縫うことはできる。すでに聖者パウロの傷の手当ては終わっています。

万全の看病の態勢を敷いて、気候が穏かな春になれば、再び彼の時を動かす予定です。聖者の意識が戻れば、あの時何があったか、すべてを聞かせてもらえるでしょう。少しでも矜持《きょうじ》が残っておられるなら、これ以上、見苦しい真似はなさいませぬよう」

そして。

大司教たちが下した判決は、有罪。

罪を告白した者も認めなかった者も。一連の事件の関係者たちは、余罪とさらなる詳細の追及のため顧問会の監視下に置かれ、尋問を受けることになった。

この後、彼らの告白や新たにわかったことをもとに何度か事前会合が開かれ、最終的には枢《すう》機卿《ききょう》臨席のもと、本審問が開かれる。が、

「本審問でも有罪の判決は出るだろう。もうこれで君と聖者パウロの身を脅かす者はいない」

クレメンテ司祭が保証してくれた。

ミアはまた証人として呼び出しを受けることになるだろう。

ミアが受けた異端審問ももう一度、審議し直される。また、聖域に出頭しなくてはならないかもしれない。だが、とにかく。

これで一連の騒動は終わったのだ――。

終章　北の大地より愛を込めて

鈍色《にびいろ》の空から、天使の羽のような雪がふわりふわりと降りてくる。

雪で覆われた地上はすっかり聖夜の装いだ。冬の精霊ヨークを守るモミの木にヤドリギは、冬の精霊祭では欠かせない飾り物。大人《おとな》も子どもも雪まみれになりながら森へと採りに入る。

辺境にあるカルデナス辺境騎士団の砦《とりで》でも、手の空いた者たち総出で冬の精霊祭の用意をしていた。冬の精霊祭とは、冬の精霊たちを祀《まつ》り、残り半分となった冬を無事越せるよう祈る、雪に降りこめられた人々が気晴らしも兼ねて行う祝祭行事だ。

暖炉が暖かな炎を揺らす室内では、冬眠の二度寝をし損ねたモフモフ魔物たちが、小さな手でせっせとリース飾りに使う赤い木の実を運んでくれる。無事、元のクマの体に戻ったモンさんとウームーがそれを受け取り、精霊祭で飾るリースを作っている。

ウームーは器用に蔦《つた》の枝を丸めて見事なリースを作っているが、モンさんの手はクマだ。リースを作るようにはできていない。ついでに根気もない。途中でやめて、ぺいっ、と床に放り投げている。

　そして。トントンというノックの音に扉を開けると、そこにいるのは松ぼっくりや薪《まき》でいっぱいの橇《そり》を曳いてきた雪だるまたちだ。こちらも無事、氷竜の体からもとへと戻って冬の外仕事を手伝ってくれている。そんな彼らに、ミアは、

「ありがとう」

　声をかけて、お礼にと、リース飾りの残りで作った、小さな勲章めいた組み紐《ひも》細工を渡す。

　それを胸に誇らしげにつけて正装した彼らは、定位置である、砦の中がのぞける窓際までコロコロ転がっていって、互いを踏み台にしてよじ登り、窓枠にずらりと並ぶ。ミアは雪だるまたちが寂しくないよう、中がよく見えるように窓の緞帳《どんちょう》を開けてやった。

　それから、聖夜の準備にお疲れの皆にお茶を淹《い》れて配る。

「はい、どうぞ」

　施療院の子どもたちに軍医、領主館の皆さんに、勤務明けの騎士たち。それぞれのカップに蜂蜜《はちみつ》の量や熱さを調整して、好みのお茶を淹れていく。ただの香草茶なのに、去年までは女気のなかった辺境の砦勤務の騎士たちは、皆、感動している。

「うう、今まで厨房長《ちゅうぼう》が差し入れてくれても、大鍋《おおなべ》でどかっ、だったからなあ」

「こんなにきめ細かく好みなんて覚えてくれなかったし」

　厨房もまた聖夜の祝祭のために大人数の食事を作るのだ。てんてこまいでそんな余裕はな

かったのだろう。ミアの場合は聖域時代、他《ほか》の人にお茶を淹れる時は、その日によって皆の好みが変わったりするのが普通だった。気に入らないとその場でお茶をかけられるから、ミアも必死に皆の好みを覚えて、今日《きょう》はどんなものがいいかと考えた。

だが今は自然に皆の〈好き〉が頭に入ってくる。

ここにいる皆が好きだから。自分が好きですることと、恐怖に追われながらすることと。全然違うものだとミアはまた一つ新しいことを知った。

何より、リジェクの優しい瞳《ひとみ》が最高のご褒美になることを今のミアは知っている。

お茶を差し出すと、言葉少なく、低く喉《のど》を鳴らすような声で、

「ありがとう」

と、言われる瞬間が嬉《うれ》しくてたまらない。皆は、「なんださっきの唸り、雪崩《なだれ》の音か?」「クレパスの奥の反響かもしれない」とぶるっと体をふるわせているが、ミアは胸がどきどきして、温かな想《おも》いで体が動かなくなる。恐怖ではなく喜びでも金縛りにあうことをミアは知った。

幸せそうなミアを前に、リジェクが少しためらい、かける言葉が見つからなかったのだろう。言葉がわりにぽんと手をミアの頭に置く。ゆっくりと手を左右に動かしてなでてくれる。

最初はミアが寂しがっていないか心配してなでてくれているのかと思ったが、他の騎士たちの反応を見ていると、どうもこれはリジェクが好きでやっていることらしい。

(手触りが、気持ちいいのかな)

ミアの髪はふわふわの猫毛なので、艶《つや》やかに香油を塗りこめた淑女の髪と比べると柔らかい。モモンガ魔物たちはじめとするもふもふ魔物に近い感触だ。ならミアもなでていたい気持ちはわかる。ミアもモモンさんの胸に抱きついて顔をすりすり擦《こす》り付けるのは大好きだ。

ヘラルドたちは「目のやりどころが」「ここにも春が来たんだなあ」とか言っているが、本当に、ここは温かだ。ミアはこの地に追放されてよかったとしみじみ思う。

あれから。聖域での対決が終わってから。

リジェクは正式にこの地の領主となることを王に願い出た。この地を悪用されないように守ると、マルス辺境伯の墓前に誓ったのだ。

ミアもまたそんなリジェクを支えたいと思った。なので裁判が終わり、ミアの罪も減じられることになり、「戻ってくるか」とクレメンテ司祭に聞かれた時も辞退した。

自分が教義に背き魔物たちと通じていたのは事実だ。そしてそのことに関しては悔い改める気はない。だから聖域には戻れない。

「私は立派な異端者ですから」

それに、明らかになったミアの力はここでなら役に立つが、聖域では役に立たない。

「だから、この地に残ります」

もちろんそんな勝手な真似《まね》は許されないし、もろもろのことにお咎《とが》めなしというわけにはいかないので、ミアは唯一残っていた聖籍を剥奪《はくだつ》してもらった。そして改めて、ただの子爵家令嬢ミアとしてこの地に追放の身となった。今は砦の施療院付き薬師として働いている。

充実した毎日だ。何しろここには未踏の森がある。

採取した新種の薬草を試験体として聖域に送る。聖者パウロのための薬を探す。それが今のミアの使命であり、犯した罪への償いだ。

ダミアン司祭が聖域に戻り、司祭不在となった礼拝堂には、国内でも厳しいと評判の修道院から新しい司祭が来てくれることになった。聖域に留学したこともある、王太子とも面識がある人だとかで、リジェクの要請を聞いて王太子が手配してくれた。

自ら望んで厳しい修道院に入っていた熱意ある人だそうで、「国内にこんな場所があるとは。我が不明だ」と、赴任してくれることになった。騎士団の礼拝所のほうにはその人の幼馴染《おさななじみ》だという人が来てくれることになったので安心だ。二人とも魔物にも寛容な人でほっとした。

リジェクは開き直ったのか、王太子の権威を使うことに反発心がなくなったらしい。

王太子を窓口に、聖域の機密ともいうべき暗部を知り、魔物の器を作るという異端の力を持つことが明らかになったミアをこの地へ引き取るために、かなり無理をして聖域と交渉してくれたのだと後で知った。

「未来の家族のためだから」

と、王太子も快く援護を引き受けてくれたらしい。妹君は愛されているのだなと心が温かくなった。

ベリンダたち聖女一行は雪の中、聖域へと帰っていった。

ベリンダは一連の事件に関係ない。が、筆頭補佐官であるラモン司祭が囚《とら》われてしまったのだ。今までは旅の行程はすべてラモン司祭に任せていたとかで、後の活動ができなくなったのだ。行幸は取りやめて聖域に帰ったが、そんな不祥事は聖域はじまって以来のことだそうで、「私の輝かしい経歴にケチがついたじゃない、どうしてくれるの！」と、ベリンダはかんかんだった。

ペネロペと傷ついた竜は、竜がたくさんいると聞いたペネロペの故郷へと帰っていった。

ペネロペとミアは友だちになった。お互い住む場所が遠いのでなかなか会えないが、魔物たちが手紙を運んでくれるというので、二人で文通をはじめた。彼女は故郷で元気に暮らしているそうで、竜の様子なども書いた手紙をくれる。文通なんて初めてのミアはとても楽しい。

そしてミアもペネロペへ贈る薬草と共に手紙を書く。楽しい日々をつづる。森の魔物たちやモンさんに見守られながら。

温かで充実した日々は幸せで。

ミアはほっこりと笑う。そして、リジェクはそんなミアに優しく目を細める。彼も以前よりずいぶんとわかりやすく表情を作れるようになってきた。

そうこうしていると窓の外の雪だるまたちがぞろぞろと移動しはじめた。自発的にくっついて、氷の竜の形になる。モンさんも暖炉の前からのっそり立ち上がった。ウームーも少しも乱れていない襟元を整えて、外へ出る準備をする。

そろそろ領内の巡回の時間なのだ。

この地の領主になってからも、いや、なったからこそ、リジェクはこの地を必ず守ると決めている。この地の領主として、民たちの長として皆が安心して暮らせているか見回るのだ。

普通、雪の降りこめた冬の領地を見回ることなどできないが、リジェクにはミアが作った氷の竜とウームーがいる。空からの巡回に季節は関係ない。

リジェクが暖炉の前から腰を上げ、外套《がいとう》を羽織る。

行ってしまう。置いていかれてしまう。

ミアが寂しくなって見ていると、おいで、というように腕を差し伸べられた。

言葉なんていらない。

広げられた彼の腕に、ミアは飛び込む。

そのまま抱き上げられて、彼がミアを大事に外套でくるみながら、そっとふわふわのくせっ毛の上から口づけを落としてくれる。それがくすぐったくて、でも気持ちよくて、ミアは彼の胸に頬《ほお》を擂《す》り寄せる。ラモンに壊されてしまった木箱は、リジェクが元通り直してくれた。が、そこに入るよりも、今のミアは彼の胸の中が一番、落ち着く。

そんな二人に、あてられたのか、熱い熱いと、手を振って熱を冷ましながら、同室していた騎士たちがこぼしている。

「……ったく。あれで保護者のつもりなんだからなー、団長。氷の魔王顔が無表情なままデレっデレ。ある意味器用だよな。さっさと恋人宣言しちゃえばいいのに」

「ミアちゃん、人気あるんだから、取られても知らないっすよ」

「だよねえ、皆もそう思うよねえ。魔物の器を作れる貴重な子なんだから。誰も反対しないし、さっさと嫁にして囲い込んじゃえばいいのに」

リジェクのヘタレ、と、ヘラルドはぶつぶつ言うが、ミアは恥ずかしくて聞いていられない。

何故《なぜ》なら、寒い上空に出ると、リジェクが空の高度に緊張するミアの気を紛らわすためと、体を温めるために、熱い恋人の口づけをしてくれることを知っているからだ。

どんなに地上が分厚い雲に覆われていても、高い空まで上がってしまえば、そこには無数の星と月が照らす、無垢《むく》の世界が広がっている。

真っ白な、静寂の世界。

どこまでも冷たい白銀の空、訪れる一切の生者を拒み、その命でもって償わせる断罪の空。

だからこそ、ここは嘘《うそ》がなく、美しい。

だからだろう。一月前、聖域から戻る途中、彼はこの高い空の上でミアに宣誓してくれた。

神も魔物も、人が勝手につけた区分など関係ない、ここにこそ真実の神はいるのではないか。

そう思える荘厳な空の上で、彼はミアに誓った。

嘘偽りなく、君に自分のすべてを捧げると。

神からも魔物からも必ず君を守る、だからアルバの家名を捨てて、自分と同じ名を名乗ってくれないか、と、求婚してくれた。

今まで先のことなど考えたこともなく、まだ聖域という狭い箱から出たばかりで外の世界で立つことすらおぼつかず、師パウロの身も心配で。何をすればいいかわからず、途方に暮れて黙ってしまったミアをなだめるように、彼はミアを抱きしめて、返事はいつでもいいと言ってくれた。いつまでも待つからと。ただし、

「恋人の座だけは、今すぐほしい」

永久に溶けることのない氷壁の奥深くで揺らめく炎のように。蒼《あお》い熾火《おきび》を宿した目で情熱的に言われて、ミアはその時、初めて世俗の男性の持つ熱というものを知った。

そして、それを自分が受け入れ、鎮めることができるということも。

だから。

二人の他は人は誰《だれ》もいない、凍える外気の世界まで来ると、リジェクは氷でできた竜の背で、ミアに低く「いいか?」と尋ねる。

ミアが恥ずかしさに頰を染めながらそっとうなずくと、彼は最初はゆっくりと、それからだんだん深く、最後には焦れたように彼の髪と同じ炎のような激しく、情熱的な口づけを贈って

くれる。毎夜繰り返される儀式に、ミアはもう完全に慣らされて、今では彼の腕に抱かれて、その吐息を肌に感じるだけで全身が熱くなって、蕩《とろ》けてしまう。

そして息をつく間もなく、ほどこされる口づけを受けながら思う。

多分、自分が完全に聖職から離れて、この世俗の世界に根を張ろうと思える日も近いだろうと。いつまでもこんな激しい熱に抗《あらが》いきれないから。

そんなふうにゆっくりと育まれていくリジェクとミアの関係は、見ていて気持ちのよいもので。二人を背に乗せた魔物たちも温かく、だがじれったく見守っている。

そうして。

ミアが正式にドラコルル家に妻として迎えられたのは、それから一年後。

聖域で眠る聖者パウロの治療薬が完成し、彼の目覚めが成った頃《ころ》。ミアが世俗の世界に完全に慣れて、改めて、この地で生きたいと彼に願った時のことだった。

初めてこの地へ来た時と同じ、森の木々が赤く色づく季節。

花嫁となった、〈魔物使いの聖女〉と、少々、物騒な通り名を持つ元聖女候補の令嬢は、氷の魔王めいた冷たい外見にもかかわらず、妻を激しく溺愛《できあい》する夫と、優しい森に住む魔物たちに囲まれ、幸せに暮らしたという。

まるで、御伽話《おとぎばなし》のように――――。

あとがき

一迅社文庫アイリス読者の皆様。はじめまして、こんにちは。藍川竜樹と申します。

この度は拙作を手にお取りくださりありがとうございます！

おかげさまで新作、しかも前作のスピンオフ、孤高の令嬢（？）シリーズということで同じ世界観で本を出していただくことができました。これもすべて手にお取りくださった皆様のおかげ。それに書店の皆様、イラストのくまの柚子先生や関係者の皆様のおかげです。ありがとうございます！


（注・初めてこちらを手にしてくださった皆様、「げ、シリーズ二巻目から取っちゃったの!?」と引かないでくださいませ。ご安心を。こちらシリーズと言いつつスピンオフ作品ですので、この本一冊だけで楽しめる読み切り仕様の独立した物語となっております。もちろん前作既読の読者様には、「あ、このキャラ、ぼっち令嬢にもいた」など、ウ[redacted]ーリーを探せな続き物めいた楽しみ方もしていただけます。今作の舞台時間軸は前作終了時の約十か月後。春が来て、夏が来て、その次の秋が舞台。

なので前作キャラのその後もご覧いただけるお得な仕様となっております）

と、いうことで無事、出版していただけました本作ですが。

本編季節はまたしても秋です。

秋、実りの季節。

本作魔物たちがカボチャや林檎などの収穫物に取り憑くからか、背景イメージがまた秋になりました。ですので今回は少し変化を持たせて王都から北に足を延ばして国境の森を舞台にしてみました。グリム童話の世界です。メルヘンです。ということで魔物たちの顔触れも変えて森の魔物や冬の魔物たちをメインにしてみました。

森の魔物となると森のクマさんは不動の定番として、ふわふわちっちゃな栗鼠やモモンガ、コロコロドングリに水玉模様の毒キノコ。秋のハロウィンお化けのゲテモノめいた可愛さも良いですが、手のひらサイズの齧歯類や両手に余る抱き枕毛皮クマは最強だと思います。

そして冬といえばバケツ帽子や縞々マフラーをつけた雪だるまたち。

雪だるまってかわいいですよね。表情のない真一文字の口で目が丸二つのタイプが特に好き。それがいっぱいいて、よいしょ、よいしょ、と行進していたり、橇を引っ張ったりしていたら。冬のメルヘンの極みだと思うのですよ。

そんな感じにキャラより魔物イメージで季節を決めた本作ですが。

今回もまたくまの柚子先生の挿絵が！　ドガシャーンと雷直撃の可愛さです。

カラーの服裾ドレープに靴っ。モノクロの村娘服に濡髪、乱れ髪。後、公式に残せなくてむちゃくちゃもったいないキャラクターラフ画のさりげない落書き画とかっ。どれも素晴らしいのですが中の挿絵の一枚が映画のワンシーンのようで、「これ、絶対、スラブ系美女だ」と音声付動画で脳内再生されて。

物語世界が一気に深まりました。絵の効果すごいです。私一人じゃ絶対無理。

表紙デザインやあらすじ含め、本っていろいろな人で作る共同作品だと改めてしみじみ感じいりました。この場を借りて世界構築をお手伝いいただきましたデザイナー様や担当様、関係者の皆様にお礼を申し上げます。本当にありがとうございます。

そして、読者様。

こんなふうに多くの人の手で作られた物語世界、ページを開いてくださった皆様に少しでも味わっていただけたらと切に願っております。手にお取りくださった方々に一時でも現実を忘れ、物語世界で遊んでいただけたら。身に余る幸いです。

ここまでお付き合いいただきまして、本当にありがとうございました。

藍川竜樹

孤高《ここう》の追放聖女《ついほうせいじょ》は
氷《こおり》の騎士《きし》に断罪《だんざい》されたい
—魔物《まもの》まみれの溺愛生活《できあいせいかつ》はじめました—

2021年11月１日　初版発行

著　者■藍川竜樹

発行者■野内雅宏

発行所■株式会社一迅社
〒160-0022
東京都新宿区新宿3-1-13
京王新宿追分ビル5F
電話03-5312-7432（編集）
電話03-5312-6150（販売）

発売元：株式会社講談社
（講談社・一迅社）

印刷所・製本■大日本印刷株式会社

ＤＴＰ■株式会社三協美術

装　幀■AFTERGLOW

ISBN978-4-7580-9406-1

この本を読んでのご意見
ご感想などをお寄せください。

おたよりの宛て先

〒160-0022
東京都新宿区新宿3-1-13
京王新宿追分ビル5F
株式会社一迅社　ノベル編集部
藍川竜樹《あいかわたつき》 先生・くまの柚子《ゆず》 先生